孙宜学◎主编

浮生六记

［清］沈复◎著　端木向宇◎译注

图书在版编目（CIP）数据

浮生六记 /（清）沈复著；端木向宇译注 . -- 北京：朝华出版社 , 2024.8. --（启秀文库 / 孙宜学主编）.
ISBN 978-7-5054-5486-6

Ⅰ . I264.9

中国国家版本馆 CIP 数据核字第 20240A6U78 号

浮生六记

[清] 沈复　著

端木向宇　译注

选题策划	黄明陆　李金水
责任编辑	韩丽群
责任印制	陆竞赢　訾　坤

出版发行	朝华出版社
社　　址	北京市西城区百万庄大街 24 号　　邮政编码　100037
订购电话	（010）68996522
传　　真	（010）88415258
联系版权	zhbq@cicg.org.cn
网　　址	http://zhcb.cicg.org.cn
印　　刷	三河市龙大印装有限公司
经　　销	全国新华书店
开　　本	920mm×1260mm　1/16　　　字　数　188 千
印　　张	14
版　　次	2024 年 8 月第 1 版　2024 年 8 月第 1 次印刷
装　　别	精
书　　号	ISBN 978-7-5054-5486-6
定　　价	36.00 元

版权所有　翻印必究·印装有误　负责调换

"启秀文库"编委会

总 策 划 黄明陆
执行策划 李金水

主　　编 孙宜学
副 主 编 陈曦骏
编　　委（按姓氏笔画排序）
　　　　　　万　平　　马　骅　　王　圣　　王应槐　　王奕鑫
　　　　　　王福利　　尹红卿　　白云玲　　刘莹莹　　刘慧萍
　　　　　　关慧敏　　江晓英　　花莉敏　　杜凤华　　李慧泉
　　　　　　杨　雪　　肖玉杰　　吴留巧　　邱小芳　　余　杨
　　　　　　宋沙沙　　张　莹　　张艳彬　　张晓洪　　张婷婷
　　　　　　陈宇薇　　林萱素　　易　胜　　罗诗雨　　胡健楠
　　　　　　段晨曦　　徐长青　　殷珍泉　　陶立军　　曹永梅
　　　　　　董洪良　　韩　榕　　端木向宇　谭凌霞

封面题签　赵朴初

总序

中国传统文化经典作品是中国智慧的结晶和集中体现，源于中国人的生存智慧、生命智慧，是一代代中国人对天地万物、时序经纬的心灵感悟和提炼总结，已成为人类精神文明的宝贵财富。至今，这些作品仍能释日常生活之惑、解亘古变化之谜，为世界的未来提供中国范式。

中国和世界需要既包蕴中国传统文化精髓，又能真实反映新时代中国文化新发展、新概念的中国传统文化经典著作，这样的著作应具备以下特点：

1. **兼具知识的广度与理论的深度。** 能撷取中华优秀传统文化的精华，体现中国人的思维方式和中国文化特质，同时具有内在的理论逻辑，集知识性、系统性、科学性于一体。

2. **兼具学术的高度和历史的维度。** 能讲清楚"何谓'文'""何谓'化'"和"何谓'文化'"，并立足于中国和世界文化发展史，以中国传统文化典籍为历史线索，阐释、勾勒出中国文化发展历史的昨天、今天和明天。引导读者通过中国文化内涵的特殊性和普适性元素了解中国文化如何不断推陈出新，中国智慧如何不断博观约取、吐故纳新。

3. **兼具精准的角度和客观的态度。** 能基于读者的客观诉求、阅读习惯和审美习惯，充分发掘和利用中国的地域、经济和文化特点，全面深入研究中国文化资源，保证经典著作能"贴近不同区域、不同国家、不同群体受众", 更直接有效地"推进中国故事和中国声音的全球化表达、区域化表达、分众化表达"。

4. **兼具多元的维度与开放的幅度。**能基于世界阅读中国的目标,从中外文化互鉴视角,成为世界文化多维度交流互鉴的载体和可持续阐释的源文本。

我们选编这套"启秀文库",即因此,并为此。中国人阅读这些作品,可以学会更好地生活;外国人阅读这些作品,可以了解和理解中国人的美好生活是一种什么样的历史形态。中外读者共同汲取其中的智慧,可以知道如何建设一个和谐美丽的世界,以及未来的世界会如何美好。

伟大的经典作品,都是为了将日常的生活变得更加美好。在建设"人类命运共同体"的今天,中国文化的精神滋养不应只培育中华民族子孙的天下情怀,还应引导世界人民学会欣赏中国之美、中国之魂、中国之根,在促使世界更深刻理解中国的历史和当代的同时,实现不同民族文化的和谐相处、共生共进。

在中华民族开启向第二个百年奋斗目标进军的新征程之际,中国文化发展也必将进入一个新阶段。这套丛书的时代价值,在于其将"中华文化感召力、中国形象亲和力、中国话语说服力、国际舆论引导力"融入编写、注释和诠释的全过程,从而使传统文化经典作品更能适应新时代,更有能力承载与传播中华文化精髓,向世界讲好中国故事。

孙宜学

2024 年 7 月

于同济大学

前言

《浮生六记》是清朝一位不出名的画家沈复的自传体散文集，共包括《闺房记乐》《闲情记趣》《坎坷记愁》《浪游记快》《中山纪（记）历》《养生记道》。"浮生"二字典出李白诗《春夜宴从弟桃李园序》："夫天地者，万物之逆旅也；光阴者，百代之过客也。而浮生若梦，为欢几何？"

沈复，号梅逸，字三白，江苏苏州人，乾隆二十八年（1763）生，清代文学家，当过幕僚，做过商人，在世时籍籍无名。

《浮生六记》是在光绪年间，被一个叫杨引传的人偶然在地摊上发现，当时只有《浮生六记》四记的手稿。杨引传将其交给当时在上海主持申报闻尊阁的王韬，以活字版刊行于1877年。随后，逐渐引起了文学界的重视。《浮生六记》记录的是沈复平凡而又艰难的一生，写尽了他生活中令人难忘的片段。其用情真挚而感人，笔法看似平实，却饱含着浓浓的深情。他的妻子善良、聪明，却不待见于家翁，两人碍于封建家庭的矛盾，多次从家里搬出，在外飘零，居无定所，加上妻子身体欠佳、他自己一直没有稳定的收入，两人饱受磨难。生活的艰辛在书中处处可见，虽然称不上贫贱夫妻百事哀，但也写尽了对生活的无奈。值得庆幸的是，无论什么境况下，妻子都毫无怨言，与他一起患难，尽量把清苦的生活活出乐趣，读来让人唏嘘落泪。

书中所有文字都发自内心抒写，虽然有小情小调，但落笔自然，没有半点矫揉造作的感觉。作者笔下的生活很苦，读来却也自带一种洒脱之感。有不少人因其对封建家庭内部矛盾的描写，将《浮生六记》称为"小《红楼梦》"，对其文学成就给予充分肯定。

到了近代，《浮生六记》的文学价值更是得到了大众的认同，有人称赞《浮生六记》为中国古代散文中一颗璀璨的明珠。林语堂、俞平伯等大文学家都极为赞誉这部作品。

林语堂曾经说过，芸是中国文学和中国历史上的一个可爱的女人。他当初把《浮生六记》翻译成英文，也曾说："应该叫世界知道，一方面以流传她的芳名；又一方面，因为我在这两小无猜的夫妇的简朴生活中，看他们追求美丽，看他们穷困潦倒，遭到不如意的折磨，受奸佞小人的欺负，同时一意追求浮生半日闲的清福。"

现在流行的《浮生六记》后两记为后人从其他文献中找到补全，已被证明是伪作。《中山纪（记）历》是根据清代李鼎元的《使琉球记》改写而成的。李鼎元是清代官员，也是学者，他于嘉庆五年（1800）以副使的身份出使琉球，以日记形式记下了出使的始末，对钓鱼岛、赤尾屿等岛屿进行了记述，载于《使琉球记》中。此说，符合文中所说的时间，确信度比较高。卷六《养生记道》被发现来源于张英的《聪训斋语》和曾国藩的《求阙斋日记类钞》。我们之所以将卷五、卷六补足，一是因为求全之心，二是因为对《浮生六记》的喜爱。正如高鹗续写《红楼梦》被人们认可一样，这两记的补全本，也慢慢为部分读者所接受。当然，我们更加期待，能够于某一天发现沈复所写的后面两记。

总之，《浮生六记》带给世人的不仅仅是一部美的作品，亦有很多能够让世人有所收获的见解和观点。我们以"知之不如好之"的心态，重新修订编撰出版此书，从容易解读、喜欢阅读的角度出发，希望让读者在阅读的同时能够收获愉悦。

目录

光绪三年初版序……………………… 1

卷一　闺房记乐………………………… 3

卷二　闲情记趣………………………… 37

卷三　坎坷记愁………………………… 56

卷四　浪游记快………………………… 88

卷五　中山纪（记）历………………… 141

卷六　养生记道………………………… 188

光绪三年初版序

《浮生六记》一书，余于郡城冷摊得之，六记已缺其二，犹作者手稿也。就其所记推之，知为沈姓号三白，而名则已逸，遍访城中无知者。其书则武林叶桐君刺史、潘麐生茂才、顾云樵山人、陶芑孙明经诸人，皆阅而心醉焉。弢园王君寄示阳湖管氏所题《浮生六记》六绝句，始知所亡《中山纪历》盖曾到琉球也。书之佳处已详于麐生所题。近僧即麐生自号，并以"浮生若梦为欢几何"之小印，钤于简端。

光绪三年七月七日，独悟庵居士杨引传识。

卷一 闺房记乐

余生乾隆癸未①冬十一月二十有二日，正值太平盛世，且在衣冠之家②，居苏州沧浪亭③畔，天之厚我可谓至矣。东坡云："事如春梦了无痕。"苟不记之笔墨，未免有辜彼苍之厚。因思《关雎》④冠三百篇之首，故列夫妇于首卷，余以次递及⑤焉。所愧少年失学，稍识之无，不过记其实情实事而已，若必考订其文法，是责明于垢鉴⑥矣。

注释

①乾隆癸未：清乾隆二十八年，1763年。

②衣冠之家：指名门望族，有身份地位的人家。古代士以上戴冠，这里的衣冠用来指士以上所穿的服装。

③沧浪亭：位于苏州城南三元坊，与狮子林、拙政园、留园并称为苏州宋、元、明、清四大园林，代表着宋朝的艺术风格。

④《关雎（jū）》：《诗经》的第一篇，是一首歌颂爱情的诗。

⑤以次递及：以此类推。

⑥责明于垢（gòu）鉴：责备沾满灰尘的镜子为什么不明亮。垢鉴，蒙尘而模糊不清的镜子。

译文

我生于乾隆癸未冬十一月二十二日。当时，正值太平盛世，而且生在衣冠世家，居住在苏州沧浪亭畔。苍天对我的厚爱真可谓应有尽至啊！苏东坡曾说："事如春梦了无痕。"如果对自己的经历不用笔墨记录下来，未免会辜负苍天的厚恩。如今，思考《关雎》是描写青年男女互相倾恋的诗篇，而且雄冠《诗经》三百篇之首，所以我特意将本人夫妻生活的"闺房记乐"列于首卷，其余篇目则以此类推。所惭愧的是自己少年失学，稍有学识而无深知，以下描写不过是记录一些实情实事罢了。如果一定要考究文法修辞，就类似于责备沾满灰尘的镜子为什么不明亮一样。

余幼聘金沙于氏，八龄而夭。娶陈氏，陈名芸，字淑珍，舅氏心余先生女也。生而颖慧，学语时，口授《琵琶行》，即能成诵。四龄失怙①，母金氏，弟克昌，家徒壁立。芸既长，娴女红，三口仰其十指供给，克昌从师，修脯②无缺。一日，于书簏中得《琵琶行》，挨字而认，始识字。刺绣之暇，渐通吟咏，有"秋侵人影瘦，霜染菊花肥"之句。余年十三，随母归宁，两小无嫌，得见所作，虽叹其才思隽秀，窃恐其福泽不深，然心注不能释，告母曰："若为儿择妇，非淑姊不娶。"母亦爱其柔和，即脱金约指③缔姻焉。此乾隆乙未七月十六日也。

注释

① 失怙（hù）：这里指失去父亲。怙，本义指依仗、凭借，引申义为父亲、父母。

② 修脯：指送给老师的礼物和酬金。修，同"脩"，干肉。古代有送老师干肉作为礼物的习俗。

③ 金约指：金戒指。约指，戒指。

译文

我幼年婚聘江苏南通金沙场的于氏女，可惜她八岁便夭折了。后来，娶陈氏为妻，名芸，字淑珍，是舅氏心余先生的女儿。她生来聪慧过人，学话时，口授《琵琶行》，就能成诵。她四岁时父亲去世，母亲金氏，弟弟名叫克昌。她家里贫穷，四壁空立，一无所有。陈芸长大后，尤其熟娴纺织、刺绣、缝纫等女红，三口人都依靠她的纤纤十指勤劳供给衣食。后来，弟弟克昌从师学习，也凭她的收入付出从学酬金。有一天，芸在书箱内找到一本白居易的《琵琶行》，便挨个字地认起来，开始识字。在刺绣闲暇时，渐渐能通篇吟咏，其中就有"秋侵人影瘦，霜染菊花肥"的句子。我十三岁时跟母亲回姥姥家，由于与芸两小无猜，所以能够看到她的作品。我虽然赞叹她才思隽秀，却也担心她福泽不深。然而，我的心思却专注于她身上，时刻不能放下。因此，我告诉母亲："若是为儿选择媳妇，非淑姐芸不娶。"母亲也喜欢芸的柔和，就摘下金戒指交给她作为缔结婚姻之约。这时候正是乾隆乙未七月十六日。

是年冬，值其堂姊出阁，余又随母往。芸与余同齿①而长余十月，自幼姊弟相呼，故仍呼之曰淑姊。时但见满室鲜衣，芸独通体素淡，仅新其鞋而已。见其绣制精巧，询为己作，始知其慧心不仅在笔墨也。其形削肩长项，瘦不露骨，眉弯目秀，顾盼神飞。唯两齿微露，似非佳相。一种缠绵之态，令人之意也消②。索观诗稿，有仅一联，或三四句，多未成篇者。询其故，笑曰："无师之作，愿得知己堪师者敲成③之耳。"余戏题其签曰"锦囊佳句"，不知夭寿之机此已伏矣。是夜送亲城外，返，已漏三下④，腹饥索饵，婢妪以枣脯进，余嫌其甜。芸暗牵余袖，随至其室，见藏有暖粥并小菜焉。余欣然举箸，忽闻芸堂兄玉衡呼曰："淑妹速来！"芸急闭门曰："已疲乏，将卧矣。"玉衡挤身而入，见余将吃粥，乃笑睨芸曰："顷我索粥，汝曰'尽矣'，乃藏此专待汝婿耶？"芸大窘避去，上下哗笑之。余亦负气，挈老仆先归。

注释

① 同齿：同龄。齿，指年岁。

② 令人之意也消：吉林文史出版社马一夫对这句话的解释是"令人销魂失魄"。林语堂翻译为"深深地让我着迷"。单只从字面语去解说，这里应当是指：令人心中的意志为其消弭。有抵挡不住其美貌的意思。

③ 敲成：引用贾岛"推敲"得句之意，与后面说的贾岛早逝，"夭寿之机"相呼应，暗写芸得句辛苦。

④ 漏三下：三更时分，相当于现在的晚上十一点至一点。漏，古代滴水计时的仪器。

译文

当年冬天，正值其堂姐出嫁，我又随母亲同往。由于芸与我同龄，而且大我十个月，自幼都以姐弟相称，所以我仍叫她淑姐。当时，只见满屋的客人都穿着鲜艳的服装，唯独淑姐芸全身朴素淡雅，仅穿了一双新鞋罢了。看她刺绣制作精巧，询问后得知是自己所做，才知道她的慧心不仅仅表现在笔墨上。但见她体形削肩长颈，瘦不露骨，眉弯目秀，顾盼神飞。唯有皓齿微露，看起来也不像是佳丽相貌。但是，一种缠绵娇柔之态，实在令人爱恋之意难以消融。我向她索要诗稿观看，发现有的仅有一联，有的只有三四句，多数并未完成全篇。我问她是什么原因，她笑着说："只缘没有老师指导，愿遇到知音并可以做老师的人来推敲完成它。"我便戏弄她，在诗签上题词"锦囊佳句"。殊不知，她的天寿短命之机已经潜伏其中了啊！当夜，我送亲戚出城外，返回时已是更漏三声了，饥肠辘辘，急于找东西吃。女婢女仆拿出枣脯让我吃，我嫌它太甜，不愿吃。芸暗中牵着我的衣袖，让我跟随走进她的卧室。进去一看，里面竟藏有暖粥和小菜呢！我高兴地举起筷子准备吃，忽然听到芸的堂哥玉衡在外边大声叫着："淑妹芸快来！"芸急忙关闭房门说："我已经很疲惫了，要卧床睡觉啦！"堂哥玉衡挤身而入，看见我正准备吃粥，便斜着眼嘲笑芸："刚才我来索要粥饭，你说吃完了，原来是藏了粥菜，专门来招待女婿呀！"芸非常害羞，红着脸躲开了。一瞬间，屋里上下老少都哈哈大笑起来。我也赌气，不肯屈居人下，拉着老仆的手回去了。

自吃粥被嘲，再往，芸即避匿，余知其恐贻人笑也。至乾隆庚子正月廿二日花烛之夕，见瘦怯身材依然如昔，头巾既揭，相视嫣然。合卺①后，并肩夜膳，余暗于案下握其腕，暖尖滑腻，胸中不觉怦怦作跳。让之食，适逢斋期，已数年矣。暗计吃斋之初，正余出痘之期②，因笑调曰："今我光鲜无恙，姊可从此开戒否？"芸笑之以目，点之以首。廿四日为余姊于归③，廿三国忌不能作乐，故廿二之夜即为余姊款嫁。芸出堂陪宴，余在洞房与伴娘对酌，拇战辄北④，大醉而卧，醒则芸正晓妆未竟也。是日亲朋络绎，上灯后始作乐。廿四子正，余作新舅送嫁，丑末归来，业已灯残人静。悄然入室，伴妪眈于床下，芸卸妆尚未卧，高烧银烛，低垂粉颈，不知观何书而出神若此，因抚其肩曰："姊连日辛苦，何犹孜孜不倦耶？"芸忙回首起立曰："顷正欲卧，开橱得此书，不觉阅之忘倦。《西厢》之名闻之熟矣，今始得见，真不愧才子之名，但未免形容尖薄耳。"余笑曰："唯其才子，笔墨方能尖薄。"伴妪在旁促卧，令其闭门先去。遂与比肩调笑，恍同密友重逢。戏探其怀，亦怦怦作跳，因俯其耳曰："姊何心春⑤乃尔耶？"芸回眸微笑，便觉一缕情丝摇人魂魄，拥之入帐，不知东方之既白。

注释

①合卺（jǐn）：婚礼仪式的一种，指夫妻对饮交杯酒的婚礼仪式。卺，一种酒器。

②出痘之期：即发病时。痘，热痘、痘疮，也叫天花，症状是长伴以发烧，人的全身会出现豆状水疱或脓包。

③于归：和后面的"款嫁"，都是指出嫁。

④拇战辄北：拇战，指划拳行酒令。辄北，败北。

⑤心春（chōng）：内心欢喜不已。

译文

　　自从吃粥的事被人嘲笑后，我再次过去时，芸都要躲避藏匿起来，我知道她是怕惹人笑话。到乾隆庚子正月二十二日洞房花烛之夜，我看她瘦怯身材依然如旧，红盖头已经揭去，我俩四目相视，嫣然一笑。喝过合卺酒后，我俩并肩而坐，共进喜宴。这时，我偷偷地在桌子下握着她的手腕，只觉得她的手指温暖尖细，皮肤润滑而细腻，顿时心里不禁怦怦跳动起来。我让她吃东西，适逢斋期已经好几年了。暗中计算吃斋之初，正是我出痘之时，因此我笑着对她说："如今我皮肤光洁，并无忧虑，淑姐可以从此开戒了吧？"芸微笑着眨了眨眼，点了点头。二十四日是我姐原定出嫁的日子，二十三日是国忌，不能奏乐欢娱。因此，选定二十二日作为我姐出嫁的日子。芸出堂陪宴，我便在洞房内与伴娘对酌猜拳喝酒，直到大醉，卧倒在床上睡着了。等到醒过来时，芸已在晨妆，还未弄完呢。当天，亲朋好友络绎不绝，上灯后才开始奏乐欢庆。二十四日子夜，我作为新舅陪送新娘到婆家，下半夜丑时才回来，房内已灯残人静。我悄悄走进卧室内，见伴娘正在床下打盹儿。芸已经卸妆，尚未卧床。高高的银烛下，她正低垂粉颈,不知在看什么书而如此出神。于是,我抚摩着她的肩膀说:"淑姐连日来辛苦了,为何还如此孜孜不倦呢?"芸急忙回头站起来说:"刚才正想睡觉呢,打开书橱得到此书,不知不觉读得忘了疲倦。《西厢记》这本书的名字听起来很熟,但今天才看到此书,觉得真不愧为才子之名,不过书里描写和形容得未免太尖薄了些。"我对她笑着说:"正因其为才子,笔墨描写才能尖薄。"这时候,伴娘还在旁边催促我们睡觉,因此叫她关闭门户先回去了。我才与芸并肩调笑起来,恍惚间如同密友重逢。我伸手去戏探她的胸怀,觉得她心头也在怦怦跳动。于是,我俯在她耳边问:"淑姐为什么也心跳剧烈,如此激动呢?"芸转过眼来微笑着,并不说话。此时,我便觉得一缕情丝飘摇融入魂魄,搂着她进入芙蓉帐内,却不知,此刻东方已白,天已放亮了。

芸作新妇,初甚缄默,终日无怒容,与之言,微笑而已。事上以敬,处下以和,井井然未尝稍失。每见朝暾①上窗,即披衣急起,如有人呼促者然。余笑曰:"今非吃粥比矣,何尚畏人嘲耶?"芸曰:"曩②之藏粥待君,传为话柄。今非畏嘲,恐堂上道新娘懒惰耳。"余虽恋其卧而德其正,因亦随之早起。自此耳鬓相磨,亲同形影,爱恋之情有不可以言语形容者。而欢娱易过,转瞬弥月。

注释

① 朝暾(tūn):太阳初升,阳光明媚。
② 曩(nǎng):以前,过往。

译文

芸作为新媳妇,起初比较沉默,整天不见愤怒之容,与她说话也只是微笑罢了。对公公婆婆非常尊敬,与下辈和睦相处,没有一点闪失差错。每天晨曦刚照在窗户上,她便急忙穿衣起来,仿佛有人在催促她似的。我笑着说:"如今不是当初吃粥时可比了,为什么还怕人嘲笑呢?"芸说:"当初煮粥藏起来招待郎君,已经传为笑料话柄。如今不是怕被人嘲笑,而是担心公公婆婆说新娘懒惰呢！"我虽然留恋她睡卧在旁，却也有感于她的品德高尚，觉得她做得对，就也随她早起。从此，我们耳鬓厮磨，亲密无间，形影不离，爱恋之意真是无法用语言来形容啊！然而，欢娱时光过得真快，转眼新婚已经满月了。

时吾父稼夫公在会稽幕府，专役相迓①，受业于武林赵省斋先生门下。先生循循善诱，余今日之尚能握管，先生力也。归来完姻时，原订随侍到馆，闻信之余，心甚怅然，恐芸之对人堕泪，而芸反强颜劝勉，代整行装，是晚但觉神色稍异而已。临行，向余小语曰："无人调护，自去经心。"及登舟解缆，正当桃李争妍之候，而余则恍同林鸟失群，天地异色。到馆后，吾父即渡江东去。

注释

① 相迓（yà）：迎接。

译文

当时，我的父亲稼夫公在浙江会稽官府，专门派人来迎接我，去杭州赵省斋先生门下受业。赵先生循循善诱，我今天还能执笔写作，全靠赵先生的着力栽培。我原来打算婚后跟随去父亲那里学习，现在突然听到这一消息，心里特别难受，唯恐芸会因为离别而流泪。然而，她却强装笑脸对我劝导勉励，并且代我整理行李。当天晚上，只觉得她的神色与平时稍有差异罢了。临走时，她对我小声说："出门无人护理调养，要照顾好自己啊！"等到登上小船解开缆绳，此时正值桃李争妍，春光无限，而我却恍惚如同林鸟失群孤飞，感到天地颜色变得异常起来。到杭州后，父亲渡江而去。

居三月，如十年之隔。芸虽时有书来，必两问一答，半多勉励词，余皆浮套语，心殊怏怏①。每当风生竹院，月上蕉窗，对景怀人，梦魂颠倒。先生知其情，即致书吾父，出十题而遣余暂归，喜同戍人得赦。登舟后，反觉一刻如年。及抵家，吾母处问安毕，入房，芸起相迎，握手未通片语，而两人魂魄恍恍然化烟成雾，觉耳中惺然一响，不知更有此身矣。时当六月，内室炎蒸，幸居沧浪亭爱莲居西间壁,板桥内一轩临流,名曰"我取",取"清斯濯缨,浊斯濯足②"意也。檐前老树一株,浓阴覆窗,人画俱绿,隔岸游人往来不绝。此吾父稼夫公垂帘宴客处也。禀命吾母,携芸消夏于此,因暑罢绣,终日伴余课书③论古,品月评花而已。芸不善饮,强之可三杯,教以射覆④为令。自以为人间之乐,无过于此矣。

注释

①怏(yàng)怏:心有愁思郁结,心情不愉快的样子。

②清斯濯(zhuó)缨,浊斯濯足:此句来自屈原的《渔父》:"渔父莞尔而笑,鼓枻而去。乃歌曰:'沧浪之水清兮,可以濯吾缨;沧浪之水浊兮,可以濯吾足。'"这里取用其意,体现了作者乐观洒脱的人生态度。

③课书:研习书文。白居易《与元九书》有:"二十已来,昼课赋,夜课书。"

④射覆:酒令的一种。清朝人俞敦培在《酒令丛钞·古令》中有记载:"然今酒座所谓射覆,……设注意'酒'字,则言'春'字、'浆'字,使人射之,盖春酒、酒浆也。射者言某字,彼此会意,余人更射。不中者饮,中则令官饮。"

译文

我在外地居住了三个月,觉得如同十年之隔。芸时有来信,必两问一答,多半为勉励之词,其余都是客套话,我心里怏怏不乐。每当风生竹院,月上蕉窗,对景怀念,我便梦魂颠倒。赵先生知道实情后,立即写信给我父亲,出十道题让我暂先回家。当时,我兴奋得如同守卫边疆的壮丁得到赦放一样。登上小船后,反觉得一刻钟慢得有如一年。回到家中,我去母亲处问安完毕,立即进入自己的房间,芸马上起来相迎,握着我的手激动得说不出片言只语。两人的魂魄已飘飘然化成烟雾,觉得耳中忽然一响,不知道还有此身了。当时正是六月,室内炎热如蒸笼。幸好住在沧浪亭爱莲居西边隔壁,板桥内有一亭轩面临水流,名曰"我取",取《孟子》语"清斯濯缨,浊斯濯足"的意思。屋檐前有一棵老树,树荫浓厚,覆盖着窗户,连人的脸面都映上绿色了。隔岸游人往来不绝。这就是我的父亲垂帘宴客的地方。因此,我禀告母亲,携带芸来此地消夏。因为是暑天,让她放下刺绣活计,终日伴我读书论古、品月评花。芸不善于喝酒,勉强可喝三杯,我就教她猜谜语、行酒令,自以为人间之乐,没有比这更美好的了。

一日,芸问曰:"各种古文,宗何为是?"余曰:"《国策》《南华》取其灵快,匡衡①、刘向取其雅健,史迁、班固取其博大,昌黎取其浑,柳州取其峭,庐陵取其宕,三苏取其辩,他若贾、董②策对,庾、徐③骈体,陆贽④奏议,取资⑤者不能尽举,在人之慧心领会耳。"芸曰:"古文全在识高气雄,女子学之,恐难入彀。唯诗之一道,妾稍有领悟耳。"余曰:"唐以诗取士,而诗之宗匠必推李、杜,卿爱宗何人?"芸发议曰:"杜诗锤炼精纯,李诗潇洒落拓。与其学杜之森严,不如学李之活泼。"余曰:"工部为诗家之大成,学者多宗之,卿独取李,何也?"芸曰:"格律谨严,词旨老当,诚杜所独擅。但李诗宛如姑射仙子,有一种落花流水之趣,令人可爱。非杜亚于李,不过妾之私心宗杜心浅,爱李心深。"余笑曰:"初不料陈淑珍乃李青莲知己。"芸笑曰:"妾尚有启蒙师白乐天先生,时感于怀,未尝稍释。"余曰:"何谓也?"芸曰:"彼非作《琵琶行》者耶?"余笑曰:"异哉!李太白是知己,白乐天是启蒙师,余适字三白为卿婿,卿与'白'字何其有缘耶?"芸笑曰:"白字有缘,将来恐白字连篇耳(吴音呼别字为白字)。"相与大笑。余曰:"卿既知诗,亦当知赋之弃取。"芸曰:"《楚辞》为赋之祖,妾学浅费解。就汉、晋人中调高语炼,似觉相如为最。"余戏曰:"当日文君之从长卿,或不在琴而在此乎?"复相与大笑而罢。

注释

① 匡衡:字稚圭,西汉后期人,生卒年不详,西汉经学家、文学家,官至丞相,曾以"凿壁偷光"的苦读事迹名世。

② 贾、董:指的是贾谊和董仲舒,都是西汉名人。贾谊(前200—前168),洛阳人,西汉初年著名政论家、文学家,世称贾

生。董仲舒（前179—前104），广川郡（今河北省衡水市）人，汉代思想家、哲学家、政治家、教育家，世称公羊先生。

③庾、徐：指的是庾信和徐陵，都是南北朝时期的人。庾信是南北朝时期文学家，字子山。徐陵是南北朝陈代文学家，字孝穆。

④陆贽（zhì）（754—805）：字敬舆。唐代文学家、政论家、政治家。溧阳县令陆侃第九子，人称"陆九"。

⑤取资：取得凭借、助益。

译文

有一天，芸问我："各种文章，尊崇哪一家为好？"我说："《战国策》《庄子》取其灵巧轻快，西汉匡衡、刘向取其典雅稳健，司马迁、班固取其渊博，韩愈取其浑厚博大，柳宗元取其雄健超脱，欧阳修取其不受拘谨，宋代三苏取其雄辩。其他如贾谊、董仲舒的对策文、庾信和徐陵的骈体、陆贽的议论篇，可以吸取和凭借的不可能全部列举，关键靠各人的慧心去领悟罢了。"芸说："古文全在见识高远、志向雄伟，我们女子学习起来恐怕难以入门。唯有诗歌这一门，妾稍稍有些领悟。"我说："唐代以诗赋选拔人才，而诗的宗匠必然推崇李白、杜甫，你喜欢哪一个呢？"芸议论说："杜甫的诗锤炼精纯，李白的诗潇洒落拓。与其学习杜甫的森严，不如学习李白的活泼。"我说："杜工部为诗家的大成人物，学者大多崇拜他。而你唯独喜欢李白，这是为什么呢？"芸说："论格律严谨、词旨老练，的确为杜甫独揽。但是，李白的诗恰似《山海经》里的姑射仙子，有一种落花流水的趣味，让人青睐。并非杜甫亚于李白，只不过是妾私心崇拜杜甫浅，爱李白深哩！"我笑着说："当初没想到陈淑珍是李青莲的知己呢！"芸说："妾还有启蒙老师白乐天，经常感触良深，未尝放得下。"我问："怎么说呢？"芸说："他不是《琵琶行》的作者吗？"我笑着说："这也奇怪了！李白是你的知己，白乐天是你的启蒙老师，我恰好字是'三白'，也是你的夫婿，你与'白'字何其有缘分啊？"芸笑着说："与'白'字有缘，将来恐怕会'白'字连篇呢！"（吴语将"别字"读为"白字"）我们便大笑起来。我说："你既然知道诗，也应当知道赋的可弃可取之处吧？"

芸说："《楚辞》为赋体的祖师，妾学习浅薄，不能理解。就汉、晋代人来说，格调高雅而语言凝练的，似乎觉得司马相如最好。"我开玩笑说："当初卓文君之所以嫁给司马相如，或许不在琴而在于赋上了？"我们又大笑方休。

余性爽直，落拓不羁；芸若腐儒，迂拘多礼。偶为披衣整袖，必连声道"得罪"；或递巾授扇，必起身来接。余始厌之，曰："卿欲以礼缚我耶？语曰：'礼多必诈。'"芸两颊发赤，曰："恭而有礼，何反言诈？"余曰："恭敬在心，不在虚文。"芸曰："至亲莫如父母，可内敬在心而外肆狂放耶？"余曰："前言戏之耳。"芸曰："世间反目多由戏起，后勿冤妾，令人郁死！"余乃挽之入怀，抚慰之，始解颜为笑。自此"岂敢""得罪"竟成语助词矣。鸿案相庄①廿有三年，年愈久而情愈密。家庭之内，或暗室相逢，窄途邂逅，必握手问曰："何处去？"私心忒忒，如恐旁人见之者。实则同行并坐，初犹避人，久则不以为意。芸或与人坐谈，见余至，必起立，偏挪其身，余就而并焉，彼此皆不觉其所以然者。始以为惭，继成不期然而然。独怪老年夫妇相视如仇者，不知何意。或曰："非如是，焉得白头偕老哉？"斯言诚然欤？

注释

① 鸿案相庄：成语，示夫妻和好相敬。出自《后汉书·逸民传·梁鸿》："鸿家贫而有节操。妻孟光，有贤德。每食，光必对鸿举案齐眉，以示敬重。"

译文

我生性直爽，行为散漫而不受拘束。芸则像迂腐的儒生，拘束多礼。我偶尔为她披衣整袖，她必连声道"得罪了"；或是为她递送手巾和扇子，她非要站起来接受。刚开始的时候烦她这点，说："你是要用礼节来束缚我啦？俗话说：'礼多必诈。'"芸红着脸反问："对你恭敬而且有礼，为什么反说我虚假？"我说："恭敬关键在心，不在做表面文章。"芸说："最亲莫如父母，难道对他们也可以在内心尊敬，而外表则狂荡放肆了？"我说："我前面说的话都是开玩笑呢！"芸严肃地说："世间夫妻俩反目争吵，多数是由于玩笑话引起的。以后不准你随便冤枉妾，让我郁闷而死！"我便将她搂在怀里抚慰起来，她才开颜露出笑容。从此，"岂敢""得罪"竟成我们的口头禅了。我们夫妻恩爱，举案齐眉，共有二十三年。时间越长，感情越深、关系越亲密。家庭之内，或暗室相逢、窄路相遇，必握手问："去哪里？"我们相爱得太密切，总怕旁人看见一样。实际上，当初同行并肩还特意避人，久而久之就不以为意了。芸有时与人坐着聊天，见我到来，必起立挪开身子让位，我就紧挨着她坐下来，彼此全不在乎其所以然了。从开始的有所羞愧，继而变为不期然而然。唯独怪那些老年夫妇视如仇人，不明白我们是什么意思。有的说："不是这样，怎么能白头偕老呢？"他们的话是不是确实呢？

是年七夕，芸设香烛瓜果，同拜天孙①于我取轩中。余镌"愿生生世世为夫妇"图章二方，余执朱文，芸执白文，以为往来书信之用。是夜月色颇佳，俯视河中，波光如练，轻罗小扇，并坐水窗，仰见飞云过天，变态万状。芸曰："宇宙之大，同此一月，不知今日世间，亦有如我两人之情兴否？"余曰："纳凉玩月，到处有之。若品论云霞，或求之幽闺绣闼②，慧心默证者固亦不少。若夫妇同观，所品论者，恐不在此云霞耳。"未几，烛烬月沉，撤果归卧。

注释

① 天孙：织女星。
② 幽闺绣闼（tà）：妇女居住的内室。闼，装饰华丽的小门。

译文

当年七夕，芸摆设了香炉瓜果，同我在"我取"轩亭内拜织女星。我篆刻了"愿生生世世为夫妻"的两枚印章，我拿朱文阳字，芸拿白文阴字，作为以后往来书信所用。当夜月色明亮，俯视水中，波光恰似白练。二人轻摇着小扇，并排坐在临水窗口。仰头见飞云过天，形状千变万化。芸说："宇宙之大，天下同此月亮，不知今日世间，还有像我们二人这样有闲情雅兴的没有？"

我说:"纳凉赏月的到处都有,如品论云霞,或在深幽闺房求证,慧心默证的人当然也不少。若是夫妻共同观赏,所品论的恐怕不在这云霞呢!"不久,烛火燃尽,清月西沉,我们撤果回去睡觉了。

七月望①,俗谓之鬼节。芸备小酌拟邀月畅饮,夜忽阴云如晦。芸愀然②曰:"妾能与君白头偕老,月轮当出。"余亦索然。但见隔岸萤光,明灭万点,梳织于柳堤蓼渚③间。余与芸联句以遣闷怀,而两韵之后,逾联逾纵,想入非夷,随口乱道。芸已漱涎涕泪,笑倒余怀,不能成声矣。觉其鬓边茉莉浓香扑鼻,因拍其背以他词解之曰:"想古人以茉莉形色如珠,故供助妆压鬓,不知此花必沾油头粉面之气,其香更可爱,所供佛手④当退三舍矣。"芸乃止笑曰:"佛手乃香中君子,只在有意无意间;茉莉是香中小人,故须借人之势,其香也如胁肩诌笑。"余曰:"卿何远君子而近小人?"芸曰:"我笑君子爱小人耳。"正话间,漏已三滴,渐见风扫云开,一轮涌出,乃大喜。倚窗对酌,酒未三杯,忽闻桥下哄然一声,如有人堕。就窗细瞩,波明如镜,不见一物,惟闻河滩有只鸭急奔声。余知沧浪亭畔素有溺鬼,恐芸胆怯,未敢即言。芸曰:"嘻!此声也,胡为乎来哉?"不禁毛骨皆栗,急闭窗,携酒归房。一灯如豆,罗帐低垂,弓影杯蛇,惊神未定。剔灯入帐,芸已寒热大作,余亦继之,困顿两旬。真所谓乐极灾生,亦是白头不终之兆。

注释

① 七月望:农历七月十五。望,农历每月十五。
② 愀(qiǎo)然:脸色改变,多指悲伤严肃。
③ 蓼渚(zhǔ):生有蓼草的水边或水中的一小块地。
④ 佛手:一种水果,果实在成熟时各心皮分离,形成细长弯曲的果瓣,状如手指,故名佛手,也叫九爪木、五指橘、佛手柑。

译文

七月十五日,俗称"鬼节"。芸准备了小酒菜,打算邀月共饮。夜间，忽然阴云弥漫昏暗。芸脸色变得悲伤严肃起来，说："妾能与郎君白头偕老，月轮应当出来相伴才是啊！"此刻，我也觉得没有兴趣意味了。这时，只见隔岸萤火忽闪明灭千万点，穿梭在柳堤水蓼小洲之间。我便与芸对联句以消除胸中郁闷。对完两韵之后，越联想越放纵，竟然想得离奇玄妙、随口乱说起来。芸听了，已经大笑得涕泪交加，倒在我的怀里不能成声了。这时，我觉得她鬓角茉莉花味扑鼻，便拍着她的背解释说："想古人以茉莉花形色比作珍珠，所以用来插在头发上妆锦压鬓，却不知此花必须沾染油头粉面之气，其香味才会更可爱，连所供的佛手果香味也要退避三舍了。"芸就止住笑说："佛手果乃香中君子，香不香只在人有意无意之间；茉莉花只是香中小人，因此必须借人之势才能挥发，其香味也像搂肩搭背的献媚之笑。"我问："你为什么疏远君子而亲近小人呢？"芸说："我是笑君子而爱小人哪！"正说话间，更漏已三声了。渐渐看见风扫云开，一轮明月出现了。我俩非常高兴，倚窗对酌小饮。酒还没喝三杯，忽然听见桥下边轰然一声，似乎有人落水。而到窗边仔细一看，水面却平静如镜，什么也没有看见，只听见河滩上有一只鸭子急跑的声音。我知道，沧浪亭畔本来就有淹死鬼的传说，担心芸会胆怯害怕，所以不敢立即说给她听。芸问："噫，这声音从何而来呢？"说完，就毛骨悚然而战栗。我们急忙关闭门窗，带酒回到屋内。此刻，室内一盏灯火小如豆，罗帐低垂着。看见此景，如杯弓蛇影，吓得我们惊魂未定，立即剔灯入帐了。芸这时已经发高烧，我也跟着发热了，因此昏沉迷糊了二十来天。真可谓乐极生灾，也是我们不能白头偕老的前兆啊！

中秋日，余病初愈。以芸半年新妇，未尝一至间壁之沧浪亭，先令老仆约守者勿放闲人。于将晚时，偕芸及余幼妹，一妪一婢扶焉，老仆前导。过石桥，进门折东，曲径而入。叠石成山，林木葱翠，亭在土山之巅。循级至亭心，周望极目可数里，炊烟四起，晚霞烂然。隔岸名"近山林"，为大宪行台①宴集之地，时正谊书院犹未启也。携一毯设亭中，席地环坐，守者烹茶以进。少焉，一轮明月已上林梢，渐觉风生袖底，月到波心，俗虑尘怀，爽然顿释。芸曰："今日之游乐矣！若驾一叶扁舟，往来亭下，不更快哉？"时已上灯，忆及七月十五夜之惊，相扶下亭而归。吴俗，妇女是晚不拘大家小户，皆出结队而游，名曰"走月亮"。沧浪亭幽雅清旷，反无一人至者。

注释

① 大宪行台：巡抚出行时的驻所。

译文

中秋节，我病初愈。由于芸做了半年新娘，没有一次去过沧浪亭，所以准备让她去一次。我先叫老女仆在沧浪亭守候，不准闲人进去。晚上，我带着芸和我的小妹，叫一个女仆和一个丫鬟搀着走去。由女仆为前导，过了石桥进了门，往东转弯沿着曲径小路而入。里面叠石假山成林，树丛花木葱绿。亭子在土山顶上，顺台阶到达亭中央，向四周举目，可以看数里远，炊烟四起，晚霞灿烂。隔岸名叫"近山林"，是地方长官们集聚宴饮之地。这时，正谊书院还没成立。我们带一条毯子铺在亭中央，大家席地而坐，叫看守者烹茶倒水。一会儿，一轮明月升上树梢，渐渐觉得风生袖底，月光映河，胸怀中一切思虑忧闷都爽然消释。芸说："今日之游，非常开心啊！假如坐在小船上往来于亭下，不是更快乐吗？"这时已经上灯，回忆起七月十五日夜受到惊吓的事，我便扶她下亭回去了。按照吴地风俗，妇女在当夜不管大家小户都可结队而行，叫作"走月亮"。而沧浪亭边幽雅清旷，却没有一人去玩。

吾父稼夫公喜认义子，以故余异姓弟兄有二十六人；吾母亦有义女九人。九人中王二姑、俞六姑与芸最和好。王痴憨善饮，俞豪爽善谈。每集，必逐余居外，而得三女同榻；此俞六姑一人计也。余笑曰："俟妹于归后，我当邀妹丈来，一住必十日。"俞曰："我亦来此，与嫂同榻，不大妙耶？"芸与王微笑而已。时为吾弟启堂娶妇，迁居饮马桥之仓米巷。屋虽宏畅，非复沧浪亭之幽雅矣。吾母诞辰演剧，芸初以为奇观。吾父素无忌讳，点演《惨别》①等剧，老伶刻画，见者情动。余窥帘见芸忽起去，良久不出，入内探之，俞与王亦继至。见芸一人支颐②独坐镜奁之侧，余曰："何不快乃尔？"芸曰："观剧原以陶情，今日之戏徒令人断肠耳。"俞与王皆笑之。余曰："此深于情者也。"俞曰："嫂将竟日独坐于此耶？"芸曰："俟有可观者再往耳。"王闻言先出，请吾母点《刺梁》③《后索》④等剧，劝芸出观，始称快。

> [注释]

①《惨别》：一个折子戏的名字，当是写离别之痛。

②支颐（yí）：支着下巴沉思的样子。

③《刺梁》：本戏《渔家乐》中的一出，为清代的朱佐朝所写，说的是侠女行刺汉奸的故事。

④《后索》：本戏《后寻亲记》中的一出，说的是秀才周瑞龙考中后寻找失散的父亲的故事。

> [译文]

我的父亲稼夫公喜欢认义子，所以我的异姓弟兄有二十六人。我母亲也有义女九人，其中王二姑、俞六姑与芸最要好。王二姑憨直善于饮酒，俞六姑豪爽能说会道。她们每次集聚在一起，必定要把我赶到卧室外去过夜，而她们三人则同床而睡，这都是俞六姑出的馊主意。因此，我对她开玩笑说："好啊，等到小妹俞六姑出嫁后，我也一定要邀请妹夫来，同榻一住就是十天！"俞六姑笑说："那么，我也来这里住，与芸嫂子同榻不是更好吗？"芸与王二姑听了，都微笑起来。当时，因为我弟弟启堂娶媳妇，我们只好迁居到饮马桥的仓米巷。这里房屋虽然宽敞，却比不上沧浪亭的幽雅。后来，为我母亲祝寿而在家里演戏，芸最初以为稀奇好玩而欣赏。我父亲本来并无忌讳，点了《惨别》等戏，优伶表演得十分精彩，让人看了动情。此刻，我偷偷向窗帘外看，忽然发现芸站起来走进房，很久也不出来。我急忙进去探望她，王二姑和俞六姑也相继跟了进来。只见芸支着下巴独坐在梳妆镜边。我问："有什么不愉快吗？"芸答："看戏原本可以陶情，今日的戏却是令人伤心断肠啊！"王二姑、俞六姑都笑她。我说："莫怪她，她是善于动情的人啊！"俞六姑问："嫂嫂将整天独坐在这里吗？"芸说："等有可看的再去吧！"王二姑听了先出去，让我母亲点了《刺梁》《后索》等剧，劝芸出去看戏，她才开颜称快。

余堂伯父素存公早亡，无后，吾父以余嗣焉。墓在西跨塘福寿山祖茔之侧，每年春日，必挈芸拜扫。王二姑闻其地有戈园之胜①，请同往。芸见地下小乱石有苔纹，斑驳可观，指示余曰："以此叠盆山，较宣州白石为古致。"余曰："若此者恐难多得。"王曰："嫂果爱此，我为拾之。"即向守坟者借麻袋一，鹤步而拾之。每得一块，余曰"善"，即收之；余曰"否"，即去之。未几，粉汗盈盈，拽袋返曰："再拾则力不胜矣。"芸且拣且言曰："我闻山果收获，必借猴力，果然！"王愤撮十指作哈痒状，余横阻之，责芸曰："人劳汝逸，犹作此语，无怪妹之动愤也。"归途游戈园，稚绿娇红，争妍竞媚。王素憨，逢花必折。芸叱曰："既无瓶养，又不簪戴，多折何为！"王曰："不知痛痒者何害？"余笑曰："将来罚嫁麻面多须郎，为花泄忿。"王怒余以目，掷花于地，以莲钩②拨入池中，曰："何欺侮我之甚也！"芸笑解之而罢。

注释

①戈园之胜：个园的旅游胜地。戈园，即个园，音近。为清代盐商黄应泰在明代寿芝园的基础上扩建而成。园中有竹万竿，因"个"字乃"竹"字一半，且状似竹叶，故取名"个园"。

②莲钩：缠足妇女的脚，又叫三寸金莲。

译文

我堂伯父早年去世，没有后代，我父亲就让我给他当后嗣。他的墓在西跨塘福寿山祖坟旁，每年清明节，我必带芸去扫墓。王二姑听说那个地方有"戈园"名胜，便请求同去。到了以后，芸见地面的小乱石上有苔藓纹理，斑驳好看，便指着石头说："拿它来堆叠盆景假山，比宣州白石更古朴别致。"我说："如果真要找到这种石头，恐怕很难得到多少。"王二姑说："嫂嫂果然喜爱这东西,就让我来为你拾吧!"说着,就向守坟者要了一个麻袋,迈开鹤步捡起来。每捡一块,我说"可以"便收起来,我说"不好"则丢下。不久,王二姑就累得粉汗淋漓,提着麻袋回来说:"再拾就没有力气了。"芸一边挑拣一边对她开玩笑说:"我听说山上果子收获时,必须借助猴子的力气,今日果然也如此呢!"王二姑听了,生气地弯曲着十指,呵着气要挠她胳肢窝。我马上过去阻拦她,并责怪芸说:"人家劳累,你安逸,还故意说这种俏皮话,难怪王妹妹对你发怒动气呢!"回来的路上,游览了戈园。园内翠绿娇红,百花争奇斗艳。王二姑本来憨直,看见花朵便折。芸斥责说:"既无花瓶可插,又不戴头上,折多了又有什么用?"王二姑说:"花儿又不知道痛痒,多折了有什么害处?"我则对她笑道:"将来惩罚你嫁一个麻子脸、多胡须的郎君,好为花儿泄愤出气!"王二姑急忙对我怒目以对,将花扔在地上,用金莲小脚拨入水池中,并说道:"你为何这么狠心地欺辱我呢?"芸连忙笑着帮忙调解,方才罢休。

芸初缄默,喜听余议论。余调其言,如蟋蟀之用纤草,渐能发议。其每日饭必用茶泡,喜食芥卤乳腐,吴俗呼为"臭乳腐";又喜食虾卤瓜。此二物余生平所最恶者,因戏之曰:"狗无胃而食粪,以其不知臭秽;蜣螂团粪而化蝉,以其欲修高举也。卿其狗耶?蝉耶?"芸曰:"腐取其价廉而可粥可饭,幼时食惯。今至君家已如蜣螂化蝉,犹喜食之者,不忘本也。至卤瓜之味,到此初尝耳。"余曰:"然则我家系狗窦①耶?"芸窘而强解曰:"夫粪,人家皆有之,要在食与不食之别耳。然君喜食蒜,妾亦强啖之。腐不敢强,瓜可扼鼻略尝,入咽当知其美;此犹无盐②貌丑而德美也。"余笑曰:"卿陷我作狗耶?"芸曰:"妾作狗久矣,屈君试尝之。"以箸强塞余口。余掩鼻咀嚼之,似觉脆美;开鼻再嚼,竟成异味,从此亦喜食。芸以麻油加白糖少许拌卤腐,亦鲜美。以卤瓜捣烂拌卤腐,名之曰"双鲜酱",有异味。余曰:"始恶而终好之,理之不可解也。"芸曰:"情之所钟,虽丑不嫌。"

注释

①狗窦（dòu）：狗洞。《世说新语·排调》中记有："张吴兴年八岁亏齿，先达知其不常，故戏之曰：'君口中何为开狗窦？'张应声答曰：'正使君辈从此中出入。'"

②无盐：春秋时，齐国人，齐宣王的王后，姓钟离，名春。钟离春，齐国无盐邑人，故叫作无盐。一说，无盐也叫无艳，因其状貌丑，无盐的谐音叫"无艳"，就是没有"艳色"的意思。民谚有"有事钟无艳，无事夏春秋"，说的就是她。

译文

芸起初比较沉默，喜欢听我议论。我则常引导她说话，就像用纤草逗弄蟋蟀一样，渐渐地她能发表议论了。她每天吃饭必须用茶水泡，喜欢吃芥卤腐乳，吴语俗称为臭豆腐乳，又喜欢吃虾卤瓜。这两样东西是我一向最讨厌的，我就对她戏言说："狗没有胃而吃屎，是它不知道臭味污秽；屎壳郎滚粪球而变化蝉，是因为它想修炼高飞的本领。那么，你是狗还是蝉呢？"芸说："臭腐乳价格便宜，而且可下饭，我小时候吃惯了。如今嫁到郎君家，我已由屎壳郎化为蝉了。现在特别喜欢吃这臭东西，是因为我不忘本呢！至于卤瓜味道，还是到你家里才开始尝到哩！"我说："既然这样，那么我家也算是个狗洞了？"芸尴尬地强辩说："这粪便，人人家里都有，关键在于吃与不吃的区别。而郎君喜欢吃大蒜，妾也强咽下去了。臭豆腐乳我不敢强逼你吃，但是卤瓜却可以捏着鼻子稍微尝点，咽下去才会知道它的味道美呢！这就好比'无盐女'相貌丑而品德美啊！"我笑着说："你这是存心要陷害我作狗啦？"芸说："妾作狗已经很久了，委屈郎君也试尝一下吧！"说完，便用筷子夹起卤瓜强塞到我口中。我捂着鼻子咀嚼它，似乎觉得清脆味美。松开鼻子再嚼一会儿，竟感到味道确实与众不同，从此也开始喜欢吃了。芸用麻油加少量白糖拌臭豆腐乳，也感觉味道鲜美。用卤瓜捣烂拌臭豆腐乳，名叫"双鲜酱"，也别有风味。我说："开始厌恶的，最终却变为喜欢，这个道理真是不可理解呀！"芸说："有感情而且有所钟爱，虽然丑陋也不会嫌弃。"

余启堂弟妇，王虚舟先生孙女也，催妆时偶缺珠花。芸出其纳采①所受者呈吾母，婢妪旁惜之。芸曰："凡为妇人，已属纯阴；珠乃纯阴之精，用为首饰，阳气全克矣。何贵焉？"而于破书残画，反极珍惜。书之残缺不全者，必搜集分门，汇订成帙，统名之曰"断简残编"；字画之破损者，必觅故纸粘补成幅，有破缺处，倩予全好而卷之，名门"弃余集赏"。于女红中馈之暇，终日琐琐，不惮烦倦。芸于破笥烂卷中，偶获片纸可观者，如得异宝。旧邻冯妪每收乱卷卖之。

注释

① 纳采：即纳彩，送彩礼的意思。一般指男方托媒去女方家提亲，送上钱财礼物等。

译文

我弟弟启堂娶的媳妇，是王虚舟先生的孙女。她急着梳妆出嫁时，唯独缺少珍珠花首饰。芸拿出自己结婚受聘礼的珍珠花，交给我母亲转送给她。奴婢丫鬟们在旁边替她可惜，芸说："凡是妇人，已经属于纯阴。珍珠是纯阴之精华，用作首饰，阳气全克尽了，有什么可珍贵的？"但她对破书残画反倒极其珍惜。书籍残缺不全的，必定搜集分类，汇编装订成册，统统叫作"断简残编"；破损的字画，必定寻找旧纸张粘补成整幅，或请人补完整破损处再卷起来，叫作"弃余集赏"。在家务炊饮忙碌休闲时，终日忙些零零碎碎的小事，不厌其烦。她在箱子里的破烂书卷之中，偶尔得到一片可看的纸张，如获至宝。过去的邻居冯老太婆每次收购破烂书卷都卖给她。

其癖好与余同，且能察眼意，懂眉语，一举一动，示之以色，无不头头是道。余尝曰："惜卿雌而伏，苟能化女为男，相与访名山，搜胜迹，遨游天下，不亦快哉！"芸曰："此何难，俟妾鬓斑之后，虽不能远游五岳，而近地之虎阜、灵岩，南至西湖，北至平山，尽可偕游。"余曰："恐卿鬓斑之日，步履已艰。"芸曰："今世不能，期以来世。"余曰："来世卿当作男，我为女子相从。"芸曰："必得不昧今生，方觉有情趣。"余笑曰："幼时一粥犹谈不了；若来世不昧今生①，合卺之夕，细谈隔世，更无合眼时矣。"芸曰："世传月下老人专司人间婚姻事，今生夫妇已承牵合，来世姻缘亦须仰藉神力，盍绘一像祀之？"时有苕溪戚柳堤，名遵，善写人物。倩绘一像：一手挽红丝，一手携杖悬姻缘簿，童颜鹤发，奔驰于非烟非雾中。此戚君得意笔也。友人石琢堂为题赞语于首，悬之内室。每逢朔望，余夫妇必焚香拜祷。后因家庭多故，此画竟失所在，不知落在谁家矣。"他生未卜此生休"，两人痴情，果邀神鉴耶？

【注释】

① 来世不昧今生：来世会对今生所受果报，在心里清清楚楚记得，而不会迷惑。

【译文】

芸的癖好与我相同，而且能够察言观色懂眉语，一举一动示之以眼色，无不头头是道。我曾说过："可惜你是个女性，藏而不露。如果能化女儿身为男子，与我同访名山，搜遍名胜古迹，遨游天下，不是更为快乐吗！"芸说："这有什么难处？等妾头发斑白时，虽然不能远游三山五岳，而附近的虎丘、灵岩山，南到杭州的西湖，北到扬州的平山堂，都可以陪你去游玩。"我说："恐怕等你熬到头发斑白时，步履艰难已经走不动了。"芸说："今世不能，还可以期待来世嘛！"我说："下一辈子由你来当男子，我作为女人与你相从。"芸说："来世必须对今生的事情不会忘记，那才觉得有情趣。"我笑着说："小时候连吃一碗粥的事现在都说不完，要是来世不忘记今生的事，那时候结婚喝完合卺酒，再细谈上辈子的隔世事情，恐怕整夜连合眼睡觉的时间也没有了。"芸说："世上传说，月下老人专门司管人间婚姻大事。今生我们夫妇已由他牵合，来世姻缘也需要借助神仙帮忙，现在咱们为何不绘一幅画像来祭奠他呢？"当时，苕溪有个戚柳堤，名遵，善于画人物。我们便请他画了一幅月下老人像：老人一手挽着红绳，一手挂着仙杖，并悬挂着姻缘簿，童颜鹤发，在非烟非雾之中飞驰。这真是戚氏的得意之笔呀。好朋友石琢堂在画首题了赞语,悬挂在室内。每逢初一、十五,我们夫妇必定焚香礼拜祈祷。后来,由于家庭多种变故,此画竟然丢失,不知失落到谁家了。唐代李商隐的诗句"他生未卜此生休",是说来世结为夫妻的命运尚不可知,而此生的恩爱却已先休了。我们夫妻的痴情,果真能得到神灵的明鉴吗?

迁仓米巷,余颜①其卧楼曰"宾香阁",盖以芸名而取如宾意也。院窄墙高,一无可取。后有厢楼,通藏书处,开窗对陆氏废园,但有荒凉之象。沧浪风景,时切芸怀。有老妪居金母桥之东、埂巷之北,绕屋皆菜圃,编篱为门,门外有池约亩许,花光树影,错杂篱边,其地即元末张士诚王府废基也。屋西数武②,瓦砾堆成土山,登其巅,可远眺,地旷人稀,颇饶野趣。妪偶言及,芸神往不置,谓余曰:"自别沧浪,梦魂常绕,每不得已而思其次,其老妪之居乎?"余曰:"连朝秋暑灼人,正思得一清凉地以消长昼。卿若愿往,我先观其家,可居,即襥被③而往,作一月盘桓,何如?"芸曰:"恐堂上不许。"余曰:"我自请之。"越日,至其地。屋仅二间,前后隔而为四,纸窗竹榻,颇有幽趣。老妪知余意,欣然出其卧室为赁,四壁糊以白纸,顿觉改观。于是禀知吾母,挈芸居焉。邻仅老夫妇二人,灌园为业,知余夫妇避暑于此,先来通殷勤,并钓池鱼、摘园蔬为馈。偿其价,不受,芸作鞋报之,始谢而受。

【注释】

①颜:指的是大堂或门框上的横匾。这里是名词用作动词,指在门楣上题字。

②数武:好几步。武,古代以六尺为步,半步为武。

③襥(fú)被:即袱被,用袱子包扎衣被,指整理行装。

【译文】

迁到仓米巷后,我为卧楼题匾额"宾香阁",是以芸命名而取"如宾"的意思。院窄墙高,一无可取。后边有一个厢楼通往藏书处,开窗正对着陆氏废园,满眼都是荒凉的景象。沧浪亭的景色,时刻让芸怀念。有个老太太住在金母桥东、埂巷之北。围绕她的房子的都是菜园，并且编着篱笆为门。门外有个一亩地大的池塘，花光树影，交错于篱笆边。这块地就是元末张士诚的王府的废弃地基。房屋西边数步远处，瓦砾堆成土山，登上山顶可以远眺，地旷人稀，颇有野趣。老太太偶尔说起这些事，芸都神往不已，便对我说："自从离别沧浪亭，梦魂常常缠绕在心头。今日不得已想到这里，那是老太太的居住地吧？"我说："连日秋暑炎热灼人，正想得到一块清凉地消磨长昼。你若是愿意去，我先去她家看看，能够居住，就包起铺盖去休闲一个月，怎么样？"芸说："恐怕堂上父母大人不允许。"我说："我自己请示去。"过了几日，我来到那个地方一看，屋子仅有两间，前后隔开为四个小房间，窗上糊着纸，设有竹榻，特别有雅趣。老太太知道我的意思，欣然腾出她的卧室租赁给我们。四壁也糊上白纸，室内顿时明亮改观了。于是，我禀告母亲，带着芸搬过去住了。邻居仅有这老夫妇二人，靠浇灌园地为业。他们知道我们夫妻来此地避暑，先跑过来一通殷勤，并且钓池鱼、采蔬菜为我们做饭菜。我们按照相应的价格予以报偿，他们都不肯接受。芸便做了新鞋子予以报答，他们才道谢接受。

  时方七月，绿树阴浓，水面风来，蝉鸣聒耳。邻老又为制鱼竿，与芸垂钓于柳阴深处。日落时，登土山，观晚霞夕照，随意联吟，有"兽云吞落日，弓月弹流星"之句。少焉，月印池中，虫声四起，设竹榻于篱下。老妪报酒温饭熟，遂就月光对酌，微醺而饭。浴罢，则凉鞋蕉扇，或坐或卧，听邻老谈因果报应事。三鼓归卧，周体清凉，几不知身居城市矣。篱边倩邻老购菊，遍植之。九月花开，又与芸居十日。吾母亦欣然来观，持螯①对菊，赏玩竟日②。芸喜曰："他年当与君卜筑于此，买绕屋菜园十亩，课仆妪，植瓜蔬，以供薪水。君画我绣，以为诗酒之需。布衣菜饭，可乐终身，不必作远游计也。"余深然之。今即得有境地，而知己沦亡，可胜浩叹！

注释

① 螯（áo）：螃蟹的第一对脚，这里指下酒菜。
② 竟日：终日，一整天。

译文

当时正是七月，绿树成荫，水面来风，蝉鸣不停。老邻居又为我们制作了渔竿，我与芸在树荫深处垂钓。日落时，登上山顶看晚霞夕照，随意联句吟诗，有"兽云吞落日，弓月弹流星"的句子。不一会儿，月映水池，虫声四起，我们又在篱下摆设竹榻。这时，老太太告诉我们，已经酒温饭熟了。我们就在月光下饮酒，微醉着吃饭。夜里沐浴完毕，穿着拖鞋，摇着芭蕉扇，或坐或卧，听老邻居谈论因果报应等事。更鼓敲响了三遍，便回去睡觉。浑身觉得清凉，几乎忘了是居住在城市里呢！后来，我们又请老太太买来菊花，在篱笆边遍地栽种。九月，菊花开了，我与芸又多住了十天。我母亲也欣然前来观看，大家吃着螃蟹观赏菊花，玩了一整天。芸兴奋地说："将来应当与郎君在这里建筑房屋，买下围绕房子的十亩菜园，征用老女仆种植瓜果蔬菜，以供给家用。郎君绘画，我刺绣，卖钱作为诗酒的费用。布衣菜饭足可以乐其终身，不必再作远游的打算了。"我深深地赞同她的话。如今，即使得到这块土地，而我的知己已经沦亡，真是不胜悲叹啊！

离余家半里许，醋库巷有洞庭君祠，俗呼水仙庙，回廊曲折，小有园亭。每逢神诞，众姓各认一落，密悬一式之玻璃灯，中设宝座，旁列瓶几，插花陈设，以较胜负。日惟演戏，夜则参差高下，插烛于瓶花间，名曰"花照"。花光灯影，宝鼎香浮，若龙宫夜宴。司事者或笙箫歌唱，或煮茗清谈，观者如蚁集，檐下皆设栏为限。余为众友邀去，插花布置，因得躬逢其盛。归家向芸艳称之，芸曰："惜妾非男子，不能往。"余曰："冠我冠，衣我衣，亦化女为男之法也。"于是易髻为辫，添扫蛾眉；加余冠，微露两鬓，尚可掩饰；服余衣长一寸又半；于腰间折而缝之，外加马褂。芸曰："脚下将奈何①？"余曰："坊间有蝴蝶履②，小大由之，购亦极易，且早晚可代撒鞋③之用，不亦善乎？"芸欣然。及晚餐后，装束既毕，效男子拱手阔步者良久，忽变卦曰："妾不去矣。为人识出既不便，堂上闻之又不可。"余怂恿曰："庙中司事者谁不知我，即识出，亦不过付之一笑耳。吾母现在九妹丈家，密去密来，焉得知之？"芸揽镜自照，狂笑不已。余强挽之，悄然径去，遍游庙中，无识出为女子者。或问何人，以表弟对，拱手而已。最后至一处，有少妇幼女坐于所设宝座后，乃杨姓司事者之眷属也。芸忽趋彼通款曲，身一侧，而不觉一按少妇之肩。旁有婢媪怒而起曰："何物狂生，不法乃尔！"余欲为措词掩饰。芸见势恶，即脱帽翘足示之曰："我亦女子耳。"相与愕然，转怒为欢，留茶点，唤肩舆④送归。

[注释]

①脚下将奈何：下面的脚怎么办呢？当时的妇女都缠足，脚很小，穿绣花鞋，很容易被辨认出来。

②蝴蝶履：清朝时，艺妓穿的一种鞋子，流传坊间，大小随意，常见易购，可代拖鞋之用。

③撒鞋：拖鞋。

④肩舆：即轿子，又称"平肩舆"，古代人的代步工具。

[译文]

　　离我家半里路的醋库巷，有个洞庭君祠堂，俗称水神庙。里面回廊曲折，小有园亭。每逢神仙诞辰日，老百姓都各自在一角落里密挂同一样式的玻璃灯，中间摆设宝座，旁边排列茶几和花瓶，互相插花陈设，比较胜负。白天唯有演戏，夜间则在花瓶间高低不等地插蜡烛，叫作"花照"。花光灯影，宝鼎香浮，好像龙宫里摆夜宴。掌管人或笙箫歌唱，或煮茶清谈，参观者多得如蚂蚁集聚，屋檐下都安设栏杆作为限制。我被朋友们邀请去插花布置，因而得以碰上这种热闹的盛事场面。回家后，我向芸赞美这地方。芸说："可惜妾不是男子，不能去。"我说："你戴上我的帽子，穿上我的衣服，也是化女为男的好方法哩！"于是，我让她改发髻为长辫，把蛾眉加粗，戴上我的帽子，稍微露出两鬓角，基本上可掩饰过去了。穿我的衣服时长出一寸半，就在她腰间折叠缝起来，外边再加上马褂。芸问："下边小脚可怎么办？"我说："作坊里有蝴蝶鞋卖，大小都有，要去买也很容易，而且早晚可代拖鞋用，不是很好吗？"芸欣然同意。晚饭后，装束完毕，芸仿效男子动作拱手阔步良久。忽然，她改变主意说："妾不去了，叫人认出来既不方便，让堂上父母大人知道了也不好。"我怂恿她说："庙里的掌管人谁不认识我？即使被认出来，也不过付之一笑罢了。我母亲现在九妹夫家里，我们秘密出去、秘密回来，她怎么会知道？"芸拿镜子自照，大笑不已。我强挽着她的胳膊，悄悄走了出去。游遍庙中，没有一个人看出芸是女子。有人问她是何人，我也以表弟相称来应付他们，并且拱手回礼而已。最后走到一处，见有个年轻妇女和幼女坐在宝座后面，她就是杨掌管的眷属。芸忽然走过去通殷勤，身子一歪，不知不觉地按了一下年轻妇女的肩膀。旁边的奴仆即刻愤怒地站起来骂道："不是东西的狂生，这么不遵礼守法？"我正想拿出一点措辞来为芸掩饰，可是她见对方态度恶劣，立即脱下帽子，翘起三寸金莲向她们展示说："我也是女子呀！"对方相视一番，竟震惊愕然起来。她们马上转怒为欢，留下来共进茶点，并唤轿子来送我们回家。

吴江钱师竹病故，吾父信归，命余往吊。芸私谓余曰："吴江必经太湖，妾欲偕往，一宽眼界。"余曰："正虑独行踽踽，得卿同行固妙，但无可托词耳。"芸曰："托言归宁。君先登舟，妾当继至。"余曰："若然，归途当泊舟万年桥下，与卿待月乘凉，以续沧浪韵事。"时六月十八日也。是日早凉，携一仆先至胥江渡口，登舟而待。芸果肩舆至。解维出虎啸桥，渐见风帆沙鸟，水天一色。芸曰："此即所谓太湖耶？今得见天地之宽，不虚此生矣！想闺中人有终身不能见此者！"闲话未几，风摇岸柳，已抵江城。余登岸拜奠毕，归视舟中洞然，急询舟子。舟子指曰："不见长桥柳阴下观鱼鹰捕鱼者乎？"盖芸已与船家女登岸矣。余至其后，芸犹粉汗盈盈，倚女而出神焉。余拍其肩曰："罗衫汗透矣！"芸回首曰："恐钱家有人到舟，故暂避之。君何回来之速也？"余笑曰："欲捕逃耳。"于是相挽登舟，返棹至万年桥下，阳乌犹未落也。舟窗尽落，清风徐来，纨扇罗衫，剖瓜解暑。少焉，霞映桥红，烟笼柳暗，银蟾①欲上，渔火满江矣。命仆至船梢与舟子同饮。

注释

① 银蟾：月亮。

译文

吴江钱师竹病故，我父亲来信让我前往吊唁。芸私下对我说："去吴江必然经过太湖，妾也想与你偕伴同去，开开眼界。"我说："正在考虑独自去显得孤零，如果能与你同行固然极妙，但没什么当借口呢！"芸说："借口说我要回娘家。郎君先登船等待，妾随后就来。"我说："要是这样，归途中应该停泊在万年桥下与你对月乘凉，以延续沧浪亭的韵事。"当时是六月十八日。

这一天早晨比较凉快，我带一个仆人先到胥江渡口登上小船等待。不久，芸果然乘小轿来到。我们解开缆绳，乘船离开了虎啸桥。此刻，渐渐看见湖面上风帆急、沙鸥飞，水天一色。芸激动地说："这就是太湖吗？今天得见天地广阔，真是没有虚度此生啊！想天下闺中人，有的终身也不能见到这种景色。"闲话没说多少，风吹岸边柳枝，已经抵达江城了。我登上岸拜奠完毕，回来看见船中空空荡荡，急忙询问艄公。他手指着远方说："你没看见长桥柳荫下，正在观看鱼鹰捕鱼的那个人吗？"原来，芸与船家女已经登岸。我走到她身后，见她热得粉汗盈盈，正靠在船家女孩身上看得出神哩！我拍着她的肩膀说："你的罗衫都被汗水湿透了！"芸回头说："我是害怕钱师竹的家人到船上来，所以暂时躲避他们。郎君为什么这么快就回来了？"我笑着说："我是想来追捕逃跑的人啊！"于是，我挽着她重新登上小船，掉过船头返回到万年桥下。这时，太阳还没有落山。舣窗降落下来，清风徐来，轻摇纨扇，身着罗衫，剖瓜解暑。不一会儿，晚霞映桥，烟笼柳暗，银月升天，渔火满江。我叫仆人与艄公到船头共同饮酒。

船家女名素云,与余有杯酒交,人颇不俗。招之与芸同坐。船头不张灯火,待月快酌,射覆为令。素云双目闪闪,听良久,曰:"觞政①侬颇娴习,从未闻有斯令,愿受教。"芸即譬其言而开导之,终茫然。余笑曰:"女先生且罢论,我有一言作譬,即了然矣。"芸曰:"君若何譬之?"余曰:"鹤善舞而不能耕,牛善耕而不能舞,物性然也。先生欲反而教之,无乃劳乎?"素云笑捶余肩曰:"汝骂我耶!"芸出令曰:"只许动口,不许动手。违者罚大觥。"素云量豪,满斟一觥,一吸而尽。余曰:"动手但准摸索,不准捶人。"芸笑挽素云置余怀,曰:"请君摸索畅怀。"余笑曰:"卿非解人,摸索在有意无意间耳,拥而狂探,田舍郎之所为也。"时四鬟所簪茉莉为酒气所蒸,杂以粉汗油香,芳馨透鼻。余戏曰:"小人臭味充满船头,令人作恶。"素云不禁握拳连捶曰:"谁教汝狂嗅耶?"芸呼曰:"违令,罚两大觥!"素云曰:"彼又以小人骂我,不应捶耶?"芸曰:"彼之所谓小人,盖有故也。请干此,当告汝。"素云乃连尽两觥。芸乃告以沧浪旧居乘凉事。素云曰:"若然,真错怪矣,当再罚。"又干一觥。芸曰:"久闻素娘善歌,可一聆妙音否?"素即以象箸击小碟而歌。芸欣然畅饮,不觉酩酊,乃乘舆先归。余又与素云茶话片刻,步月而回。时余寄居友人鲁半舫家萧爽楼中。越数日,鲁夫人误有所闻,私告芸曰:"前日闻若婿挟两妓饮于万年桥舟中,子知之否?"芸曰:"有之,其一即我也。"因以偕游始末详告之,鲁大笑,释然而去。

注释

① 觞(shāng)政:一种助酒兴的游戏,也可代指酒令。

译文

　　船家女儿名叫素云,与我有杯酒之交,人也不俗气,我便招呼她过来与芸同坐。船头没有点灯,只在月光下愉快地对酌畅饮,并且竞猜行酒令。素云两眼忽闪忽闪,听了许久说:"猜酒令我是特别熟习,可是从来没听过你们这种酒令,我愿意接受你们的指点。"芸就打比喻开导她,可惜她还是觉得茫然。我笑着说:"女先生暂且停止议论,我有一句话来作比喻,就可让她听明白了。"芸说:"拿什么比喻?"我说道:"仙鹤善舞而不能耕地,水牛善耕而不能跳舞。动物的天性是自然造就的,女先生想反过来教导她,不是白费力气吗?"素云笑着捶打我的肩膀说:"你是在骂我呢!"芸急忙发出口令说:"君子动口不动手,违者要罚酒一大杯!"素云酒量豪爽,她斟满一大杯酒,一口气就喝干了。我说:"要动手,只准摸索,不准捶打人!"芸笑着挽起素云推到我的怀抱说:"请郎君摸索,畅怀开心吧!"我笑着说:"你不理解人哪,摸索是在有意和无意之间,拥抱着疯狂探摸,那只是田家农夫所为呢!"此时,素云鬓发上所插戴的茉莉花被酒气熏蒸,夹杂着粉汗油香芳味,涌进我的鼻子。我戏弄她说:"小人臭味充满船头,令人厌恶!"素云不禁握拳连连捶打着我说:"谁教你疯狂嗅闻来?"芸叫道:"你违令了,该罚两大杯酒!"素云说:"他又以小人来骂我,难道我还不该捶他?"芸说:"他之所以叫你小人,也是有缘故的,请你先干了这两杯酒,我一定会将缘故告诉你。"素云便连喝两大杯。这时,芸才将我们当初在沧浪亭乘凉时谈论茉莉花是小人、佛手果是君子的事告诉她。素云说:"如果是这样,我真是错怪他了,我该当受罚!"又喝了一大杯酒。芸说:"久闻素云善于唱歌,可否让我们欣赏一下你的妙音?"素云便用象牙筷子敲击小碟唱起来。芸开心地畅饮,不知不觉已酩酊大醉,我就让她坐轿子先回去了。我又与素云茶话聊天片刻,然后在月光下散步回去。当时,我寄宿在好朋友鲁半舫家的萧爽楼中。隔了几天,鲁夫人误听外边的传闻,私下告诉芸:"前天,我听说你夫婿招揽两个妓女,夜间在万年桥下小船上戏耍,你知不知道这件事?"芸回答说:"有的,其中一个就是我呢!"于是,又将偕伴我出游的事情经过详细告诉了她。鲁夫人听了大笑起来,也轻松放心地回去了。

乾隆甲寅七月,余自粤东归。有同伴携妾回者,曰徐秀峰,余之表妹婿也,艳称①新人之美,邀芸往观。芸他日谓秀峰曰:"美则美矣,韵犹未也。"秀峰曰:"然则若郎纳妾,必美而韵者乎?"芸曰:"然。"从此痴心物色,而短于资。时有浙妓温冷香者,寓于吴，有《咏柳絮》四律，沸传吴下，好事者多和之。余友吴江张闲憨素赏冷香，携柳絮诗索和。芸微其人而置之，余技痒而和其韵，中有"触我春愁偏婉转，撩他离绪更缠绵"之句，芸甚击节。

注释

① 艳称：极力称赞。

译文

乾隆甲寅七月，我从广东归来。有个同伴叫徐秀峰，也就是我的表妹夫。他带回一个小妾，炫耀赞美自己的新人漂亮，也邀请芸过去看看。过了几天，芸对徐秀峰说："美是够美，然而琴棋诗画的韵味和文学风采还不足啊！"徐秀峰问："这么说，你的郎君纳妾，也必须选既漂亮又有风雅韵味的女子啦？"芸说："那当然！"从此，芸便痴心为我物色女子，可惜短缺资金。当时，浙江的名妓温冷香居住在吴地。她作有《咏柳絮》的四律诗，沸沸扬扬传遍吴地，许多好事者都争相和诗以对。我的吴江朋友张闲憨一向赏识温冷香，就带着《咏柳絮》来向我索要和诗。芸认为她地位卑微，瞧不起她，就随便把它丢在旁边闲置着。我正有诗兴而且笔痒，便和其韵作诗，其中有"触我春愁偏婉转，撩他离绪更缠绵"的句子。芸赞赏地击着节拍，助我吟诵。

明年乙卯秋八月五日，吾母将挈芸游虎丘，闲憨忽至曰："余亦有虎丘之游，今日特邀君作探花使者。"因请吾母先行，期于虎丘半塘相晤。拉余至冷香寓，见冷香已半老；有女名憨园，瓜期未破，亭亭玉立，真"一泓秋水照人寒"者也。款接间，颇知文墨。有妹文园，尚雏。余此时初无痴想，且念一杯之叙，非寒士所能酬，而既入个中，私心忐忑，强为酬答。因私谓闲憨曰："余贫士也，子以尤物玩我乎？"闲憨笑曰："非也，今日有友人邀憨园答我，席主为尊客拉去，我代客转邀客。毋烦他虑也。"余始释然。

至半塘，两舟相遇，令憨园过舟叩见吾母。芸、憨相见，欢同旧识，携手登山，备览名胜。芸独爱千顷云①高旷，坐赏良久。返至野芳滨，畅饮甚欢，并舟而泊。及解维，芸谓余曰："子陪张君，留憨陪妾，可乎？"余诺之。返棹至都亭桥，始过船分袂，归家已三鼓。芸曰："今日得见美而韵者矣。顷已约憨园明日过我，当为子图之。"余骇曰："此非金屋不能贮，穷措大岂敢生此妄想哉？况我两人伉俪正笃，何必外求？"芸笑曰："我自爱之，子姑待之。"

注释

① 千顷云：苏州虎丘后山一景。

译文

　　第二年乙卯秋八月五日，我母亲要带芸去虎丘游玩。张闲憨忽然来到我家说："我也有虎丘之游，今日特意邀请你作个'探花使者'！"于是，我请母亲她们先走，并约定在虎丘半塘相会。张闲憨拉着我来到温冷香的寓所，发现她已经是个半老徐娘。她有个女儿，名叫憨园，未满十六岁，亭亭玉立，真是个"一泓秋水照人寒"的俊美人。迎接款待期间，更得知她具有文墨风采。她还有个妹妹叫文园，尚属幼年。我起初并没有痴心妄想，只是贪一杯之叙，认为并不是我这个寒门子弟能应酬得了的。然而，既已进来了，心情和神色则忐忑不定，只好强作应酬答对。于是，我私下对张闲憨说："我是一个贫穷之士，你这是拿个尤物来耍弄我吧？"张闲憨笑着说："不是的，今日有个朋友邀请憨园女来应答我，可惜席主又叫尊客拉走了，我这是代表席主转而邀请客人，你不必烦恼忧虑啊！"我这才放下心。

　　后来，我们乘船到了半塘，与母亲的船相遇了，便叫憨园女跨过去叩见我母亲。芸与憨园女相见后，如同旧相识一般高兴，并携手登山，游览名胜景色。芸独爱千顷白云的高旷，坐下欣赏良久。返回野芳滨后，两船并靠停泊，开怀畅饮更是高兴。等到解缆分手时，芸对我说："你陪张闲憨在一条船上走，留下憨园女陪伴我一会儿，可以吗？"我答应了，掉过船头回去。到了都亭桥，这才互相过船分手离开。回到家，已是更鼓三响。芸说："今日终于得以见到既俊美又有风韵味的女孩了。刚才，我已约定憨园女明日来探望我，准备与她商量，为你考虑纳妾的事。"我惊慌地说："这里不是金屋，也不能藏娇，没有许多钱是纳聘不起的！而且我是个贫寒的读书人,岂敢生此妄想哪!何况我俩正是恩爱伉俪、情深意浓的夫妻,何必另有所求?"芸笑着说:"是我自己喜欢她,你姑且等待吧!"

明午,憨果至。芸殷勤款接,筵中以猜枚①(赢吟输饮)为令,终席无一罗致语。及憨园归,芸曰:"顷又与密约,十八日来此结为姊妹,子宜备牲牢以待。"笑指臂上翡翠钏曰:"若见此钏属于憨,事必谐矣。顷已吐意,未深结其心也。"余姑听之。十八日大雨,憨竟冒雨至。入室良久,始挽手出,见余有羞色,盖翡翠钏已在憨臂矣。焚香结盟后,拟再续前饮,适憨有石湖之游,即别去。芸欣然告余曰:"丽人已得,君何以谢媒耶?"余询其详,芸曰:"向之秘言,恐憨意另有所属也,顷探之无他。语之曰:'妹知今日之意否?'憨曰:'蒙夫人抬举,真蓬蒿倚玉树也。但吾母望我奢,恐难自主耳,愿彼此缓图之。'脱钏上臂时,又语之曰:'玉取其坚,且有团圞不断之意,妹试笼之以为先兆。'憨曰:'聚合之权,总在夫人也。'即此观之,憨心已得,所难必②者冷香③耳。当再图之。"余笑曰:"卿将效笠翁④之《怜香伴》⑤耶?"芸曰:"然。"自此无日不谈憨园矣。后憨为有力者夺去,不果。芸竟以之死。

> [注释]

① 猜枚:行酒令的一种方式,其法是把一些小物件如棋子、铜钱等握在手心里,让别人猜单双,猜中者为胜,不中者罚酒。

② 难必:难以肯定。

③ 冷香:借指妇女。此处指憨园之母。

④ 笠翁:明末清初的戏曲家李渔。

⑤ 《怜香伴》:李渔的传奇集《笠翁十种曲》其中一篇,讲述石笺云与曹语花两名女子以诗文相会,互生倾慕,两人想方设法争取长相厮守的故事。

> [译文]

第二天中午,憨园女果然来了。芸殷勤地迎接款待她。宴席上猜谜、行酒令,以猜赢了要吟诗、猜输了要饮酒为禁令。到结束时，并没有招请和撮合的话语。等到憨园女回去后，芸说："刚才我又与她密约，十八日来此结拜为姐妹，你应该准备杀牲好好招待她。"她笑着指着手腕上的翡翠玉镯说："到时，你要是看见这翡翠玉镯戴在她的手腕上了，事情就必然和谐，大事告成了。刚才我已经流露出那个意思，但还没有深入了解她的心思呢！"我只好暂且听从。十八日那天下大雨，憨园女竟然冒雨赶来了。她与芸进入卧室内，良久才挽手出来。当时，她看到我后，脸色羞涩，因为翡翠玉镯已戴在她的手腕上了。她俩焚香结拜姐妹后，准备继续饮酒。恰好憨园女急于去石湖游玩，只好让她离去。芸欣然告诉我说："佳丽美人已经到手了，郎君拿什么来感谢我这个媒人啊？"我询问详细情况，芸说："当初我对你保密，是担心憨园女另有所属。刚才我试探她，她说心无所属。我曾问：'妹妹知道今天的意思吧？'她说：'承蒙夫人抬举，我真是蓬蒿依玉树了。但是，我母亲对我的希望和要求极高，恐怕自己难以做主呢！但愿彼此对这事缓慢打算吧！'当时，我脱下玉镯给她戴上，又对她说：'玉石取其坚硬，而且有团圆不断之意。妹妹试戴上它，以此作为此事的前兆吧。'憨园女说：'聚合之权，主要在我母亲手里呢！'由此看来，憨园女的心是已经得到了，而难为她的必然是温冷香。以后应该再考虑在这个女人身上打主意。"我笑着说："你这是仿效李渔《怜香伴》的故事了？"芸说："当然是了！"从此，就没有一天不谈论憨园女。后来，憨园女被有势力的人夺去，事情没有成功。芸竟然因为这件事而抑郁去世。

卷评

　　林语堂阅读过《浮生六记》后，说芸娘是中国历史上最可爱的女人。确实，看完本卷，觉得如果能够得妻如芸娘，真是人生的大幸，因为她是如此的可爱啊。不过，林语堂还漏了一句，芸娘是中国历史上最多情的女人。她并非貌比西施，但她善解人意，所想所做都是为了做好一个妻子。而沈复对点点滴滴都不厌其烦地记载下来，也可看出沈复对妻子的思念之情。

卷二 闲情记趣

余忆童稚时,能张目对日,明察秋毫。见藐小微物,必细察其纹理,故时有物外之趣①。夏蚊成雷,私拟作群鹤舞空。心之所向,则或千或百,果然鹤也。昂首观之,项为之强。又留蚊于素帐中,徐喷以烟,使其冲烟飞鸣,作青云白鹤观,果如鹤唳云端,怡然称快。于土墙凹凸处、花台小草丛杂处,常蹲其身,使与台齐。定神细视,以丛草为林,以虫蚁为兽,以土砾凸者为丘,凹者为壑,神游其中,怡然自得。一日,见二虫斗草间,观之正浓,忽有庞然大物拔山倒树而来,盖一癞虾蟆也,舌一吐而二虫尽为所吞。余年幼方出神,不觉呀然惊恐。神定,捉虾蟆,鞭之数十,驱之别院。年长思之,二虫之斗,盖图奸不从也。古语云"奸近杀②",虫亦然耶? 贪此生涯,卵为蚯蚓所哈(吴俗呼阳曰卵),肿不能便。捉鸭开口哈之,婢妪偶释手,鸭颠其颈作吞噬状,惊而大哭,传为语柄。此皆幼时闲情也。

注释

① 物外之趣:超过实际事物的乐趣。这里指想象的乐趣。

② 奸近杀:奸淫的行为容易招致杀身之祸。

译文

　　我回忆幼年时,能在阳光下瞪起眼睛,明察秋毫地观看一切事物。有渺小细微的东西,我一定会详细观察其纹理,所以时常收获物外之趣。那时,夏季夜间蚊子轰鸣如雷,我常私下把它们比作群鹤飞舞天空。由于心有所向,所以看它们果然如千万只仙鹤在眼前。昂起头来看得时间久了,脖子都僵直了。后来,我把蚊子留在蚊帐内,慢慢地向它们喷烟,让它们在烟雾中飞鸣冲撞,作为白鹤腾驾于青云的景观。它们的样子果然像鹤在云端鸣叫,看了以后使人欣然称快。在土墙凹凸处或花台杂草丛中,我常蹲下来与台阶一般高,定神仔细观看:把小草丛当作树林,把小蚂蚁当作野兽,把瓦砾凸起处当作丘陵,把凹陷处当作沟壑。神游于微观景象中,悠然自得。有一天,我看见两只小虫在草丛中相斗,看得兴趣正浓。

忽然，有个庞然大物拔山倒树而来。仔细一看，原来是一个癞蛤蟆，舌头一伸就将两个小虫都吞下去了。我还年幼，正在出神时，不禁"啊呀"一声惊叫起来。等神色稳定下来之后，我就捉住癞蛤蟆，用树枝抽打它几十下，再将它驱赶到别的院子里去。后来年龄大了，再回头思考琢磨一番，认为两个小虫相争斗，大多是因为一方图谋不轨，而对方不服从的原因。古话说的"奸淫必然招致杀身之祸"，难道小昆虫也是这个道理吗？后来，我因为贪恋这种观虫打斗的乐趣，导致私处被蚯蚓咬了，肿胀得不能小便。听说鸭子的唾涎可以解蚯蚓之毒，只好让仆人提来鸭子准备让它张口吸，仆人刚一松手，鸭子就扑腾着伸直脖子作吞咽状态，一时惊吓得我大哭起来。此后就传为笑料话柄。这些事，都是幼年时的闲情逸事啊！

及长，爱花成癖，喜剪盆树。识张兰坡，始精剪枝养节之法，继悟接花叠石之法。花以兰为最，取其幽香韵致也，而瓣品之稍堪入谱者不可多得。兰坡临终时，赠余荷瓣素心春兰一盆，皆肩平心阔，茎细瓣净，可以入谱者。余珍如拱璧①。值余幕游于外，芸能亲为灌溉，花叶颇茂。不二年，一旦忽萎死。起根视之，皆白如玉，且兰芽勃然。初不可解，以为无福消受，浩叹而已。事后始悉有人欲分不允，故用滚汤②灌杀也。从此誓不植兰。

【注释】

① 拱璧：需用双手才能合拢的大玉璧。这里泛指稀世之宝。
② 滚汤：滚烫的热水。汤，多指热水。

【译文】

等到长大了，我养成了爱花之癖，喜欢修剪盆景。认识张兰坡后，才开始精通剪枝、养花的方法，接着悟出嫁接花木堆石的方法。花中数兰花最特别，因为它的幽香韵致，但带花瓣的花之中稍微可以记入花谱的很少见了。兰坡临死的时候，赠给我一盆荷瓣素心春兰，每枝都是肩平心阔，根茎很细，花瓣洁净，是可以记入花谱的。我像珍惜拱璧一样珍惜它。在我外出的时候，芸亲自为它浇水，花叶比较茂盛。不到两年，有一天突然枯萎死去。拔起根查看，都白得像玉，而且兰芽生机勃勃。我开始不能理解，认为是自己无福享受，深深叹息。后来才知道，有人想要我分给他，我没有答应，于是那人用开水浇死了花。从此以后，我发誓不再种兰花。

次取杜鹃，虽无香而色可久玩，且易剪裁。以芸惜枝怜叶，不忍畅剪，故难成树。其他盆玩皆然。惟每年篱东菊绽，积兴成癖。喜摘插瓶，不爱盆玩。非盆玩不足观，以家无园圃，不能自植，货于市者，俱丛杂无致，故不取耳。其插花朵，数宜单，不宜双，每瓶取一种，不取二色。瓶口取阔大不取窄小，阔大者舒展不拘。自五七花至三四十花，必于瓶口中一丛怒起，以不散漫、不挤轧、不靠瓶口为妙；所谓"起把宜紧"也。或亭亭玉立，或飞舞横斜。花取参差，间以花蕊，以免飞钹耍盘之病。叶取不乱，梗取不强；用针宜藏，针长宁断之，毋令针针露梗；所谓"瓶口宜清"也。视桌之大小，一桌三瓶至七瓶而止，多则眉目不分，即同市井之菊屏矣。几之高低，自三四寸至二尺五六寸而止，必须参差高下互相照应，以气势联络为上。若中高两低，后高前低，成排对列，又犯俗所谓"锦灰堆"①矣。或密或疏，或进或出，全在会心者得画意乃可。

注释

①锦灰堆：绘画技法，以古旧书画、破旧折扇执扇、虫蛀的古书等入画，以体现古雅之韵味。

译文

花中差一点儿的是杜鹃，虽然没有香气，但花色美丽，可以欣赏很久，而且容易修剪。因为芸怜惜枝叶，不忍心大剪，所以难以成树。其他的盆景也都是这样。但是，每年菊花盛开的时候，我们便大发秋兴，采摘菊花插在瓶中玩赏，不喜欢拿菊花做盆景欣赏。并不是盆景不值得欣赏，是因为我家没有园圃，没办法自己种植。从市场上买来的，大部分插得杂乱不堪，所以不可取。菊花这种花，比较适合插单数，不适合插双数。每瓶只插一个品种，不选择两种颜色。选用的花瓶，瓶口应该选开口大的，不要选那种窄小的。因为如果瓶口开阔，花朵就可以舒展开来，不受拘束。根据瓶口大小，可插上五七朵甚至三四十朵花。而且每瓶中一定要有一丛比较突出。距离要恰当，太过散漫或太过紧凑都不好，也不适合离瓶口太近，这就是所谓的"起把宜紧"。插花时，可以突出花朵的亭亭玉立，也可以插得飞舞横斜。花插得不要太整齐，尽量参差不齐。花中可放一个大小适当的花架固定形态，以免花枝滑动或倾斜。选花时，叶子不能乱，花梗不能太硬，这样比较容易用针固定。如果针太长的话，宁愿弄断一截，绝不要让针露出花梗，这就是所谓的"瓶口宜清"。摆放时，根据桌子的大小，一般一桌放三到七瓶，摆得太多就显得杂乱无章，眉目不清，如同放在市场上售卖一样俗气了。几瓶插花一起摆放时，高低相差三四寸到二尺五六寸，尽量摆放得参差错落，相互照应，使之一体呵成，方为最佳。如果放得中间高、两边低，或后面高、前面低，列成一排或左右对称整齐，那就犯了所谓"锦灰堆"的忌讳了。哪里紧凑、哪里稀疏，哪处放前、哪处放后，这就要看每个人根据插花意境的不同，自己画情写意了。

若盆碗盘洗，用漂青、松香、榆皮、面和油，先熬以稻灰，收成胶。以铜片按钉向上，将膏火化，粘铜片于盘碗盆洗中。俟冷，将花用铁丝扎把，插于钉上，宜偏斜取势，不可居中，更宜枝疏叶清，不可拥挤。然后加水，用碗沙少许掩铜片，使观者疑丛花生于碗底方妙。若以木本花果插瓶，剪裁之法（不能色色自觅，倩人攀折者每不合意），必先执在手中，横斜以观其势，反侧以取其态。相定之后，剪去杂枝，以疏瘦古怪为佳。再思其梗如何入瓶，或折或曲，插入瓶口，方免背叶侧花之患。若一枝到手，先拘定其梗之直者插瓶中，势必枝乱梗强，花侧叶背，既难取态，更无韵致矣。折梗打曲之法：锯其梗之半而嵌以砖石，则直者曲矣。如患①梗倒，敲一二钉以筦之。即枫叶竹枝，乱草荆棘，均堪入选。或绿竹一竿，配以枸杞数粒，几茎细草伴以荆棘两枝，苟位置得宜，另有世外之趣。若新栽花木，不妨歪斜取势，听其叶侧，一年后枝叶自能向上。如树树直栽，即难取势矣。

注释

①患：担心。

译文

　　如果用的是盆、碗、盘之类浅口的器物，可以先用漂青、松香、榆皮面和上油，加上稻灰熬制收成胶状。将钉子钉在铜片上，钉尖朝上，再用熬制的胶涂在铜片的背面，粘在盆、碗或盘上。待胶冷却后，将花用铁丝扎成把，插在钉子上。插的时候不要太竖直，最好有点偏斜；也不要插在正中央，更应当将花的枝叶修剪干净，不能太过拥挤。插完后，在盆中注上清水，加上一些细沙盖住铜片，让观赏者以为这盆插花是从碗中细沙清水里自然生长出来的，才算是绝妙。如果用枝干明显的花果插瓶，就要看插花者修枝剪叶的功力了（切不可看到好看的就折下来插瓶，很多长在树上看上去漂亮，攀折后用来插瓶却往往不理想）。必定要先将它拿在手中，分别从横、斜两处观察它的气韵，再从侧面看它的韵态。如此观察选定材料后，剪去杂枝，以疏瘦别致为上品。接着，再考虑如何装入瓶中，或折弯或扭曲，插入瓶中，才可以避免叶子朝背面、花果太靠边的情况。如果随便拿一枝就直直地插在花瓶中，肯定是枝乱叶杂，花朵侧开，叶子背对，既没办法突出它原有的形态，也没办法显出它的韵味。"折梗打曲"也有一定的技巧：将树枝的梗部锯开一小半，用小石头垫在里面，原本笔直的枝干就变弯曲了。如果担心树枝承受不住而断掉，可以用一两枚小钉子固定住。即使是枫叶竹枝、乱草荆棘，都能在插花中做主材料。有时候，选用一竿青竹，枝节和叶子上粘上几颗枸杞，或者采几根狗尾草配上两枝荆棘，如果摆放恰当，也颇有世外野趣。如果是种植花木用作盆景观赏，不妨斜着种植，让它侧在盆中生长。一年后，枝叶就会自然向上生长。如果每株植物都是直直地栽培，就很难有什么别致的姿态了。

　　至剪裁盆树，先取根露鸡爪者，左右剪成三节，然后起枝。一枝一节，七枝到顶，或九枝到顶。枝忌对节如肩臂，节忌臃肿如鹤膝。须盘旋出枝，不可光留左右，以避赤胸露背之病。又不可前后直出。有名"双起""三起"者，一根而起两三树也。如根无爪形，便成插树，故不取。然一树剪成，至少得三四十年。余生平仅见吾乡万翁名彩章者，一生剪成数树。又在扬州商家见有虞山游客携送黄杨翠柏各一盆，惜乎明珠暗投①，余未见其可也。若留枝盘如宝塔，扎枝曲如蚯蚓者，便成匠气矣。

【注释】

① 明珠暗投：典出《史记》，指好东西落到不识货的人手里。

【译文】

剪修盆树时，先根据它本身原有树干上的节，分左、中、右剪成三部分，然后再修剪树枝，将杂乱的枝叶分别去掉，每"大节"上最多留下七到九个"小节"。树枝最忌讳的是小节被修剪得像人的两个肩膀一样整齐；或者，小节太过臃肿，像鹤鸟细腿上突出的膝盖一样。须枝应呈现盘旋而上的状态，不要太过突出左右两侧，以免看上去赤胸露背，也不要让枝叶从前后两面直接伸出。有名的盆景，一般都是以"双起""三起"为主修剪而成，一根树枝上有两到三分杈。如果盆栽的根部没有突出，直直地埋在土里，就成了插树，所以不可取。不过，一个上好的盆景从栽培到修剪成形，至少要花三四十年时间。我一生中也仅碰到过两次。一次是遇到一个同乡，名叫万彩章的老先生，花了一生的心血才剪成几棵上品的树。还有一次是在扬州一个商人家中听到他说起，有一个虞山的朋友到他家游玩拜访，带来上好的黄杨树和翠柏各一盆，可惜明珠暗投，我没看到那个商人如何珍惜这些盆树。如果将盆景中的枝干盘成宝塔，将枝叶扭曲成蚯蚓的形状，那就透露出庸俗的匠气了。

点缀盆中花石，小景可以入画，大景可以入神。一瓯①清茗，神能趋入其中，方可供幽斋之玩。种水仙无灵璧石，余尝以炭之有石意者代之。黄芽菜心其白如玉，取大小五七枝，用沙土植长方盘内，以炭代石，黑白分明，颇有意思。以此类推，幽趣无穷，难以枚举。如石菖蒲结子，用冷米汤同嚼喷炭上，置阴湿地，能长细菖蒲。随意移养盆碗中,茸茸可爱。以老莲子磨薄两头,入蛋壳使鸡翼之,俟雏成取出。用久年燕巢泥加天门冬②十分之二,捣烂拌匀,植于小器中,灌以河水,晒以朝阳;花发大如酒杯,叶缩如碗口,亭亭可爱。

注释

① 瓯(ōu):一杯。瓯,盆盂类瓦器。
② 天门冬:这里指百合科植物天门冬的块根。

译文

点缀盆景的花石,小景可以入画,大景可以怡神。手端一盖碗清茶,边品茗边赏花,看着看着就入神其中,这才符合在幽居雅室赏玩的标准。以前种水仙,一直苦于没有好石点缀。我曾经用外形像石头且造型别致的木炭取代。再将黄芽菜拨开外面几层,露出色白如玉的菜芯,在长方形的盆里插上五七枝,埋上沙土,用木炭代替石头,色彩黑白分明,饶有意趣。如此类推,乐趣无穷,难以一一举出。有一次,见溪边石头上石菖蒲结籽,用冷米汤和上石菖蒲籽,喷在木炭上,放在阴凉潮湿的地方,不久就长出一丛丛石菖蒲。随意将这木炭放在盆或碗中,绿茸茸的,非常可爱。拿几颗老莲子,把两头磨薄,嵌入生鸡蛋中,放在鸡窝里让母鸡孵。等到同一窝的鸡蛋都孵成小鸡时,再取出来。用多年前燕子在房梁上做窝时用的泥土加上少许天门冬,捣烂拌均匀,盛在小容器中,用河水灌溉,早晨晒在太阳底下。当莲花盛开时,一朵朵如酒杯大小,而荷叶缩得只有碗口大小,纤巧亭亭,极为可爱。

若夫园亭楼阁,套室回廊,叠石成山,栽花取势,又在大中见小,小中见大,虚中有实,实中有虚,或藏或露,或浅或深。不仅在"周回曲折"四字,又不在地广石多,徒烦①工费。或掘地堆土成山,间以块石,杂以花草,篱用梅编,墙以藤引,则无山而成山矣。大中见小者,散漫处植易长之竹,编易茂之梅以屏之。小中见大者,窄院之墙宜凹凸其形,饰以绿色,引以藤蔓;嵌大石,凿字作碑记形。推窗如临石壁,便觉峻峭无穷。虚中有实者，或山穷水尽处，一折而豁然开朗；或轩阁设厨处，一开而通别院。实中有虚者，开门于不通之院，映以竹石，如有实无也；设矮栏于墙头，如上有月台而实虚也。

[注释]

① 烦：耗费。

[译文]

　　说到布置园亭楼阁，套室回廊中的景致，一般是以叠石为假山，栽种花草取其生机。又在大中见小、小中见大，虚中有实、实中有虚，或藏或露、或浅或深。这就不单单是"周回曲折"四字所能包含的了。而且园景的好坏不在于地广石多，工夫费用花得多。可以简单地掘地堆土成山，放上一些别致的大石块，种植花草夹杂其中，用梅枝来编篱笆，种长藤铺满墙壁，即使原本无山也有山景了。所谓大中见小，可在比较宽阔的地方种上容易生长的竹子，以树枝比较茂盛的梅树来作篱笆屏障。所谓小中见大，可将狭窄的院子的墙壁做得凹凸不平，用绿色颜料涂抹，上面种上藤蔓。再在墙壁上嵌一块大石，石头上凿字做碑。推开窗子看到墙壁，就如同面对一座陡峭的山壁，感觉峻峭大气。所谓虚中有实，不是拐弯处看似已山穷水尽无风景了，一拐弯又是一片风光，就是在轩阁设一后门，开门可以通往别院。所谓实中有虚，可在不通其他院子的房间后门处，种上竹子，放上假山，使人看起来仿佛后门还有花园。或将矮栏放在墙头上，看起来以为上面还有一个月台。

　　贫士屋少人多，当仿吾乡太平船后梢之位置，再加转移。其间台级为床，前后借凑，可作三榻，间以板而裱以纸，则前后上下皆越绝^①。譬之如行长路，即不觉其窄矣。余夫妇乔寓扬州时，曾仿此法，屋仅两椽^②，上下卧室、厨灶、客座皆越绝而绰然有余。芸曾笑曰："位置虽精，终非富贵家气象也。"是诚然欤。

[注释]

① 越绝：既相通又分隔。

② 两椽（chuán）：两间房。椽，古代房屋间数的代称。

译文

　　一般穷人屋少人多,可以效仿我们家乡太平船后舱房的房屋摆设,再进行变通。将台级做成床,前后借凑一下,可成三个榻,当中隔上木板,糊上白纸,前后连贯,上下畅通,屋子显得更加宽敞。打个比方,这就好比走长路,就不觉得道路狭窄了。我们夫妇俩住在扬州时,曾经效仿这种方法。尽管只有两间屋,但上下卧室、厨灶、客座都绰绰有余。芸曾经笑着说:"这样摆设虽然精巧,但始终不是富贵之家的排场。"我也认为是这样的。

　　余扫墓山中,检有峦纹可观之石,归与芸商曰:"用油灰叠宣州石于白石盆,取色匀也。本山黄石虽古朴,亦用油灰,则黄白相间,凿痕毕露,将奈何?"芸曰:"择石之顽劣者,捣末于灰痕处,乘湿糁之,干或色同也。"乃如其言,用宜兴窑长方盆叠起一峰,偏于左而凸于右,背作横方纹,如云林①石法;巉岩②凹凸,若临江石矶状。虚一角,用河泥种千瓣白萍。石上植茑萝,俗呼云松。经营数日乃成。至深秋,茑萝蔓延满山,如藤萝之悬石壁,花开正红色,白萍亦透水大放。红白相间,神游其中,如登蓬岛。置之檐下与芸品题:此处宜设水阁,此处宜立茅亭,此处宜凿六字曰"落花流水之间";此可以居,此可以钓,此可以眺;胸中丘壑,若将移居者然。一夕,猫奴争食,自檐而堕,连盆与架顷刻碎之。余叹曰:"即此小经营,尚干造物忌耶?"两人不禁泪落。

注释

　　① 云林:倪云林,即元代绘画大师倪瓒。

　　② 巉(chán)岩:陡而隆起的岩石。一般指悬崖或崖上孤立突出的岩石。

译文

　　我到山中扫墓时,曾捡来一些好看的有山峦纹理的小石头,回来与芸商量说:"用油灰把宣州石粘起来,叠在石盆内做盆景,主要取其色泽均匀。这种黄色山石虽然古朴,但用油灰粘起来则显得黄白相间,而且敲凿的痕迹显露,你看怎么办为好?"芸说:"选择顽劣的石头捣成粉末，抹在油灰粘连的痕迹处，趁着湿掺和在一起，等干了以后，也许会变成与石头一样的颜色了。"我便按她的说法，用宜兴出的长方泥盆在里面堆叠起一个小山峰，山峰向左边偏斜而右边凸起；背面作横向纹理，好像元代画家倪瓒所描画的山石的样式；峻岩凹凸，如同临江石矶的形状。盆内虚留一角，用河泥种植纤小的白浮萍。石头上种植狮子草，俗称云松。经过几天努力，终于做成了。到了深秋，云松蔓延遍山，好像藤蔓悬挂在石壁上，花开红色，白萍也冒出水面。红白相间，神游其中，如同登上了蓬莱仙阁。我将它放在屋檐下，与芸共同评论品赏：这里应设置水阁，这里应设置茅亭，这里应凿上六个字"落花流水之间"，这里可以居住，这里可以垂钓，这里可以登高远眺。胸中的丘陵、沟壑，好像都移到我家来了。一天傍晚，两只小猫争食，从屋檐上掉下来，顷刻间把盆景和盆架都砸碎了。我叹气道："就营造了这么点小工艺品，难道也触犯了造物主的禁忌吗？"芸和我都伤感起来，泪眼相顾。

　　静室焚香，闲中雅趣。芸尝以沉速等香①，于饭镬②蒸透，在垆上设一铜丝架，离火半寸许，徐徐烘之，其香幽韵而无烟。佛手忌醉鼻嗅，嗅则易烂；木瓜忌出汗，汗出，用水洗之；惟香橼③无忌。佛手、木瓜亦有供法，不能笔宣④。每有人将供妥者随手取嗅，随手置之，即不知供法者也。

　　余闲居，案头瓶花不绝。芸曰："子之插花能备风晴雨露，可谓精妙入神。而画中有草虫一法，盍仿而效之。"余曰："虫踯躅不受制，焉能仿效？"芸曰："有一法，恐作俑⑤罪过耳。"余曰："试言之。"曰："虫死色不变，觅螳螂蝉蝶之属，以针刺死，用细丝扣虫项系花草间，整其足，或抱梗，或踏叶，宛然如生。不亦善乎？"余喜，如其法行之，见者无不称绝。求之闺中，今恐未必有此会心者矣。

注释

①沉速等香：沉香和速香，两种香料。

②饭镬（huò）：饭锅。

③ 香橼（yuán）：一种水果，干燥可以入药，属芸香科植物，有时也叫香圆。

④ 笔宣：这里指用笔来书写。

⑤ 作俑：指做坏事。

译文

在静室内焚香，闲中别有雅趣。芸曾试用沉香和速香放在锅里蒸透，再放在炉上设一铜丝架，离火焰半寸慢慢烘烤，其香味幽韵而无烟。佛手果最忌讳醉酒后用鼻子去闻，闻了就会烂掉；木瓜最忌讳用汗手去摸，摸了就要用水洗净。唯有香圆果没有忌讳。佛手果、木瓜的供法也有讲究，这里不能用笔墨一一说清。以往经常有人将供品随手拿来闻、随手拿来放，就是因为他们不知道供法啊。

我闲居时，案头瓶花很多。芸说："你这样插花，能表现花在风晴雨露中的各种姿态风韵，可谓精妙入神。然而，画卷中也有草木与昆虫共处的方法，你何不仿效一下？"我说："小昆虫徘徊不定，怎么仿效？"芸说："我有一个办法，恐怕因是始作俑者而引起罪过呢！"我说："你试着说说。"芸说："小昆虫死了不会变色，可寻找螳螂、蝴蝶之类，用针刺死，拿细丝线捆着它的脖子系在花草间，再整理它的脚足，或抱在花梗上，或踏在叶上，这样宛如活生生的小虫，不是更好吗？"我很高兴，按她的方法去试验了，结果见到的人无不称赞。这样求之于闺中主意，如今恐怕未必再有这样会心的人了吧！

余与芸寄居锡山华氏，时华夫人以两女从芸识字。乡居院旷，夏日逼人。芸教其家作活花屏法，甚妙。每屏一扇，用木梢二枝，约长四五寸，作矮条凳式；虚①其中，横四挡，宽一尺许；四角凿圆眼，插竹编方眼。屏约高六七尺，用砂盆种扁豆置屏中，盘延屏上，两人可移动。多编数屏，随意遮拦，恍如绿阴满窗，透风蔽日，纡回曲折，随时可更，故曰"活花屏"。有此一法，即一切藤本香草随地可用。此真乡居之良法也。

注释

① 虚：空出。

译文

我与芸寄居在锡山华氏家中，当时华夫人叫两个女儿跟芸学习识字。这里乡居旷阔，夏日晒人。芸就教她家人做"活屏风"，方法非常绝妙：每扇屏风用长约四五寸的木梢两枝，做成矮脚长条凳子的样式，中间空出；横上宽一尺左右的四根木档，四角凿上圆洞，插上竹子编成方孔。做成的屏风大约高六七尺，用砂盆种植扁豆放在屏风下，让它攀附往上爬，两人可以移动。如果多编几个屏风，随意遮拦，就好像绿荫满窗，透风遮日，迂回曲折，随时可更换，所以叫作"活屏风"。有了这种方法，一切藤本香草植物都可以拿来使用。这真是乡居的绝佳方法啊！

友人鲁半舫，名璋，字春山，善写松柏及梅菊，工隶书，兼工铁笔①。余寄居其家之萧爽楼一年有半。楼共五椽，东向，余居其三。晦明风雨②，可以远眺。庭中有木犀③一株，清香撩人。有廊有厢，地极幽静。移居时，有一仆一妪，并挈其小女来。仆能成衣，妪能纺绩④。于是芸绣，妪绩，仆则成衣，以供薪水。余素爱客，小酌必行令。芸善不费之烹庖，瓜蔬鱼虾，一经芸手，便有意外味。同人知余贫，每出杖头钱⑤，作竟日叙。余又好洁地无纤尘，且无拘束，不嫌放纵。时有杨补凡名昌绪，善人物写真；袁少迂名沛，工山水；王星澜名岩，工花卉翎毛；爱萧爽楼幽雅，皆携画具来，余则从之学画。写草篆，镌图章，加以润笔，交芸备茶酒供客。终日品诗论画而已。更有夏淡安、揖山两昆季⑥，并缪山音、知白两昆季，及蒋韵香、陆橘香、周啸霞、郭小愚、华杏帆、张闲酣诸君子，如梁上之燕，自去自来。芸则拔钗沽酒，不动声色，良辰美景，不放轻过。今则天各一方，风流云散，兼之玉碎香埋，不堪回首矣！

注释

① 铁笔：即篆刻，刻印以刀为笔。

②晦明风雨：同"风雨晦冥"，指的是天气变化，风雨交加，天色昏暗犹如黑夜。

③木犀（xī）：桂花树。犀，同"樨"。

④纺绩：把丝麻等纤维纺成纱或线。

⑤杖头钱：买酒的钱。

⑥昆季：兄弟。

译文

我的朋友鲁半舫，名璋，字春山，善于画松柏和梅菊、写隶书，也能篆刻。我寄居在他家的萧爽楼里有一年半，此楼面向东共有五间，我们住其中三间。阴晴风雨天，都可以远眺。庭院中一棵木樨树，清香撩人。有走廊、厢房，非常幽静。移居过来时，带来一个男仆和一个女仆，并带来了他们的女儿。男仆能做衣服，女仆能纺线。于是，靠芸刺绣、女仆纺线、男仆做衣以供给薪水。我历来好客，饮酒必行酒令。芸善于招待，不惜余力地烹煮烧炒，瓜果蔬菜和鱼虾一经她的手，便做得别有风味。朋友们知道我贫穷，他们每次都拿出买酒钱，过来整天叙谈。我又爱好整洁，地上没有灰尘，而且毫无拘束，不嫌放纵。当时，有个朋友杨补凡，名昌绪，善于人物写真；袁少迂，名沛，善于画山水；王星澜，名岩，善于画花鸟。他们非常喜欢萧爽楼的幽雅，都带上画具过来，我则跟他们学习画画。写草篆、刻印章卖钱，加上润笔费，都交给芸去备茶水酒菜，整天在一起品诗论画。更有夏淡安、夏揖山两兄弟和缪山音、缪知白两兄弟，以及蒋韵香、陆橘香、周啸霞、郭小愚、华杏帆、张闲酣等君子，如同梁上燕子一般自来自去。芸则因为缺钱，而拔下钗去买酒，丝毫不露声色，良辰美景不轻易放过。如今，朋友们已天各一方，风飘人散，再加上芸已玉碎香埋，真是不堪回首啊！

萧爽楼有四忌：谈官宦升迁，公廨①时事，八股时文，看牌掷色②；有犯必罚酒五斤。有四取：慷慨豪爽，风流蕴藉，落拓不羁，澄静缄默。长夏无事，考对为会。每会八人，每人各携青蚨③二百。先拈阄，得第一者为主考，关防别座。第二者为誊录，亦就座。余作举子,各于誊录处取纸一条,盖用印章。主考出五七言各一句,刻香为限,行立构思,不准交头私语。对就后投入一匣,方许就座。各人交卷毕,誊录启匣,并录一册,转呈主考,以杜徇私。十六对中取七言三联,五言三联。六联中取第一者即为后任主考,第二者为誊录。每人有两联不取者罚钱二十文,取一联者免罚十文,过限者倍罚。一场,主考得香钱百文。一日可十场,积钱千文,酒资大畅矣。惟芸议为官卷,准坐而构思。

注释

① 公廨(xiè):古代官署的统称。这里指官府衙门。
② 掷色:古代的一种赌博游戏,也叫掷骰子。
③ 青蚨(fú):铜钱的另一种叫法。

译文

萧爽楼有四忌:一忌谈论官宦升迁;二忌谈论官府之事;三忌谈论八股文;四忌打牌抛骰赌博。如有违反,必须罚酒五斤。萧爽楼有四取:一取慷慨豪爽;二取风流潇洒;三取落拓不羁;四取清静沉默。长夏空闲无事,考试对句集会。每会需八人,每人各带两百铜钱。先抓阄,获得第一名的人为主考,坐在旁边监考审卷。获得第二名的人为记录员,也就座。其余的人都是应试的举子,到记录员处拿一张纸,盖上印章。主考人出五言、七言各一句,燃香计时为限制。允许踱步构思,不准交头接耳私语。对完以后投入匣中,方可就座。每个人交完卷子,由抄录官打开匣子,将卷合并成册交给主考人,以杜绝徇私舞弊。十六个对句中抽出五言句、七言句各三联。六联中得到第一名的,即为下一任候补主考,第二名作为下一任抄录官。每人有两联没被录用的要罚二十文钱,仅被录用一联的减罚十文钱,超过对答时限的加倍处罚。一场下来,主考官可得一百多文钱。一天可考十余场,积累的上千文钱,作为酒钱已相当丰盛充足了。唯独让芸作为"官员子弟"应试官卷,准许坐在旁边构思。

杨补凡为余夫妇写载花小影①,神情确肖。是夜月色颇佳,兰影上粉墙，别有幽致。星澜醉后兴发曰："补凡能为君写真，我能为花图影。"余笑曰："花影能如人影否？"星澜取素纸铺于墙，即就兰影，用墨浓淡图之。日间取视，虽不成画，而花叶萧疏，自有月下之趣。芸甚宝之，各有题咏。

注释

①影：画像。

译文

杨补凡为我们夫妇俩画了一幅戴花小像，神情惟妙惟肖。夜间月色极佳，兰影照在粉墙上，别有一番清幽韵致。王星澜醉后萌发雅兴说："杨补凡能为你写真，我能为你画花图影。"我笑着说："花影能像人影吗？"王星澜拿出白纸挂在墙上，对着兰花影，蘸上墨，时浓时淡地画起来。日间拿出来观看，虽然不成画图，而花叶萧疏，自有月下之趣。芸对此珍爱如宝，朋友们也都在上面题咏。

苏城有南园、北园二处，菜花黄时，苦无酒家小饮。携盒而往，对花冷饮，殊无意味。或议就近觅饮者，或议看花归饮者，终不如对花热饮为快。众议未定，芸笑曰："明日但各出杖头钱，我自担炉火来。"众笑曰："诺。"众去，余问曰："卿果自往乎？"芸曰："非也，妾见市中卖馄饨者，其担锅灶无不备，盍雇之而往？妾先烹调端整，到彼处再一下锅，茶酒两便。"余曰："酒菜固便矣，茶乏烹具。"芸曰："携一砂罐去，以铁叉串罐柄，去其锅，悬于行灶中，加柴火煎茶，不亦便乎？"余鼓掌称善。街头有鲍姓者，卖馄饨为业，以百钱雇其担，约以明日午后，鲍欣然允议。明日看花者至，余告以故，众咸叹服。饭后同往，并带席垫。至南园，择柳阴下团坐。先烹茗，饮毕，然后暖酒烹肴。是时风和日丽，遍地黄金①，青衫红袖，越阡度陌②，蝶蜂乱飞，令人不饮自醉。既而酒肴俱熟，坐地大嚼。担者颇不俗，拉与同饮。游人见之莫不羡为奇想。杯盘狼籍，各已陶然，或坐或卧，或歌或啸。红日将颓，余思粥，担者即为买米煮之，果腹而归。芸曰："今日之游乐乎？"众曰："非夫人之力不及此。"大笑而散。

注释

① 黄金：金黄色。这里指金黄色的花。
② 青衫红袖，越阡度陌：男人和女人在田地里行走。青衫，指男人。红袖，指女人。

译文

苏州城有南园、北园二处，油菜花开时，我们要去游玩欢聚。苦于附近没有酒家饮店，只好携带食品盒而去。对花冷饮，极无趣味。有的商量就近寻找饮酒的地方，有的建议看完花返回来饮酒，但都觉得不如对着花趁热饮酒痛快。大家商量未定，芸笑着说："明日只要各自带上买酒钱，我自会挑着炉火过来。"大家都笑着说："可以！"朋友们走后，我问："你真的要自己挑着炉火去吗？"芸说："不是的，妾看见市场上有卖馄饨的，他们都挑着锅碗、炉火，无不齐全，咱们为什么不雇用他们去？妾先将烹调的菜肴准备周全，到了油菜地后再下锅，这样趁热喝茶、吃酒菜，不是很方便了吗？"我说："酒菜固然是方便了，可煮茶却缺少烹煮的工具。"芸说："带一个砂罐去，用铁叉穿在罐的把柄上，拿去锅后悬挂炉灶上，加柴火煎茶，不是也方便了？"我鼓掌称好。街头有个姓鲍的人，靠卖馄饨为业。我们用一百钱雇用他，约定明日午后在油菜地见面，姓鲍的高兴地答应了。第二天，看花者都到齐了，我将事情缘由告诉他们，大家都表示叹服。饭后共同赶去，并带上坐垫，在南园选择柳荫下团团围坐。先是烹茶，喝完之后再暖酒做菜。当时，风和日丽，遍地油菜花一片金黄，看花者青衫红袖，行走于田间小路上；蜂蝶乱飞，令人不饮自醉。不久，酒肴皆熟，大家便坐地大嚼起来。姓鲍的气度不凡，我们就拉他一起喝酒。周围的游客见了，非常美慕，认为我们的想法绝妙。顷刻，杯盘狼藉，大家都喝得酣畅淋漓，有的坐着、有的躺着，有的唱歌、有的狂啸。红日将要落山时，我想吃粥，姓鲍的立即去买米来煮，吃饱了才回去。芸问大家："今日之游，都快乐吗？"大家都说："今天如果没有夫人献计献策出力，就达不到这种快乐开心的效果！"大家都笑着各自回家了。

贫士起居服食以及器皿房舍，宜省俭而雅洁。省俭之法，曰"就事论事"。余爱小饮，不喜多菜。芸为置一梅花盒：用二寸白磁深碟六只，中置一只，外置五只，用灰漆就，其形如梅花。底盖均起凹楞，盖之上有柄如花蒂。置之案头，如一朵墨梅覆桌；启盖视之，如菜装于瓣中。一盒六色，二三知己可以随意取食，食完再添。另做矮边圆盘一只，以便放杯箸酒壶之类，随处可摆，移掇亦便。即食物省俭之一端也。余之小帽领袜，皆芸自做。衣之破者移东补西，必整必洁；色取暗淡，以免垢迹，既可出客①，又可家常。此又服饰省俭之一端也。

注释

①客：做客。

译文

贫居之士的起居衣食，以及房舍内的器皿，适宜勤俭而雅洁，这就叫作"就事论事"。我喜欢小饮小吃，不喜欢多用菜肴。芸就为我制作了一个梅花盒：用六个二寸大的白瓷碟，中间放一个，外边放五个。梅花盒涂上油漆，形状像一朵梅花。底部有凹棱，盖子上有把柄如花蒂。放在案头，犹如一朵梅花覆盖在桌上。打开再看，里面的菜肴好像放在花瓣中。一盒有六种颜色，两三个知己可以随意拿来吃，吃完了再添加。另外再做一个矮圆盘，以便摆放杯、筷、酒壶，移动拾掇起来也很方便。这就是食物省俭的一方面。我的帽子、袜子都是芸亲手做的。衣服破了，她也是移东补西，必然要求整洁。衣料颜色都取暗淡色的，以免污垢痕迹显露。既可以出门做客，又可以居家日常穿着。这又是服饰省俭的一方面。

初至萧爽楼中，嫌其暗，以白纸糊壁，遂亮。夏月楼下去窗，无阑干，觉空洞无遮拦。芸曰："有旧竹帘在，何不以帘代栏？"余曰："如何？"芸曰："用竹数根，黝黑色，一竖一横，留出走路。截半帘搭在横竹上，垂至地，高与桌齐。中竖短竹四根，用麻线扎定，然后于横竹搭帘处，寻旧黑布条，连横竹裹缝之。既可遮拦饰观，又不费钱。"此"就事论事"之一法也。以此推之，古人所谓"竹头木屑皆有用",良有以也①。

夏月荷花初开时,晚含而晓放。芸用小纱囊撮茶叶少许,置花心,明早取出。烹天泉水②泡之,香韵尤绝。

注释

① 良有以也:确实是有道理的。

② 天泉水:雨水。

译文

刚到萧爽楼时,我嫌它太暗了,便用白纸糊在墙上,这才明亮起来。夏季到楼下,见窗户上没有栏杆,觉得空无遮拦。芸说:"有旧竹帘,为什么不用它来代替栏杆?"我问:"用什么方法?"芸说:"将几根竹子熏成黑色,一竖一横留出走路的地方。截取半帘搭在横竹竿上,垂到下面与桌面取齐。中间竖立短竹竿四根,用麻绳扎紧。然后,在半帘搭横竹竿处,寻找黑布条连横竹竿一起裹起来缝好,既可以遮拦装饰,又不会浪费钱。"这就是"就事论事"的方法之一啊!以此类推,古人所说的"竹头木屑皆有用",确实是有道理的。

夏季荷花初开时,都是夜晚含苞而拂晓开放。芸就用小纱袋包上一点儿茶叶,放到荷花蕊里。第二天早晨,再取出茶来,用天泉水烹煮沏泡,茶水的清香味真是绝佳!

卷评

这一卷内容记述了沈复和妻子闲暇之余所做的事情,花草盆栽的养护、品诗论画、宴饮游乐等兴趣所在,有些看似玩乐,但也陶冶了情操。从中可以看出沈复和妻子的爱好和兴趣有很多相似之处。可以想象夫妇二人流连于园林风光景色之中,也可以想象二人对花、草、石的喜爱。说两人同爱自然,喜欢亲近大自然也好,说两人伉俪情深也不为不妥。在沈复的记述中,我们可以发现,正是因为有了芸的存在,让他与游人的游玩变得更有风趣韵味。

卷三 坎坷记愁

人生坎坷何为乎来哉？往往皆自作孽耳。余则非也，多情重诺，爽直不羁，转因之为累。况吾父稼夫公慷慨豪侠，急人之难，成人之事，嫁人之女，抚人之儿，指不胜屈①。挥金如土，多为他人。余夫妇居家，偶有需用，不免典质。始则移东补西，继则左支右绌。谚云："处家人情，非钱不行。"先起小人之议，渐招同室之讥。"女子无才便是德"，真千古至言也！

余虽居长而行三，故上下呼芸为"三娘"，后忽呼为"三太太"。始而戏呼，继成习惯，甚至尊卑长幼皆以"三太太"呼之。此家庭之变机欤？

注释

①指不胜屈：扳指头也数不过来，形容数量很多。

译文

人生的坎坷到底是怎么来的呢？世上往往说是自己招灾作孽的，而我却不是这样。我对人多情谊、重承诺，爽快正直，不受拘束，反而因此受到连累。何况我的父亲稼夫公慷慨豪侠，急人所难，成人之事，常常帮助别家的女儿婚嫁，资助抚育别家的儿子；为他人挥金如土，做的好事不计其数。而我们夫妻居家过日子偶尔有所需要，就不得不拿物品去典当。起初移东补西，继而左支右出。谚语说得好："当家过日子和应酬人情，没有钱是绝对不行的。"起先，我们只是被外边的小人议论，后来渐渐遭到同堂兄弟的讥笑。"女子无才便是德"，这句话真是千古至上的格言啊！

我虽然居长而排行老三，所以家里上下都称呼芸为"三娘"，后来又忽然改叫她"三太太"。开始还戏言称呼，接着便成了习惯，甚至连尊卑长幼也都以"三太太"称呼她。这些都是家庭内部矛盾发生变故的关键哪！

乾隆乙巳，随侍吾父于海宁官舍。芸于吾家书中附寄小函。吾父曰："媳妇既能笔墨，汝母家信付彼司之。"后家庭偶有闲言，吾母疑其述事不当，仍不令代笔。吾父见信非芸手笔，询余曰："汝妇病耶？"余即作札问之，亦不答。久之，吾父怒曰："想汝妇不屑代笔耳！"迨余归，探知委曲，欲为婉剖①。芸急止之曰："宁受责于翁，勿失欢于姑也。"竟不自白。

【注释】

① 婉剖：委婉剖析。

【译文】

乾隆乙巳年，我随从服侍父亲到了海宁县馆舍。家里寄来的家书中，芸都附夹着她的小信函。父亲说："你的媳妇既然能动笔墨，以后你母亲的来信可以吩咐她代笔。"后来，家庭偶尔出现闲言碎语，我母亲怀疑是芸在信中叙述不当，就不再让她代笔。不久，父亲见信上不是她的笔迹，就问我："你的媳妇是不是生病了？"我便去信询问，可也没有得到芸的回答。日子久了，父亲便发怒说："我看你媳妇是不愿意代笔啦！"等我回到家探问情况后，才知道芸受了委屈。我本想用婉转的语言为她申辩，可芸急忙说："我宁可遭受公公的责备，也不愿与婆婆产生矛盾。"因此，此事终究没有自己解释清楚。

庚戌之春，予又随侍吾父于邗江幕中。有同事俞孚亭者，挈眷居焉。吾父谓孚亭曰："一生辛苦，常在客中，欲觅一起居服役①之人而不可得。儿辈果能仰体亲意，当于家乡觅一人来，庶语音相合。"孚亭转述于余，密札致芸，倩媒物色，得姚氏女。芸以成否未定，未即禀知吾母。其来也，托言邻女之嬉游者。及吾父命余接取至署，芸又听旁人意见，托言吾父素所合意者。吾母见之曰："此邻女之嬉游者也，何娶之乎？"芸遂并失爱于姑矣。

【注释】

① 服役：服侍。

【译文】

庚戌年春天，我又跟随服侍父亲到了江苏扬州邗江。官幕中有个同事叫俞孚亭，带着眷属住在这里。父亲对他说："为人一生的辛苦，常在客居异地他乡之中。我想寻找一个能服侍起居的人，然而始终得不到。你们小字辈如能知晓我的意思，应当在家乡帮我找一个熟悉乡音的人来。"俞孚亭将此事转告了我，我就写了一封密信给芸，请她为媒物色，后来终于找到一个姓姚的女子。芸对能否成事还没有把握，所以没敢马上禀告我的母亲。等姓姚的女子来了之后，便故意托词说是邻家女过来游玩的。等父亲命令我接她去官署后，芸又听从旁人的意见，托言说这女子是父亲合意的人。母亲见了说："这是当初来游玩的邻家女，怎么娶了她呢？"为此，芸就得罪婆婆了。

壬子春，余馆真州。吾父病于邗江，余往省，亦病焉。余弟启堂时亦随侍。芸来书曰："启堂弟曾向邻妇借贷，倩芸作保，现追索甚急。"余询启堂，启堂转以嫂氏为多事。余遂批纸尾曰："父子皆病，无钱可偿。俟启弟归时，自行打算可也。"未几，病皆愈，余仍往真州。芸覆书来，吾父拆视之，中述启弟邻项事，且云："令堂以老人之病皆由姚姬而起，翁病稍痊，宜密嘱姚托言思家，妾当令其家父母到扬接取。实彼此卸责之计也。"吾父见书怒甚，询启堂以邻项事，答言不知。遂札饬余曰："汝妇背夫借债，谗谤小叔，且称姑曰'令堂'，翁曰'老人'，悖谬之甚！我已专人持札回苏斥逐。汝若稍有人心，亦当知过！"余接此札，如闻青天霹雳，即肃书认罪。觅骑遄归[①]，恐芸之短见也。到家述其本末，而家人乃持逐书至，历斥多过，言甚决绝。芸泣曰："妾固不合妄言，但阿翁当恕妇女无知耳。"越数日，吾父又有手谕至，曰："我不为已甚！汝携妇别居，勿使我见，免我生气足矣。"乃寄芸于外家，而芸以母亡弟出，不愿往依族中。幸友人鲁半舫闻而怜之，招余夫妇往居其家萧爽楼。越两载，吾父渐知始末。适余自岭南归，吾父自至萧爽楼，谓芸曰："前事我已尽知，汝盍归乎？"余夫妇欣然，仍归故宅，骨肉重圆。岂料又有憨园之孽障耶！

注释

① 遄（chuán）归：急归，急速归来。

译文

壬子年春天,我在江苏仪征县私塾从学,父亲在邗江患病。我去探望他,结果自己也生病了。我的弟弟启堂也跟过来服侍。芸来信说:"弟弟启堂曾向邻家妇女借贷,并请我担保。现在,人家来追索欠债,非常焦急。"我马上询问弟弟,他反而认为是嫂子多管闲事。我立即在信上说:"我们父子俩都病了,无钱偿还。等弟弟回去后,自行筹办了结吧!"过了几天,父亲和我的病都痊愈了,我仍回到仪征县。芸还寄信到邗江,父亲折开信一看,信上又说起弟弟启堂向邻家妇女借贷欠债的事,并且说:"令堂认为老人的病都是姓姚的女子引起的。老人病愈后,应当秘密吩咐姓姚的女子托言思念家乡,再叫她父母到扬州来接回去,这也是彼此推卸责任的计策。"父亲看信后,怒火冲天,询问弟弟欠债的事,弟弟却回答说不知道。父亲就来信告诫我:"你的媳妇背着丈夫借债,反而诽谤小叔子,还称婆婆为'令堂'、称公公为'老人',有悖礼节而荒谬!我已经派专人带信回苏州,斥责驱逐她出去。你若是稍有点人心,也应当知道自己的过错!"我见到这封信,好像听到了晴天霹雳,马上写信表示认罪。同时,急忙寻找骡马返回苏州,生怕芸会寻短见。到家后,述说缘由经过。这时,家人也拿着驱逐信来到了,信中依次指责芸的多种过失,言辞非常激烈。芸哭着说:"妾固然不应该胡说,但公公也应该饶恕儿媳妇的无知呀!"过了几天,父亲又有亲笔来信说:"我不会做得太过分,你带着你的媳妇到别处去居住吧!以后不要再让我看见,免得我生气也就知足了。"因此,我只好与芸寄居在她的娘家,而芸因为她的母亲去世和弟弟出走在外,不愿长住在她们的家族中。幸亏朋友鲁半舫闻讯后可怜我们,招呼我们夫妻俩住到他家的萧爽楼中。过了两年,父亲才渐渐明白了事情的经过和缘由。当时,恰好我从广东岭南回来,父亲自己来到萧爽楼,对芸说:"以前的事我已经知道了,你为什么还不搬回家去?"我们夫妻俩欣然答应,仍然回到故居旧宅,终于与家人骨肉团圆了。岂料,此时又冒出憨园女这么个孽障啊!

芸素有血疾，以其弟克昌出亡不返，母金氏复念子病没，悲伤过甚所致。自识憨园，年余未发，余方幸其得良药。而憨为有力者夺去，以千金作聘，且许养其母，佳人已属沙叱利①矣！余知之而未敢言也。及芸往探始知之，归而呜咽，谓余曰："初不料憨之薄情乃尔也！"余曰："卿自情痴耳，此中人何情之有哉？况锦衣玉食者，未必能安于荆钗布裙也。与其后悔，莫若无成。"因抚慰之再三。而芸终以受愚为恨，血疾大发，床席支离②，刀圭③无效，时发时止，骨瘦形销。不数年而逋负日增④，物议日起。老亲⑤又以盟妓一端，憎恶日甚，余则调停中立。已非生人之境矣。

注释

① 沙叱（chì）利：唐代蕃将沙咤利恃势劫占韩翊的美姬柳氏，后人便以"沙咤利"指代那些霸占他人妻室或强娶民妇的权贵。叱，也写作"咤"。

② 支离：形容憔悴不堪。

③ 刀圭：药物、医术。

④ 逋（bū）负日增：债务每天都在增加。

⑤ 老亲：父母。

译文

当初，芸一向患有咳血的毛病，也就是由于她的弟弟出走和她的母亲因思念儿子得病去世，才悲伤过度而落下此病。自从认识憨园女，她一年多未发过病。我刚刚庆幸她得到良药，而憨园女却被有势力的强人夺去。人家许以千金聘礼，并且许诺赡养她的母亲，佳人已属于有战功的番将了！我听了并不敢说。芸去探知后，回来哭着对我说："当初真没料到憨园女如此薄情啊！"我说："还是你自己太痴情了，她们这种圈子里的人，哪能有什么感情呢？何况这种贪图享受锦衣玉食的女人，未必能甘心作个荆钗布裙。与其说是后悔，倒不如没办成为好！"于是，我再三抚慰她。可惜芸终于因为受到愚弄而愤恨，致使咯血病又大发起来。每天卧在散乱的床上，药物医治也难以治愈。时而发作时而好转，落得骨瘦体弱。没过几年，欠下的新愁旧恨与日俱增。时下众人也议论四起。亲老们又以她和娼妓憨园女结拜姐妹为事端，更加憎恶她。我尽量从中调停中立，然而这里已不适合人再生存下去了。

芸生一女名青君，时年十四，颇知书，且极贤能，质钗典服，幸赖辛劳。子名逢森，时年十二，从师读书。余连年无馆，设一书画铺于家门之内，三日所进，不敷一日所出，焦劳困苦，竭蹶①时形。隆冬无裘，挺身而过。青君亦衣单股栗，犹强曰"不寒"。因是芸誓不医药。偶能起床，适余有友人周春煦自福郡王幕中归，倩人绣《心经》一部。芸念绣经可以消灾降福，且利其绣价之丰，竟绣焉。而春煦行色匆匆，不能久待，十日告成。弱者骤劳，致增腰酸头晕之疾。岂知命薄者，佛亦不能发慈悲也！

注释
① 竭蹶：形容穷困潦倒。

译文
我和芸共生了两个孩子。女儿叫青君，时年十四岁，很爱读书，而且聪明贤惠，艰苦朴素，常变卖银钗、典当衣物。儿子叫逢森，时年十二岁，正在读书。我连续几年都没有差事做，只在家门内开设了一个书画铺子。三天的收入，不够一天的开销；焦劳困苦，艰难度日。隆冬时节，没有皮衣御寒，也挺身而过。青君因衣衫单薄而发冷战栗，可她还假装说不怕冷。于是，芸发誓不再花费医药钱了。芸偶尔能够勉强起床活动，正好我的朋友周春煦从福郡王府归来，他要请人绣一部《心经》。芸考虑到绣《心经》既可以消灾降福，而且刺绣的工钱又不低，结果就替他刺绣。可是，周春煦又匆匆忙忙急于赶回去，不能久等，芸便赶了十天时间为他刺绣成了。原本体弱，一下子劳累过度，致使她增添了腰酸头晕的毛病。岂知芸这个薄命者，怎么连佛也不能对她大发慈悲呢！

绣经之后，芸病转增，唤水索汤，上下厌之。有西人①赁屋于余画铺之左，放利债为业，时倩余作画，因识之。友人某向渠借五十金，乞余作保，余以情有难却，允焉，而某竟挟资远遁。

西人惟保是问，时来饶舌。初以笔墨为抵，渐至无物可偿。岁底吾父家居，西人索债，咆哮于门。吾父闻之，召余呵责曰："我辈衣冠之家②，何得负此小人之债！"正剖诉间，适芸有自幼同盟姊③适锡山华氏，知其病，遣人问讯。堂上误以为憨园之使，因愈怒曰："汝妇不守闺训，结盟娼妓；汝亦不思习上，滥伍小人。若置汝死地，情有不忍。姑宽三日限，速自为计，迟必首汝逆矣！"芸闻而泣曰："亲怒如此，皆我罪孽。妾死君行，君必不忍；妾留君去，君必不舍。姑密唤华家人来，我强起问之。"因令青君扶至房外，呼华使问曰："汝主母特遣来耶？抑便道来耶？"曰："主母久闻夫人卧病，本欲亲来探望，因从未登门，不敢造次。临行嘱咐，倘夫人不嫌乡居简亵④，不妨到乡调养，践幼时灯下之言。"盖芸与同绣日，曾有疾病相扶之誓也。因嘱之曰："烦汝速归，禀知主母，于两日后放舟密来。"其人既退，谓余曰："华家盟姊情逾骨肉，君若肯至其家，不妨同行。但儿女携之同往既不便，留之累亲又不可，必于两日内安顿之。"

注释

① 西人：山西人或陕西人。
② 衣冠之家：有身份的人家。
③ 盟姊：结拜姐妹中年长的。
④ 简亵（xiè）：简陋怠慢。

译文

刺绣《心经》完毕，芸的病情加重了，呼汤唤水，家里人都开始厌烦了。这时，有个山西人租赁了房屋，住在我的画铺旁边，主要以发放高利贷为业。他经常请我作画，所以彼此认识了。不久，另一个友人向他借了五十两银子，并且乞求我来担保。我碍于情面难以推掉，就答应了。可是，这个友人竟然携带钱财逃到远方去了。事后，山西人唯独责问我这个担保人，经常来饶舌索债。起初，我以笔墨纸画作抵押。后来，渐渐没有东西可以偿还了。年底，他又跑到我的父亲的家门口咆哮讨债。父亲听见了，对我呵斥说："我们家属于衣冠之家，你为什么会欠这种小人的债?"正在我辩解的时候,恰好芸幼年的结拜姐姐华夫人得知芸生病,专门派人来探望。结果,我的父母误认为是憨园女派来的人,因此更加发怒地说:"你的媳妇不守闺训,与娼妓结拜姐妹;你也不思上进,无原则地与小人胡乱交往。若是将你置于死地,我又情有不忍。姑且宽限你三日内迅速搬出去自谋生计,迟了就按忤逆和不孝之罪论处!"芸听了,哭着对我说:"父亲如此发怒,都是我的罪孽。要是我死了你离开,你必然不忍心;我留下来你再离开,你又舍不得。我看还不如秘密地把华氏家人叫来,我勉强起来问问他"因此,我让青君扶她到门外,叫华家人来问:"是你的主母特地派你来的,还是你顺道而来的?"对方说:"我的主母早就听说你卧病在床,她本想自己来探望,由于从未登门,不敢轻率前来。临走时,主母嘱咐说,倘若夫人不嫌乡间居室简陋,不妨到乡下来调养一下,也顺便兑现你们幼年时在灯下说过的誓言。"当初芸和华氏姐姐幼年在灯下刺绣时,曾经发过以后疾病时要互相扶持的誓言。于是,芸嘱咐她说:"麻烦你赶快回去禀告你的主母,让她隔两天秘密派小船过来接我。"华家人走后,芸对我说:"结拜姐姐华夫人与我情同骨肉,你要是肯到她家去,不妨一块去吧!但是,若把儿女都带去也不方便,而留下来连累家人又不行。咱们如果要走,两天内必须将两个孩子先安顿好。"

时余有表兄王荩臣一子名韫石,愿得青君为媳妇。芸曰:"闻王郎懦弱无能,不过守成之子,而王又无成可守。幸诗礼之家,且又独子,许之可也。"余谓荩臣曰:"吾父与君有渭阳①之谊,欲媳青君,谅无不允。但待长而嫁,势所不能。余夫妇往锡山后,君即禀知堂上,先为童媳,何如?"荩臣喜曰:"谨如命。"逢森亦托友人夏揖山转荐学贸易。

注释

① 渭阳:《诗经·秦风》中的篇名,这里指的是外甥与舅舅的关系。

译文

当时，我有个表兄叫王荩臣，他的儿子叫王韫石。表兄曾经表示，愿意招我女儿青君做儿媳妇。芸说："我听说王韫石这儿郎懦弱无能，不过是个坐吃山空的人，而且他的父亲又没什么家业可守。幸亏他家也算是诗礼之家，并且又是独生子，我看许配给他也是可以的。"我对王荩臣说："我的父亲与你有甥舅情谊，你要娶青君做儿媳妇，估计不会不答应。但形势所迫，想等长大了再嫁过去恐怕不行。我们夫妇要到锡山华家去，你可禀告堂上大人，先将我女儿当作童养媳，如何？"王荩臣高兴地说："遵命。"至于儿子逢森，我也托朋友夏揖山推荐去学习做生意。

安顿已定，华舟适至，时庚申之腊二十五日也。芸曰："子然出门，不惟招邻里笑，且西人之项①无着，恐亦不放，必于明日五鼓悄然而去。"余曰："卿病中能冒晓寒耶？"芸曰："死生有命，无多虑也。"密禀吾父，亦以为然。是夜先将半肩行李挑下船，令逢森先卧。青君泣于母侧，芸嘱曰："汝母命苦，兼亦情痴，故遭此颠沛。幸汝父待我厚，此去可无他虑。两三年内，必当布置重圆。汝至汝家须尽妇道，勿似汝母。汝之翁姑以得汝为幸，必善视汝。所留箱笼什物，尽付汝带去。汝弟年幼，故未令知。临行时托言就医，数日即归；俟我去远，告知其故，禀闻祖父可也。"旁有旧妪，即前卷中曾赁其家消暑者，愿送至乡，故是时陪侍在侧，拭泪不已。将交五鼓，暖粥共啜之。芸强颜笑曰："昔一粥而聚，今一粥而散，若作传奇，可名《吃粥记》矣。"逢森闻声亦起，呻曰："母何为？"芸曰："将出门就医耳。"逢森曰："起何早？"曰："路远耳。汝与姊相安在家，毋讨祖母嫌。我与汝父同往，数日即归。"鸡声三唱，芸含泪扶妪，启后门将出。逢森忽大哭曰："噫，我母不归矣！"青君恐惊人，急掩其口而慰之。当是时，余两人寸肠已断，不能复作一语，但止以"勿哭"而已。青君闭门后，芸出巷十数步，已疲不能行，使妪提灯，余背负之而行。将至舟次②，几为逻者所执，幸老妪认芸为病女，余为婿，且得舟子（皆华氏工人）闻声接应，相扶下船。解维③后，芸始放声痛哭。是行也，其母子已成永诀矣！

注释

①西人之项：也就是前面提到过的因代人作保而欠下债务的事情。

②舟次：船停靠的地方，指码头。

③解维：解开绑船的缆绳。

译文

安顿完了，华氏家人的小船刚好到了。这天正是庚申腊月二十五日。芸说："这样孤独出门，不仅招惹邻里笑话，而且欠下那个山西人的债还没有着落，恐怕他也不肯轻易放过我们。依我看，要走就在明天早晨五更时悄悄离去为好。"我问："你正在病中，能顶得住拂晓的风寒吗？"芸说："死生有命，没有什么可多虑的。"我秘密地禀告父亲，他也认为这样处理比较妥当。当夜，我先将半担行李挑下船，叫逢森先睡觉。青君哭着坐在她妈妈的旁边。芸对她嘱咐道："你妈命苦，又加上痴情，所以才遭遇如此的颠沛流离。幸亏你爸待我情深义重，这次去也没什么顾虑了。隔两三年，我们必然会团圆。你到了王家后，必须恪守妇道，千万别落到你妈这种地步。你的公公、婆婆以得到你这样的儿媳妇而感到幸运，必然会善待你。我留下箱柜里的杂物，都交代你带去。你的弟弟年幼，所以没让他知道我这次去的地方。临走时，我会借口说是出去就医，几天后就回来。等我走远了，再告诉他实情，然后去报告祖父就行了。"旁边有个老太婆，就是前卷说到曾租赁她家房屋，消夏度假的那个地方的善良老妪，愿意送我们到乡下去。她陪在旁边，擦拭着眼泪，哭泣不止。天将近五更，我们一起吃着热粥。芸强装着笑脸说："过去因为一碗粥而欢聚，如今则一碗粥而分散，要是当作传奇，真可叫《吃粥记》了。"此刻，逢森听到了，急忙爬起来呻吟问："母亲，你这是要干什么？"芸说："我要出门就医。"逢森问："怎么起得这么早？"芸说："因为路太远。你与姐姐安心在家，不要讨祖母的嫌。我与你爸一块去，过几天就回来。"鸡唱三遍，芸含泪扶着老妪开后门准备出去。逢森忽然大哭着说："啊，我妈不会再回来了！"青君怕惊动别人，急忙捂住他的嘴安慰着。此刻，我与芸寸肠已断，无言以对，只是阻止他不要哭而已。青君关门后，芸走出小巷十几步，已经疲惫得走不动了。我叫老妪提着灯笼，自己背起芸而行走。快要走到停船处时，差一点给巡逻者抓住。幸亏老妪把芸当作女儿，把我当作女婿，而且船上的人都是华氏家的人，听到声音后，过来接应扶下船。解缆开船后，芸开始放声痛哭。想不到这次出行，成为儿女与母亲永远的诀别了！

华名大成，居无锡之东高山，面山而居，躬耕为业，人极朴诚。其妻夏氏，即芸之盟姊也。是日午未之交，始抵其家。华夫人已倚门而待，率两小女至舟，相见甚欢。扶芸登岸，款待殷勤。四邻妇人孺子哄然入室，将芸环视，有相问讯者，有相怜惜者，交头接耳，满室啾啾[1]。芸谓华夫人曰："今日真如渔父入桃源矣。"华曰："妹莫笑，乡人少所见多所怪耳。"自此相安度岁。

[注释]

①啾（jiū）啾：象声词，形容说话声乱。

[译文]

结拜姐姐华夫人家名气较大，居住在无锡东面的高山中，面临群山，以农事为业，她们为人朴实坦诚。妻子夏氏，就是那个当年与芸结拜的姐妹。当天下午到了她家，华夫人已靠在门口等待，并且带着两个小女子来到船上。双方相见，非常高兴。她们把芸扶上岸，又殷勤款待。邻里妇幼老少都闹哄哄地跑进屋来，围着芸观看。有的来问好，有的表示怜惜，大家交头接耳，满屋都是嘈杂的声音。芸对华夫人说："今天真像是陶渊明说的渔夫进入桃花源了！"华夫人说："妹妹切莫笑话，乡下人都是这么少见多怪呢！"自此，我们在这里平安度日了。

至元宵，仅隔两旬而芸渐能起步。是夜观龙灯于打麦场中，神情态度渐可复元。余乃心安，与之私议曰："我居此非计，欲他适而短于资，奈何？"芸曰："妾亦筹之矣。君姊丈范惠来现于靖江盐公堂司会计，十年前曾借君十金，适数不敷，妾典钗凑之。君忆之耶？"余曰："忘之矣。"芸曰："闻靖江去此不远，君盍①一往？"余如其言。

注释

① 盍：为什么不。

译文

隔两旬到元宵节，芸渐渐能站起来走路了。当夜，在打麦场上看舞龙灯，她的神色也慢慢恢复元气。我这才放心了，私下对她说："我们居住在这里并非长久之计，正想换个地方住，又缺少钱财，你看怎么办？"芸说："妾也在打算呢。你的姐夫范惠来目前正在靖江盐业公堂当会计，十年前他曾借了你十两银子，当时银钱不够数，我典当了一个银钗帮他凑足。郎君还记得吗？"我说："已经忘记了。"芸说："听说这里离靖江不远，你为什么不去一趟？"我便按她的意见去办了。

时天颇暖，织绒袍哔叽短褂，犹觉其热。此辛酉正月十六日也。是夜宿锡山客旅，赁被而卧。晨起趁江阴航船，一路逆风，继以微雨。夜至江阴江口，春寒彻骨，沽酒御寒，囊①为之罄。踌躇终夜，拟卸衬衣质钱而渡。十九日北风更烈，雪势犹浓，不禁惨然泪落，暗计房资渡费，不敢再饮。正心寒股栗间，忽见一老翁草鞋毡笠负黄包，入店，以目视余，似相识者。余曰："翁非泰州曹姓耶？"答曰："然。我非公，死填沟壑矣！今小女无恙，时诵公德。不意今日相逢，何逗留于此？"盖余幕泰州时有曹姓，本微贱，一女有姿色，已许婿家，有势力者放债谋其女，致涉讼。余从中调护，仍归所许。曹即投入公门为隶，叩首作谢，故识之。余告以投亲遇雪之由，曹曰："明日天晴，我当顺途相送。"出钱沽酒，备极款洽。

注释

① 囊：钱袋。

译文

当时，天气还较暖和，穿着织绒袍和哔叽马褂还觉得热。这一天是辛酉正月十六日。当晚，在锡山旅馆住宿，租了条被子躺下来。早晨起来，乘船去江阴。一路上，顶风冒雨奔波。夜里到了江阴口，觉得春寒刺骨。想买酒御寒，可惜口袋里的钱快用完了。犹豫不决了一晚上，打算脱下衬衣来典当换钱渡江。到了十九日，北风更加猛烈，大雪浓厚，自己不禁惨然流下泪水。暗自计算住房和渡江的费用，不敢再喝酒了。正在我心寒体颤时，忽然看见一个穿着草鞋、披戴蓑笠的老翁，挽着一个黄包袱走进小旅店。他不停地用眼光打量我，我也看他好像是认识的人。我问道："老人家，你不是泰州姓曹的人吗？"老翁回答："是啊，当年要不是您救了我，恐怕我早就死在沟壑里了。如今，我女儿平安无恙，她还时时念叨您的恩情公德。没想到今天在此与您相逢，您为什么会在这里逗留？"说起这个姓曹的老翁，还是我当初在泰州官幕从业时认识的。那时，他家里贫穷，有个女儿颇有姿色，已经许配女婿。可是，有势力的人却因为放债要谋取他的女儿，致使诉讼公堂。我当时从中调解保护，使他的女儿仍归原来的女婿。曹老翁便进县府公门当了差役，向我叩头表示感谢，因此认识他。我将自己出门投亲，途中遇到风雪的经历告诉了他。曹老翁说："等明天天晴了，我会顺路护送您。"接着，他又出钱买酒，热情地款待我。

廿日晓钟初动，即闻江口唤渡声。余惊起，呼曹同济。曹曰："勿急，宜饱食登舟。"乃代偿房饭钱，拉余出沽。余以连日逗留，急欲赶渡，食不下咽，强啖麻饼两枚。及登舟，江风如箭，四肢发战。曹曰："闻江阴有人缢于靖，其妻雇是舟而往，必俟雇者来始渡耳。"枵腹忍寒，午始解缆。至靖，暮烟四合矣。曹曰："靖有公堂两处，所访者城内耶？城外耶？"余踉跄随其后，且行且对曰："实不知其内外也。"曹曰："然则且止宿，明日往访耳。"进旅店，鞋袜已为泥淤湿透，索火烘之。草草饮食，疲极酣睡。晨起，袜烧其半，曹又代偿房饭钱。访至城中，惠来尚未起，闻余至，披衣出,见余状惊曰:"舅何狼狈至此?"余曰:"姑勿问,有银乞借二金,先遣送我者。"惠来以番饼①二圆授余,即以赠曹。曹力却,受一圆而去。余乃历述所遭,并言来意。惠来曰:"郎舅至戚,即无宿逋,亦应竭尽绵力。无如航海盐船新被盗,正当盘帐之时,不能挪移丰赠,当勉措番银二十圆以偿旧欠,何如?"余本无奢望,遂诺之。留住两日,天已晴暖,即作归计。

注释

① 番饼:即下文中的番银,当时流通的由外国商人带到中国的银元。

译文

二十日拂晓,晨钟初响,就听到江边呼唤开船过渡的声音。我惊慌地爬起来,叫曹老翁赶快走。他却说:"不用急,等吃饱饭再上船。"他先替我偿还了房饭钱,又拉我去吃饭喝酒。我因为连日逗留,急着渡江,所以吃不下东西,只勉强咽下两个芝麻饼。登船后,江风如箭,四肢发颤。曹老翁说:"听说江阴有个人在靖江上吊自杀,他的妻子要雇这条船去处理丧事,所以必须等她来了才开始渡江。"为此,我像一棵空心枯木一样忍着寒冷,一直等到中午才解缆开船。到了靖江,已经是傍晚,夕烟四合。曹老翁问我:"靖江这里共有两处公堂,您要找的人是住在城内还是城外?"我跟跟跄跄地跟在他身后,边走边回答:"我也不知道他在城内还是城外。"曹老翁说:"既然这样就别走了,先住一宿,等明天再去探访吧。"进了旅馆,发现鞋袜已被淤泥湿透了,因此用柴火来烘烤它。马马虎虎地吃了点饭,甚至因过度疲劳而酣睡起来。次日早晨起来一看,袜子被火烧了半截。曹老翁又代我偿还了房饭钱。我寻访到城中,姐夫范惠来还没有起床。他听说我来了,便披衣而出。见到我这个凄惨样子,他惊慌地问:"小舅子,你怎么狼狈到这种地步了?"我说:"你暂且别多问,有银子就借我二两,先还给陪送我的这个老翁。"范惠来拿出两个番银给我,我就还给曹老翁。曹老翁拒绝不接受,最后只拿了一圆而离去。我这才将途中遭受的艰难情况,以及此次的来意告诉了他。范惠来说:

"小舅子是最亲近的亲属,即使没有过去欠下的债务,我也应当竭尽全力资助你。不过,近来航海盐船刚被盗,现在正在盘点清账。我不能挪用公款多赠送你,先勉强凑上番银二十圆,以偿还我欠下的旧债,你看怎么样?"我本来就没有过高的奢望,就答应了。后来,我留下来住了两天,天气已转晴暖,便打算回家。

廿五日,仍回华宅。芸曰:"君遇雪乎?"余告以所苦。因惨然曰:"雪时,妾以君为抵靖,乃尚逗留江口。幸遇曹老,绝处逢生,亦可谓吉人天相矣。"越数日,得青君信,知逢森已为揖山荐引入店。荩臣请命于吾父,择正月二十四日将伊接去。儿女之事粗能了了①,但分离至此,令人终觉惨伤耳。

注释

① 了了:解决。

译文

二十五日,我回到华家住宅。芸问:"郎君在途中遇到大雪了吧?"我便将苦楚告诉她。芸惨然说:"下雪时,妾还以为郎君已到达靖江了呢,没想到你还逗留在江口。幸亏遇到曹老翁帮助而绝处逢生,这也真可谓'吉利的人自有上天相助'啊!"过了几天,我收到青君的来信,知道逢森已由夏揖山推荐到小店去了。王荩臣请了我的父亲,选择正月二十四日将青君接过去。儿女的事情就这样匆忙解决了。但是,眼看着骨肉分离到这种地步,真是令人凄惨伤心啊!

二月初,日暖风和,以靖江之项①薄备行装,访故人胡肯堂于邗江盐署。有贡局众司事公延入局②,代司笔墨,身心稍定。至明年壬戌八月,接芸书曰:"病体全瘳③。惟寄食于非亲非友之家,终觉非久长之策,愿亦来邗,一睹平山之胜。"余乃赁屋于邗江先春门外,临河两椽。自至华氏接芸同行,华夫人赠一小奚奴曰阿双,帮司炊爨④,并订他年结邻之约。

注释

① 靖江之项:就是上文中讨债回来的钱。

② 公延入局：公家请他进入贡局司做笔墨事。
③ 全瘳（chōu）：全好，完全病愈。
④ 炊爨（cuàn）：烧火做饭。

译文

二月初，风和日丽。我用靖江姐夫偿还的银圆简单准备了行李，要去邗江盐署访问故人胡肯堂。我由他管理税务的衙门招入到局内从事，代管笔墨记录，身心稍微安定下来。第二年八月，我接到芸的来信："我的病已经痊愈，唯独觉得寄住在非亲非故的朋友家里，终非长久之计。我也愿意来邗江，看看平山的名胜景观。"我便在邗江租赁了房子，房子临近河边，有两间屋子。前往华夫人家接芸过来，华夫人赠送给我们一个叫阿双的小女仆，帮助管理炊事家务，我们两家还定下他年结为邻居之约。

时已十月，平山凄冷，期以春游。满望散心调摄，徐图骨肉重圆。不满月，而贡局司事忽裁十有五人，余系友中之友，遂亦散闲。芸始犹百计代余筹画，强颜慰藉，未尝稍涉怨尤。至癸亥仲春①，血疾大发。余欲再至靖江作将伯②之呼，芸曰："求亲不如求友。"余曰："此言虽是，亲友虽关切，现皆闲处，自顾不遑。"芸曰："幸天时已暖，前途可无阻雪之虑，愿君速去速回，勿以病人为念。君或体有不安，妾罪更重矣。"

注释

① 癸亥仲春：1803年春天的第二个月。古人把春天分为早春、仲春、暮春，按照早春二月算的话，仲春应指农历三月。

② 将伯：寻求别人帮助。将，请。伯，长者。《诗经·小雅·正月》："将伯助予。"

译文

当时已经十月，平山阴冷，只等待春游。满指望散心调养护理后，计划不久与儿女骨肉重圆。可是，不满一个月，管理税务的衙门忽然裁减十五个人，我虽然算是友中之友，也下岗闲散无事可做了。芸则千方百计地为我筹划，强装笑脸抚慰，没有一点埋怨责怪的意思。到了癸亥年的仲春，芸的咯血病又突发了。我想再到靖江去找姐夫求救。芸说："求亲戚不如求朋友。"我说："此话虽然有理，但眼前的朋友再关切也帮不了忙。因为他们现在都下岗闲散着，自顾自都管不过来。"芸说："幸亏天气已暖和，去靖江途中可能不会有风雪忧虑了。希望郎君早去早回，不要挂念我的病。如果郎君身体不安康，妾的罪孽就更重了。"

时已薪水不继，余伴为雇骡以安其心，实则囊饼徒步，且食且行。向东南，两渡叉河，约八九十里，四望无村落。至更许，但见黄沙漠漠，明星闪闪。得一土地祠，高约五尺许，环以短墙，植以双柏。因向神叩首，祝曰："苏州沈某投亲失路至此，欲假神祠一宿，幸神怜佑。"于是移小石香炉于旁，以身探之，仅容半体。以风帽①反戴掩面，坐半身于中，出膝于外，闭目静听，微风萧萧而已。足疲神倦，昏然睡去。及醒，东方已白。短墙外忽有步语声，急出探视，盖土人赶集经此也。问以途，曰："南行十里即泰兴县城，穿城向东南十里一土墩，过八墩即靖江，皆康庄也。"余乃反身，移炉于原位，叩首作谢而行。过泰兴，即有小车可附。申刻抵靖，投刺焉。良久，司阍者②曰："范爷因公往常州去矣。"察其辞色，似有推托，余诘之曰："何日可归？"曰："不知也。"余曰："虽一年亦将待之。"阍者会余意，私问曰："公与范爷嫡郎舅③耶？"余曰："苟非嫡者，不待其归矣。"阍者曰："公姑待之。"越三日，乃以回靖告，共挪④二十五金。雇骡急返。

注释

① 风帽：御寒挡风的帽子，后面较长，披在背上。
② 司阍（hūn）者：看门的人。
③ 郎舅：姊妹的丈夫为郎，妻的兄弟为舅，合称郎舅。
④ 挪：这里指借。明明是借，却用作"挪"，可见沈复作为一个知识分子的清高。

译文

当时，我的薪水已经不发放了，我便假装雇乘骡马出行，以骗取芸的安心。实际上,我是口袋里装着干烧饼,边吃边走的。我向东南方两次渡过叉河,大概走了八九十里路,四处都没有见到村落。夜里一更多,只见黄沙漠漠,明星闪闪。眼前仅找到一个土地庙,约五尺高,环绕短墙外围种着松柏。于是,我向土地神叩头祈祷说:"苏州沈复投亲到此地迷路,想借神庙暂住一宿,请土地神爷可怜可怜,保佑我!"于是,我把门前的小石头香炉移到旁边,以身体硬挤进去试探一下,里面仅能容下半个身子。我就用风帽反过来挡住脸面,将半个身子坐在庙里,把膝盖露在外面。闭目静听,微风萧萧。由于两脚疲乏,精神困倦,所以昏沉沉地睡了过去。到醒来时,东方已白。短墙外忽然听见有脚步声和说话声。我急忙探头一看,原来是当地人赶集路过这里。我便向他们问路,他们说:"往南走十里就是泰兴县城,穿过县城向东南走,每隔十里路就有一个土墩。走过八个土墩就是靖江,剩下的都是宽阔平坦的路了。"我又返回来将小石头香炉移到原处,再向土地神叩头作谢而行。过了泰兴,就有小车可坐了。下午,到了靖江盐署,我递上名帖要求见我姐夫范惠来。过了良久,守门人出来说:"范爷因公到常州去了。"我观察他的说话神色,好像是在故意推脱,便问:"他什么时候回来?"对方说:"不知道。"我说:"哪怕他去一年,我也等他。"守门人理解我的意思,又私下问:"你是范爷的嫡亲小舅子吧?"我说:"如果不是嫡亲小舅子,我还不会在这儿等他呢!"守门人便说:"那你就等着吧。"过了三天,姐夫范惠来回到靖江,告诉我说共挪用二十五两银子给我。我雇乘骡子急忙返回来。

芸正形容惨变,咻咻①涕泣。见余归,卒然曰:"君知昨午阿双卷逃乎?倩人大索,今犹不得。失物小事,人系伊母临行再三交托,今若逃归,中有大江之阻,已觉堪虞。倘其父母匿子图诈,将奈之何?且有何颜见我盟姊?"余曰:"请勿急,卿虑过深矣。匿子图诈,诈其富有也,我夫妇两肩担一口耳。况携来半载,授衣分食,从未稍加扑责,邻里咸知。此实小奴丧良,乘危窃逃。

华家盟姊赠以匪人，彼无颜见卿，卿何反谓无颜见彼耶？今当一面呈县立案，以杜后患可也。"芸闻余言，意似稍释。然自此梦中呓语，时呼"阿双逃矣"或呼"憨何负我"，病势日以增矣。

注释

① 咻（xiū）咻：喘气。

译文

芸正面色大变，并且不停地喘息和哭泣。她见我回来，突然说："郎君知道昨天中午小女奴阿双卷席逃跑了吧？我请人到处搜寻，到现在也没找到。丢失了东西是小事，可阿双是她母亲临走时再三交代托付的。现在她逃跑了，中间又有大江阻挡，实在感觉忧虑。倘若是她父母故意藏匿起来图谋敲诈，那将怎么办？而且我哪有脸面再见华家姐姐？"我说："先别急，你考虑得也太复杂了。他们要是藏匿孩子图谋敲诈，应当去找富裕的人家，而我们夫妻只是肩膀上挑着一张嘴啊。何况带她来了半年，给她衣食，从未指责打骂，邻里也都知道。这纯粹是小女奴丧尽天良，趁机偷偷逃跑。华家姐姐赠送这种行为不轨的人，她自己已经没面子见你了，你怎么反说没有脸再见她呢？我们应该当面报告县衙门立案，以杜绝后患就是了。"芸听了我的话，心情稍微放松一些。然而，从此她常常在梦中呓语呼叫："阿双逃跑了！"或是喊："憨园女为什么辜负我？"病情也越来越重了。

余欲延医诊治，芸阻曰："妾病始因弟亡母丧，悲痛过甚；继为情感，后由忿激①。而平素又多过虑，满望努力做一好媳妇而不能得，以至头眩怔忡②诸症毕备。所谓病入膏肓，良医束手，请勿为无益之费。忆妾唱随③二十三年，蒙君错爱，百凡体恤，不以顽劣见弃。知己如君，得婿如此，妾已此生无憾！若布衣暖，菜饭饱，一室雍雍④，优游泉石，如沧浪亭、萧爽楼之处境，真成烟火神仙矣。神仙几世才能修到，我辈何人，敢望神仙耶？强而求之，致干造物之忌，即有情魔之扰。总因君太多情，妾生薄命耳！"因又呜咽而言曰："人生百年，终归一死。今中道相离，忽焉长别，不能终奉箕帚，目睹逢森娶妇，此心实觉耿耿。"言已，泪落如豆。余勉强慰之曰："卿病八年，恹恹欲绝者屡矣，今何忽作断肠语耶？"芸曰："连日梦我父母放舟来接，闭目即飘然上下，如行云雾中，殆魂离而躯壳存乎？"余曰："此神不收舍⑤，服以补剂，静心调养，自能安痊。"芸又唏嘘曰："妾若稍有生机一线，断不敢惊君听闻。今冥路已近，苟再不言，言无日矣。君之不得亲心，流离颠沛，皆由妾故。妾死则亲心自可挽回，君亦可免牵挂。堂上春秋高矣，妾死，君宜早归。如无力携妾骸骨归，不妨暂厝⑥于此，待君将来可耳。愿君另续德容兼备者，以奉双亲，抚我遗子，妾亦瞑目矣。"言至此，痛肠欲裂，不觉惨然大恸。余曰："卿果中道相舍，断无再续之理，况'曾经沧海难为水，除却巫山不是云'耳。"芸乃执余手而更欲有言，仅断续叠言"来世"二字。忽发喘口噤，两目瞪视，千呼万唤已不能言。痛泪两行，涔涔流溢。既而喘渐微，泪渐干，一灵缥缈，竟尔长逝！时嘉庆癸亥三月三十日也。当是时，孤灯一盏，举目无亲，两手空拳，寸心欲碎。绵绵此恨，曷其有极！

注释

① 忿激：形容愤怒激动。

② 怔忡（zhēngchōng）：中医病名。患者心脏跳动剧烈的一种症状。

③ 唱随：夫唱妇随。

④ 一室雍雍：一家人和和睦睦。

⑤ 神不收舍：精神恍惚，精力集中不起来。

⑥ 厝（cuò）：把棺材停放待葬，或浅埋以待改葬。

译文

我想去找医生为她诊治，芸阻止说："我的病都是因我的母亲去世和弟弟出走不归，才悲伤过度造成的。后来，又因为情感和激愤，平时又过于多虑。满指望努力做个好媳妇，可是终究不能实现，以致头眩心悸，多种疾病一起发作起来。所谓病入膏肓，哪怕再好的医生也没办法医治，请不要再作无效的破费了。回忆起妾跟随郎君二十三年，承蒙郎君的错爱和百般体恤关照，始终没有把我当作顽劣的女人休弃。此生能有你这样知心知己的郎君做丈夫，这辈子妾已经没有什么可遗憾的了！咱们以布衣取暖、以菜饭充饥，夫妻和睦相处，游玩泉石、沧浪亭、萧爽楼等景观风光，简直成了食人间烟火的神仙了！而真正的神仙，又有几辈子才能修到这种福地缘分？本来像我这种无名之辈，怎么敢指望着去当神仙呢？强行求取的事物，必然会触犯上天的忌讳。也就是说，对爱情过于沉溺，就会被情魔扰乱身心。总之，都是因为郎君对我太多情了，妾自己此生太薄命。"接着，她又呜咽着说道："人生百年，终归一死。如今，我俩中道相离，忽然就此永别，我不能继续为你侍奉箕帚洒扫庭院，看不到逢森娶亲结婚，我心里始终耿耿于怀。"说完，她的眼泪像珍珠一般流了下来。我勉强安慰她说："你患病八年，奄奄一息已经有多次了，今天怎么忽然说起这些伤心断肠的话来了？"芸说："连日来，我梦见我的父母派船来接我，闭上眼睛便感觉忽上忽下，好像在云雾中游荡。大概是魂魄已经离开，而只剩下躯体了吧？"我说："这是因为精神没有收回来的原因，以后服用滋补药剂静心加以调养，自然能痊愈。"芸又抽泣着说："我要是稍有一线生机希望，也绝对不敢让郎君听到这惊心动魄的话。如今，通往阴间的路已经临近我了，如果现在还不说，恐怕没有时间再说了。郎君得不到父母的垂爱而颠沛流离，都是我造成的。我死后，父母的爱心自然会挽回，你也可以免除牵连。堂上大人岁数大了，郎君应该早些回家。如果没有能力把妾的遗骨带回去，不妨暂时在此停柩待葬，等待郎君将来再作安排。希望郎君另外续配一个德貌兼备的女子，以侍奉父母双亲和抚养我遗留下的儿子，妾也就可以瞑目了。"说到这里，我俩痛肠欲裂，不禁悲痛地大哭起来。我说："如果你中道舍下我，我绝没有再续婚之理，更何况'曾经沧海难为水，除却巫山不是云'啊。"芸拉着我的手还想说话，仅断断续续重复着"来世"二字。突然，她发出喘息声，紧闭着嘴，瞪起两眼紧紧看着我。我千呼万唤，她也不能出声，而腮边痛苦的泪水却在慢慢地流淌。接着,喘息声渐渐微弱,泪水渐渐流干。她的魂灵已经缥缈离去,至此竟然永远诀别了!此刻,正是嘉庆癸亥三月三十日。当时,我孑然独身,孤灯一盏,举目无亲,两手空拳,寸心欲碎。此恨绵绵,何时才是尽头!

承吾友胡肯堂以十金为助,余尽室中所有,变卖一空,亲为成殓。呜呼!芸一女流,具男子之襟怀才识。归吾门后,余日奔走衣食,中馈缺乏,芸能纤悉不介意。及余家居,惟以文字相辩析而已。卒之疾病颠连,赍恨①以没,谁致之耶?余有负闺中良友,又何可胜道哉!奉劝世间夫妇,固不可彼此相仇,亦不可过于情笃。语云:"恩爱夫妻不到头。"如余者,可作前车之鉴也。

注释

① 赍(jī)恨:怀着怨恨。

译文

我承奉朋友胡肯堂资助的十两银子,将室中所有的东西都变卖一空,亲自为芸办理入殓丧事。啊!芸虽然是个女流,却具有男子的襟怀才识。自从她嫁到我家后,我曾经为衣食整天东奔西走,炊饮生活十分困难,可她都能迁就而毫不介意。在家居住时,唯独能以文字辨析而已。在疾病和颠沛流离中含恨而死,到底是谁导致她落到如此地步?是我有负于我的闺中良友,又有什么可说的!奉劝世间夫妇:彼此固然不可反目为仇,但也不可过于恩爱情笃。古话说:"恩爱夫妻不到头。"像我这种情况,可以作为前车之鉴啊!

回煞①之期,俗传是日魂必随煞而归,故居中铺设一如生前,且须铺生前旧衣于床上,置旧鞋于床下,以待魂归瞻顾。吴下相传谓之"收眼光"。延羽士作法,先召于床而后遣之,谓之"接眚"。邗江俗例,设酒肴于死者之室,一家尽出,谓之"避眚"。以故有因避被窃者。芸娘②眚期,房东因同居而出避,邻家嘱余亦设肴远避。余冀魂归一见,姑漫应之。同乡张禹门谏余曰:"因邪入邪,宜信其有。勿尝试也。"余曰:"所以不避而待之者,正信其有也。"张曰："回煞犯煞，不利生人。夫人即或魂归，业已阴阳有间，窃恐欲见者无形可接，应避者反犯其锋耳。"时余痴心不昧，强对曰："死生有命。君果关切，伴我何如？"张曰："我当于门外守之，君有异见，一呼即入可也。"余乃张灯入室，见铺设宛然而音容已杳，不禁心伤泪涌。又恐泪眼模糊失所欲见，忍泪睁目，坐床而待。抚其所遗旧服，香泽犹存，不觉柔肠寸断，冥然昏去。转念待魂而来，何遽睡耶？开目四视，见席上双烛青焰荧荧，缩光如豆，毛骨悚然，通体寒栗。因摩两手擦额，细瞩之，双焰渐起，高至尺许，纸裱顶格几被所焚。余正得借光四顾间，光忽又缩如前。此时心舂股栗，欲呼守者进观，而转念柔魂弱魄，恐为盛阳所逼。悄呼芸名而祝之，满室寂然，一无所见。既而烛焰复明，不复腾起矣。出告禹门，服余胆壮，不知余实一时情痴耳。

注释

① 回煞：旧时的一种风俗。说是逝者灵魂会在死后的第七天回到家中，在那一天，死者家属举家外出以避。下面的"接眚"，是指迎接亡魂。

② 芸娘：芸已经过世了，再加之年纪大了，就称之为"芸娘"。

译文

到了回煞日期，风俗习惯传说是当日死者的灵魂必然随凶煞返舍而归。因此，房中的铺设都要像生前一样，而且需要铺生前的旧衣服在床上，放旧鞋子在床下，以等待死者的灵魂归来瞻顾。吴地人相传，这叫作"收眼光"。请道士作法场，先召魂于床上，而后遣出，叫作"接眚"。按邗江的风俗习惯，要在死者的室内摆设酒肴，一家人都走出去，叫作"避眚"。以往有的因为回避，而常有被人偷窃东西的事发生。到了芸的"避眚"日期，房东以及其他一起居住的人都回避了，邻居嘱咐我摆设酒肴后也要远远地避开。我本来就期望着芸的魂灵回来见一面，就随意回应了一下。同乡张禹门规劝我说："因邪入邪，应该相信有这回事，可不要去尝试啊！"我说："我之所以不回避而等待她，正是相信她有回来这回事啊！"张禹门说："回煞时触犯凶煞，对活人不利。夫人即使灵魂回来，也是已有阴间和阳间的区别，恐怕你想见到的她的灵魂，也不会真有形体能见到。活人应该回避，不去触犯死者灵魂的锋芒。"当时，我还是痴心不改，坚持对他说："死生由命。你要是真的关心我，过来陪伴我，怎么样？"张禹门说："我只能在门外守候，你要是发现异常情况，叫我一声就行了。"我便点灯进入室内，见铺设还如芸生前的一样，而她的声音和容貌却永远听不着见不到了，不禁伤心流泪起来。此刻，我只怕泪眼模糊，失去与芸相见的机会，只好忍着泪、睁着眼，坐在床上等待。抚摸着她留下来的旧衣服，感觉香味色泽犹存，不禁柔肠寸断，冥然昏迷过去。本来转念等待她灵魂回来，为什么竟然睡着了？睁开眼向四处观看，只见桌子上双烛青烟荧荧闪亮，光亮缩小如豆。自己突然毛骨悚然，浑身寒栗起来。于是，摩擦着双手和额头，细细观看：双烛火焰亮光渐渐高起来，约有一尺许，用纸裱糊的顶格几乎被火点燃。我正借着亮光四处环顾时，光亮忽然又缩小到原来的样子。此时，我心头紧张跳动、浑身战栗。本想呼叫张禹门进来观看，但又想到芸的柔弱魂魄，恐怕被阳气逼迫，只好悄悄呼叫着芸的名字并仔细观看。此刻，满屋寂静无声，一无所见。接着，烛光又亮起来，却不像刚才那样高了。我这才走出去告诉张禹门，他佩服我的胆子大，却不知道我是一时情痴罢了！

芸没后，忆和靖①"妻梅子鹤"语，自号梅逸。权葬芸于扬州西门外之金桂山，俗呼郝家宝塔。买一棺之地，从遗言寄于此。携木主②还乡，吾母亦为悲悼，青君、逢森归来，痛哭成服③。启堂进言曰："严君怒犹未息，兄宜仍往扬州。俟严君归里，婉言劝解，再当专札相招。"余遂拜母别子女，痛哭一场，复至扬州，卖画度日。因得常哭于芸娘之墓，影单形只，备极凄凉。且偶经故居，伤心惨目。重阳日，邻冢皆黄，芸墓独青。守坟者曰："此好穴场，故地气旺也。"余暗祝曰："秋风已紧，身尚衣单。卿若有灵，佑我图得一馆，度此残年，以待家乡信息。"未几，江都幕客章驭庵先生欲回浙江葬亲，倩余代庖三月，得备御寒之具。封篆出署，张禹门招寓其家。张亦失馆，度岁艰难，商于余。即以余赀二十金倾囊借之，且告曰："此本留为亡荆扶柩之费，一俟得有乡音，偿我可也。"是年即寓张度岁，晨占夕卜，乡音殊杳。

注释

① 和靖：林和靖，即北宋初年著名隐逸诗人林逋。性孤高自好，喜恬淡，自甘贫困，40余岁后隐居杭州西湖，终生不仕不娶，无子，唯喜植梅养鹤，自谓"以梅为妻，以鹤为子"，人称"梅妻鹤子"。

② 木主：木制的神位，俗称牌位。上书死者姓名以供祭祀。又称神主。

③ 痛哭成服：穿上孝服，痛哭不止。

译文

芸病故后，回忆起宋代"梅妻鹤子"的林逋，我自号为"梅逸"。权且将芸葬在扬州西门外的金桂山，俗称郝家宝塔。买了一棺之地，按她的遗言寄放在这里，然后带着她的灵牌回到家乡。我的母亲也为此悲悼，青君和儿子逢森归来，都穿着丧服痛哭起来。而弟弟启堂却进言说："父亲的怒气还未平息，哥哥应该还回到扬州去。等父亲回来，婉言劝解，然后再去信招呼你回来。"我只好痛哭一场，拜别母亲，告别儿女，再次来到扬州，靠卖画度日。因而，我得以常在芸的墓地上哭泣，形影孤单，极其凄凉。而且偶尔经过故居，不禁悲伤流泪。到了九九重阳节，别家的坟墓上都是黄色，唯独芸的坟墓是绿色。守坟人说："这是块风水好的坟地，所以地气旺盛哩！"我暗自祝祷："秋风已紧，可我身上衣服单薄。芸若是有灵，请保佑我能找到个职业度过残年，以等待家乡的音信。"过了不久，江都幕客章驭庵先生要回浙江葬亲，请我去帮忙操办事务三个月，我才得到御寒的冬衣。代理三个月已经到期，张禹门又邀请我居住到他家里。当时，他也失业无职，度日艰难，因此与我商量解决办法。我就拿出攒下的二十两银子给他，并且告诉他："这本来是留下来为我护送亡妻灵柩回乡的费用，一旦等到家里有父亲原谅儿媳妇的消息来，到那时再偿还我吧！"因此，我在张禹门家度过年岁，早晚都占卜盼望消息，可家乡一直杳无音信。

至甲子三月，接青君信，知吾父有病。即欲归苏，又恐触旧忿。正趑趄①观望间，复接青君信，始痛悉吾父业已辞世。刺骨痛心，呼天莫及。无暇他计，即星夜驰归，触首灵前，哀号流血。呜呼！吾父一生辛苦，奔走于外。生余不肖，既少承欢膝下，又未侍药床前，不孝之罪何可逭哉！吾母见余哭，曰："汝何此日始归耶？"余曰："儿之归，幸得青君孙女信也。"吾母目余弟妇，遂默然。余入幕守灵至七终，无一人以家事告，以丧事商者。余自问人子之道已缺，故亦无颜询问。

【注释】

① 趑趄（zījū）：想前进又不敢前进。形容疑惧不决，犹豫观望。亦作"趑且""趦趄"。

【译文】

到了甲子三月，我接到青君的来信，得知我的父亲患病。本想马上回苏州去，但又怕触及家庭旧怨。正在犹豫不决之间，又接到青君的来信，才悲痛地获悉父亲已经辞世，便觉得刺骨痛心，呼唤青天也来不及了。我没空作其他打算，连夜往回赶路。回家后，在父亲亡灵前叩头，哀号流泪。啊呀，父亲一生辛苦，奔波在外，生下我这个不肖儿子，既没有在他身边承欢，又没有为他服侍端汤送药，我的不孝之罪怎么能逃过啊？我的母亲见我哭泣，对我说："你怎么现在才回来？"我说："儿子能回来，幸亏得到青君的来信哪！"我的母亲便把眼睛盯向弟媳妇，就沉默了。我在家里守灵到"七七"结束，没有一人把家事相告，或为丧事商量。我自愧做儿子未尽到侍奉父母之道，所以也无脸去询问情况。

一日，忽有向余索逋者登门饶舌。余出应曰："欠债不还，固应催索。然吾父骨肉未寒，乘凶追呼，未免太甚！"中有一人私谓余曰："我等皆有人招之使来。公且避出，当向招我者索偿也。"余曰："我欠我偿，公等速退！"皆唯唯而去。余因呼启堂谕之曰："兄虽不肖，并未作恶不端。若言出嗣降服，从未得过纤毫嗣产。此次奔丧归来，本人子之道，岂为产争故耶？大丈夫贵乎自立，我既一身归,仍以一身去耳!"言已,返身入幕,不觉大恸。叩辞吾母,走告青君,行将出走深山,求赤松子①于世外矣。

【注释】

① 赤松子:传说中的上古仙人,入山修道,最后成仙。

【译文】

有一天,忽然有个讨债的人登门来饶舌叫唤。我出去应付说:"欠债不还,固然应当催要。可是,我父亲尸骨未寒,你们乘势凶狠地来追讨,未免太过分了!"他们其中一人私下对我说:"我们都是有人招呼才过来的。你暂先躲避出去,我们应该向招呼我们来的人讨还欠债。"我说:"如果是我欠债,必然由我来偿还,你们赶快回去吧!"他们都唯唯诺诺地离去。于是,我叫弟弟启堂出来,对他说:"哥哥虽然不肖,可也并未作恶多端。如果说因为我过继给堂伯为后嗣,现在为父亲服丧应降低为一年,可我从来没有因过继而拿人家一点财产。这次回来奔丧,本想尽为人之子的孝道,哪里是为了争夺遗产呢?大丈夫以自立自强为贵,我既然是一人回来,仍旧以一人出去啊!"说完,我返身回屋,不禁痛哭起来。我向母亲叩头辞别,又去告诉青君,说我要到深山里去求助神仙赤松子,去度过世外风雨无阻的飘荡日子。

青君正劝阻间,友人夏南薰字淡安、夏逢泰字揖山两昆季寻踪而至,抗声谏余曰:"家庭若此,固堪动忿。但足下父死而母尚存,妻丧而子未立,乃竟飘然出世,于心安乎?"余曰:"然则如之何?"淡安曰:"奉屈暂居寒舍,闻石琢堂殿撰有告假回籍之信,盍俟其归而往谒之?其必有以位置君也。"余曰:"凶丧未满百日,兄等有老亲在堂,恐多未便。"①揖山曰:"愚兄弟之相邀,亦家君意也。足下如执以为不便,西邻有禅寺,方丈僧与余交最善,足下设榻于寺中,何如?"余诺之。青君曰:"祖父所遗房产,不下三四千金,既已分毫不取,岂自己行囊亦舍去耶?我往取之,径送禅寺父亲处可也。"因是于行囊之外,转得吾父所遗图书、砚台、笔筒数件。

> **注释**

①"凶丧未满"一句：迷信认为，父母的丧事不满百日，子女去别人家会对对方的老人不利。

> **译文**

青君正在劝阻间，朋友夏淡安、夏揖山两兄弟寻着我的踪迹来到了。他们大声规劝我："家庭到了这种地步，固然值得发怒。但是，足下的父亲死了而母亲还活着，妻子死了而儿子还未到成年，你竟然这样飘然离家出走，能安下心吗？"我忙问："那又该怎么办？"夏淡安说："你不如暂时屈身居住在寒舍内。听说石琢堂在官府中有请假回乡探亲的来信，你为什么不等他回来后去拜见求助？他必然会帮助你安排职位的。"我说："治丧不满一百天，我还有老母亲在家，恐怕多有不便。"夏揖山说："我们兄弟二人特意来邀请你，这其实也是家里老人的意思啊！足下如果执意不从，西边有座寺庙，里面的老僧方丈与我非常友好，你到寺庙中设榻先住下来，怎么样？"我答应了。青君说："祖父遗留的房产，不少于三四千两银子，您既然分毫不取，难道连自己的铺盖行李也舍得留下来？等我去拿来，直接送到寺庙里父亲的住处就是了。"因此，我除了带上行李之外，又得到父亲遗留下来的图书、砚台、笔墨等物品。

寺僧安置予于大悲阁。阁南向，向东设神像。隔西首一间，设月窗①，紧对佛龛，本为作佛事者斋食之地，余即设榻其中。临门有关圣提刀立像，极威武。院中有银杏一株，大三抱，荫覆满阁，夜静风声如吼。揖山常携酒果来对酌，曰："足下一人独处，夜深不寐，得无畏怖耶？"余曰："仆一生坦直，胸无秽念，何怖之有？"居未几，大雨倾盆，连宵达旦三十余天。时虑银杏折枝，压梁倾屋。赖神默佑，竟得无恙。而外之墙坍屋倒者不可胜计，近处田禾俱被漂没。余则日与僧人作画，不见不闻。七月初，天始霁。揖山尊人②号莼芗有交易赴崇明，偕余往，代笔书券得二十金。归，值吾父将安葬，启堂命逢森向余曰："叔因葬事乏用，欲助一二十金。"余拟倾囊与之，揖山不允，分帮其半。余即携青君先至墓所。葬既毕，仍返大悲阁。九月杪③，揖山有田在东海永泰沙，又偕余往收其息。盘桓两月，归已残冬，移寓其家雪鸿草堂度岁。真异姓骨肉也。

注释

① 月窗：山洞岩穴内透光的大窍孔，此处指寺庙中用来透光的天窗一类的缝隙。

② 尊人：对别人父亲的尊称。

③ 九月杪（miǎo）：九月末。杪，指年月或四季的末尾。

译文

寺庙僧人将我安置在大悲阁里。大悲阁面向南边，东面设有一个神像，西面的一间房子开了一扇窗户，紧对着佛龛。这本来是供佛事用斋食的地方，我就在其中安了床。临门有一个关帝塑像，提刀站立，极其庄严威武。院中有一棵老银杏树，有三人合抱那么粗，树荫覆盖整个阁院，夜间风吹如怒吼。夏揖山常常带些酒果过来与我对酌小饮，他对我说："足下一人住在这里，深夜睡不着时，不会觉得害怕吗？"我说："我一生坦荡直率，胸无私心杂念，有什么可怕的？"居住了不久，突然下起倾盆大雨，通宵达旦下了三十多天。当时，我担心银杏树会折断压塌房梁。结果，靠我默默祈祷求神保佑，竟然安然无恙。而外边的房子墙壁却倒塌不知其数，近处田地的庄稼都被淹没。我则每天与僧人作画，不见不闻。七月初，天开始转晴。夏揖山的父亲要去崇明岛做一笔生意，叫我陪同一块去。结果，靠帮他代笔记录账目，我挣了二十两银子。回来之后，正值我父亲将要安葬，弟弟启堂便叫逢森对我说："叔叔因为安葬费用不足，想叫您掏出一二十两银子来。"我打算把口袋里的银子全都交给他，夏揖山不答应。结果，他自己好心帮我出了一半的银两。我便带着女儿先到了墓地，安葬后仍回到大悲阁。九月底，夏揖山有片田地在东海永泰沙，又叫我陪同去收租息。结果，忙碌了两个月，归来已是残冬。我又移居到他家的"雪鸿草堂"虚度岁月。夏氏兄弟对我这么好，真算得上是异姓骨肉情谊了啊！

乙丑七月，琢堂始自都门回籍。琢堂名韫玉，字执如，琢堂其号也，与余为总角交①。乾隆庚戌殿元，出为四川重庆守。白莲教之乱，三年戎马，极著劳绩。及归，相见甚欢。旋于重九日，挈眷重赴四川重庆之任，邀余同往。余即叩别吾母于九妹倩②陆尚吾家，盖先君故居已属他人矣。吾母嘱曰："汝弟不足恃，汝行须努力。重振家声，全望汝也！"逢森送余至半途，忽泪落不已，因嘱勿送而返。舟出京口，琢堂有旧交王惕夫孝廉在淮扬盐署，绕道往晤。余与偕往，又得一顾芸娘之墓。返舟由长江溯流而上，一路游览名胜。至湖北之荆州，得升潼关观察之信，遂留余与其嗣君③敦夫眷属等，暂寓荆州。琢堂轻骑减从，至重庆度岁，遂由成都历栈道之任。

注释

① 总角交：发小。
② 妹倩：妹夫。
③ 嗣君：对朋友的儿子的礼貌称谓。

译文

乙丑七月，石琢堂从京城回到老家。他名韫玉，字执如，以琢堂为号，与我是发小。他在乾隆庚戌到重庆做了太守，在白莲教动乱中戎马三年，立下丰功伟绩。等到他回来，双方见面后非常开心。转眼到了九九重阳节，他带着眷属又要去重庆赴任，邀请我一块去。我便去叩别母亲，可她却住在我九妹家里，因为我父亲的故居已属于他人了。母亲嘱咐说："你弟弟启堂不可依赖，你必须加倍努力。重振家风和名声，全指望你了！"逢森将我送到半路上，忽然泪水不停地流下来。我嘱咐他不要送了，赶快回去。船出了京口，石琢堂有个老朋友王惕夫举人，在淮扬盐业公署任职，便绕道前去会晤他。我也跟去，顺路又一次看望了芸的坟地。又坐船逆流而上，一路游览了山水名胜。到了湖北荆州，石琢堂又在半路上接到升任潼关观察的命令，就将我和他的眷属留下，暂时安排住在荆州，他自己减轻负担去了重庆，再经过成都过栈道去上任。

丙寅二月，川眷始由水路往，至樊城登陆。途长费巨，车重人多，毙马折轮，备尝辛苦。抵潼关甫三月，琢堂又升山左廉访①，清风两袖，眷属不能偕行，暂借潼川书院作寓。十月杪，始支山左廉俸，专人接眷。附有青君之书，骇悉逢森于四月间夭亡。始忆前之送余堕泪者，盖父子永诀也。呜呼！芸仅一子，不得延其嗣续耶？琢堂闻之，亦为之浩叹，赠余一妾，重入春梦。从此扰扰攘攘，又不知梦醒何时耳。

> **注释**
> ① 山左廉访：官职名，山东巡按。

> **译文**
> 丙寅二月，我与他的眷属才开始由水路赶去，到樊城后登上陆地。路途遥远花费大，车重人多，累死马匹，折断车轮，备尝辛苦。到了潼关才三个月，石琢堂又升任山东省司法长官。他两袖清风，眷属又不能陪同而去，只好让眷属暂住在潼关书院。十月底，他才派官员来接家属。官员来时，还带来青君的来信，我骇然获悉逢森已于四月间夭亡。回忆起上一次儿子流着泪为我送行，真想不到这会是我们父子永远的诀别呀！啊呀，芸只生了这么一个儿子，我们又得不到衍生续嗣了！石琢堂听了，也为此感慨长叹。后来，他又赠送给我一个小妾，我又重新进入春梦。从此，世事纷纷乱乱，又不知梦醒何时呀！

> **卷评**
> "国家不幸诗家幸"。如果说不幸能够让人创造出好的作品，那么沈复六记的存在是不是一个证明？在这卷里，沈复详细记述了他的人生遭遇。沈复夫妇先是被父母怀疑讨厌，后又被弟弟不讲信义，几度被迫离开大家庭。芸的身体几经折磨，生病不愈而亡。没多久，儿子早夭。沈复遭遇种种变故、种种坎坷，可以说是尝尽了世态炎凉。这些对家庭不幸的描写、对个人不幸的记述，很容易让人想起《红楼梦》。《浮生六记》之所以被称为"小《红楼梦》"，大概源于此吧。

卷四　浪游记快

余游幕①三十年来，天下所未到者，蜀中、黔中与滇南耳。惜乎轮蹄征逐②，处处随人，山水怡情，云烟过眼，不过领略其大概，不能探僻寻幽也。余凡事喜独出己见，不屑随人是非，即论诗品画，莫不存人珍我弃、人弃我取之意，故名胜所在，贵乎心得，有名胜而不觉其佳者，有非名胜而自以为妙者，聊以平生历历者记之。

注释

①游幕：做衙门或官厅的幕僚，即幕府幕友职务，相当于参谋、文书类。

②轮蹄征逐：指车马往来匆匆，如在征战。

译文

我在各地做幕僚三十年来，天下没有去过的地方仅有四川中部、贵州中部与云南南部罢了。可惜每次均是车马匆忙，处处跟随着别人。山水给予人的欢乐，犹如过眼云烟，只能粗疏地领略一下，难以深入地寻幽访胜。我凡事喜欢独出己见，不屑于随人称道是非。即便是论诗品画，也时时存着"人珍我弃、人弃我取"之心。所以，游览名胜，贵在契心合意。有的是名胜却不觉得佳妙，有的不是名胜又觉得妙不可言。姑且将我平生所经历的记录下来。

余年十五时，吾父稼夫公馆于山阴赵明府①幕中。有赵省斋先生名传者，杭之宿儒②也，赵明府延教其子，吾父命余亦拜投门下。暇日出游，得至吼山，离城约十余里。不通陆路。近山见一石洞，上有片石横裂欲堕，即从其下荡舟入。豁然空其中，四面皆峭壁，俗名之曰"水园"。临流建石阁五椽，对面石壁有"观鱼跃"三字，水深不测，相传有巨鳞潜伏，余投饵试之，仅见不盈尺者出而唼食③焉。阁后有道通旱园，拳石乱叠，有横阔如掌者，有柱石平其顶而上加大石者，凿痕犹在，一无可取。游览既毕，宴于水阁，命从者放爆竹，轰然一响，万山齐应，如闻霹雳声。此幼时快游之始。惜乎兰亭、禹陵未能一到,至今以为憾。

注释

① 明府:古代对太守、县令的一种尊称。
② 宿儒:年高而博学的读书人。这里指知识渊博的老师。
③ 唼(shà)食:鱼儿在水面吞食。

译文

　　我十五岁时,我的父亲稼夫公在山阴赵明府的幕中供职。有一位赵省斋先生,名传,是杭州素有名望的学者。赵明府请他教自己的孩子,我的父亲让我也向他拜师。读书的闲暇,外出游玩,得以来到吼山。吼山距离山阴县城大约十几里,没有旱路通行。临山有一个石洞,上面有一块片状石头,横着裂开,几乎就要坠落的样子,我们从它下面划船而入。里面豁然开阔,四面皆为峭壁,俗名"水园"。临水建了五间石头阁楼,对面石壁上有"观鱼跃"三个字,水深不可测,相传有大鱼潜伏其中。我投下些许鱼饵试探,只见到不满一尺的鱼游来吞食。石阁楼后面有道路通到旱园,里面拳石散乱矗立,有横阔如手掌的,有柱石顶端平整放上石头的,开凿的痕迹还在,没有什么可取之处。游览完毕,我们在水阁宴饮。让随从燃放鞭炮,轰然一响,万山齐应,如闻霹雳之声。这是我少年畅游的开始。可惜兰亭、禹陵未能前往一游,至今引为憾事。

　　至山阴之明年,先生以亲老不远游,设帐于家①,余遂从至杭,西湖之胜因得畅游。结构之妙,予以龙井为最,小有天园次之。石取天竺之飞来峰,城隍山之瑞石古洞。水取玉泉,以水清多鱼,有活泼趣也。大约至不堪者,葛岭之玛瑙寺。其余湖心亭、六一泉诸景,各有妙处,不能尽述,然皆不脱脂粉气,反不如小静室之幽僻,雅近天然。

注释

① 设帐于家:在家里开设了一个学堂。

译文

　　我到山阴的第二年，先生以双亲年老，不能远游，在家设立学堂。我于是跟随先生到了杭州，得以畅游西湖盛景。西湖诸景，若论布局结构之妙，首推龙井，小有天园次之。山石中可取的，是灵隐寺前的飞来峰、城隍山的瑞石古洞。泉水中可取的，则是玉泉，因为它水流清澈，游鱼很多，有活泼的情趣。大约最不值得一观的，便是葛岭的玛瑙寺了。其他的如湖心亭、六一泉等，各有妙处，不能详述。然而，都难以脱掉艳丽的脂粉气，反而不如小静室的幽僻，清雅近于自然。

　　苏小墓①在西泠桥侧。土人指示，初仅半丘黄土而已。乾隆庚子圣驾南巡，曾一询及，甲辰春复举南巡盛典，则苏小墓已石筑其坟，作八角形，上立一碑，大书曰"钱塘苏小小之墓"。从此吊古骚人不须徘徊探访矣。余思古来烈魄忠魂堙没不传者，固不可胜数，即传而不久者亦不为少，小小一名妓耳，自南齐至今，尽人而知之，此殆灵气所钟，为湖山点缀耶？桥北数武有崇文书院②，余曾与同学赵缉之投考其中。时值长夏，起极早，出钱塘门，过昭庆寺，上断桥③，坐石阑上。旭日将升，朝霞映于柳外，尽态极妍；白莲香里，清风徐来，令人心骨皆清。步至书院，题犹未出也。午后交卷。偕缉之纳凉于紫云洞，大可容数十人，石窍上透日光。有人设短几矮凳，卖酒于此。解衣小酌，尝鹿脯甚妙，佐以鲜菱雪藕，微酣出洞。缉之曰："上有朝阳台，颇高旷，盍往一游？"余亦兴发，奋勇登其巅，觉西湖如镜，杭城如丸，钱塘江如带，极目可数百里。此生平第一大观也。坐良久，阳乌将落，相携下山，南屏晚钟动矣。韬光、云栖路远未到，其红门局之梅花，姑姑庙之铁树，不过尔尔。紫阳洞予以为必可观，而访寻得之，洞口仅容一指，涓涓流水而已。相传中有洞天，恨不能抉门而入。

注释

① 苏小墓：苏小小的墓。苏小小是六朝时南齐名妓。
② 崇文书院：崇文书院在全国各地有数处。这里指浙江余姚的

崇文书院。

③断桥：西湖一景，即传说故事《白蛇传》中许仙和白素贞相遇之处。

译文

苏小小墓在西泠桥旁边。当地人说，最初只是半丘黄土而已。乾隆庚子年，圣上南巡到这里，曾问询此墓。到甲辰年春日，圣上再次南巡。此时，苏小小墓已用石头砌好了。墓呈八角形，立有一块碑石，上刻"钱塘苏小小之墓"几个大字。从此，怀远吊古的诗人墨客便不用再四处寻访了。我想，自古以来，那些忠烈坚贞之人被埋没不传的当然不可胜数，即便是名声流传不久又趋于无闻的人也不在少数。而苏小小只是一名妓女，自南齐到今天，名字事迹众人皆知，这大概是天地灵气钟爱，要为此地湖光山色做些点缀吧？桥北不远有一座崇文书院，我曾与同学赵缉之到这里投考。当时正逢炎夏，我们起床很早，出了钱塘门，经过昭庆寺，步上断桥，坐在石栏杆上。旭日将要升起，朝霞映透柳树，无不尽显妍丽之态。湖中白莲散发着清香之气，清风缓缓吹来，令人身心清爽。我们步行来到书院，考题还没有发布呢。午后时分，我们交卷了。我和赵缉之在紫云洞乘凉。洞内可以容纳几十人，日光透过石孔照进来。有人摆设了矮几短凳，在这里卖酒。我和赵缉之解衣小饮，品尝鹿脯，感觉非常美妙。又食用了一些新鲜的菱角与白藕，直到喝得微醉才出了紫云洞。赵缉之说："山上有个朝阳台，十分高旷，为什么不前去游览一番？"我也是意趣兴发，奋勇登上山顶。只见西湖如一面镜子，杭州城如一粒弹丸，钱塘江如一条锦带，极目而望可达几百里。这是我生平第一次看到如此壮观的景色。在朝阳台坐了很久，太阳将落，我们搀扶着下山之时，南屏山佛寺的晚钟也敲响了。韬光、云栖两处景点，因为路远未去，其余如红门局的梅花、姑姑庙的铁树，也不过如此。紫云洞我以为必定可观，待寻访抵达，发现洞口仅能容下一根手指，细水涓涓流过而已。相传里面别有洞天，可惜不能撬门而入。

清明日，先生春祭扫墓，挈余同游。墓在东岳，是乡多竹，坟丁①掘未出土之毛笋，形如梨而尖，作羹供客。余甘之，尽其两碗。先生曰："噫！是虽味美而克心血，宜多食肉以解之。"余素不贪屠门之嚼，至是饭量且因笋而减，归途觉烦躁，唇舌几裂。过石屋洞，不甚可观。水乐洞峭壁多藤萝，入洞如斗室，有泉流甚急，其声琅琅。池广仅三尺，深五寸许，不溢亦不竭。余俯流就饮，烦躁顿解。洞外二小亭，坐其中可听泉声。衲子②请观万年缸。缸在香积厨③，形甚巨，以竹引泉灌其内，听其满溢，年久结苔厚尺许，冬日不冰，故不损也。

注释

① 坟丁：守墓的人。

② 衲（nà）子：和尚。

③ 香积厨：佛寺的厨房。

译文

清明节，先生春祭扫墓，带我同去游玩。坟墓在东岳，这里盛产毛竹。守墓人挖了一些未钻出地面的毛笋，形状如梨子，但比梨子尖，用它做成汤羹待客。我很喜欢吃，连吃了两碗。先生说："噫！这毛笋味道虽美却克心血，最好多食肉类来消除其害。"我向来不喜爱肉食，这时饭量也因为食笋过多而减少。返回途中，顿觉心里烦躁，唇舌几乎裂开。经过石屋洞，也没有什么可看的。水乐洞峭壁上遍布藤萝，进入洞内，仿佛进入一间斗室。泉水流势很急，声音琅琅。水池仅有三尺宽，深五寸多，不溢出也不枯竭。我俯身喝了几口泉水，内心的烦躁顿时消失了。石屋洞外有两座小亭子，坐在其中可以听到泉水的流动声。寺僧请我们观看万年缸。万年缸在香积厨内，形状极大，用竹子导引泉水到缸内，任随它满溢流出。时间久了，缸内结了一层一尺多厚的苔衣，冬天不会结冰，所以也不曾损坏。

辛丑秋八月，吾父病疟返里。寒索火，热索冰，余谏不听，竟转伤寒，病势日重。余侍奉汤药，昼夜不交睫①者几一月。吾妇芸娘亦大病,恹恹在床。心境恶劣,莫可名状。吾父呼余嘱之曰:"我病恐不起,汝守数本书,终非糊口计。我托汝于盟弟蒋思斋,仍继吾业可耳。"越日思斋来,即于榻前命拜为师。未几,得名医徐观莲先生诊治,父病渐痊。芸亦得徐力起床。而余则从此习幕②矣。此非快事,何记于此?曰:此抛书浪游之始,故记之。

注释

① 交睫:合眼,也就是睡觉、休息。

② 习幕:从事幕僚的职业。与前面所说的游幕意思差不多。

译文

辛丑年秋八月,父亲身患疟疾,我回到家中。父亲一会儿身寒索火,一会儿体热索冰,我劝他,他也不听,最终转成伤寒,病势日趋严重。我服侍父亲,端汤喂药,日夜不曾合眼,几乎有一个月。我媳妇芸娘也患了大病,虚弱地卧身在床。我的心境之差,真是难以形容。父亲把我叫到跟前,嘱咐我说:"我的病恐怕治不好了。你依仗着几本书,终究不是养家糊口的方法。我把你托付给我的盟弟蒋思斋,你到时继承我的事业就可以了。"第二天,蒋思斋来我家,我就在父亲病榻之前拜他为师。不久,经过名医徐观莲的诊治,父亲的病逐渐痊愈。芸娘也得到徐观莲的助力,可以下床了。而我则自此开始学习游幕为生。这不是什么愉悦之事,为什么记录下来呢?因为这是我抛书浪游的缘由,故而记录下来。

思斋先生名襄。是年冬,即相随习幕于奉贤官舍①。有同习幕者,顾姓名金鉴,字鸿干,号紫霞,亦苏州人也。为人慷慨刚毅,直谅不阿②,长余一岁,呼之为兄。鸿干即毅然呼余为弟,倾心相交。此余第一知己交也,惜以二十二岁卒,余即落落寡交③,今年且四十有六矣,茫茫沧海,不知此生再遇知己如鸿干者否?忆与鸿干订交,襟怀高旷,时兴山居之想。重九日,余与鸿干俱在苏,有前辈王小侠与吾父稼夫公唤女伶演剧,宴客吾家。余患其扰,先一日约鸿干赴寒山④登高,借访他日结庐⑤之地。芸为整理小酒榼⑥。越日天将晓，鸿干已登门相邀。遂携榼出胥门⑦，入面肆，各饱食。渡胥江，步至横塘枣市桥，雇一叶扁舟，到山日犹未午。舟子颇循良⑧，令其先米煮饭。余两人上岸，先至中峰寺。寺在支硎古刹⑨之南，循道而上。寺藏深树，山门寂静，地僻僧闲，见余两人不衫不履⑩，不甚接待，余等志不在此，未深入。归舟，饭已熟。

注释

① 奉贤官舍：奉贤那个地方的房屋。奉贤，在今上海境内。官舍，指房舍、房屋。

② 直谅不阿：正直诚信，不屈从不逢迎。

③ 落落寡交：独来独往，很少与人交往。

④ 寒山：在苏州西面，寒山寺就在其上。

⑤ 结庐：建筑房屋。

⑥ 酒榼（kē）：古代盛酒的器具。

⑦ 胥（xū）门：位于苏州城西万年桥南，为春秋吴国建造都城时所辟古门之一，以遥对姑胥山（即姑苏山）得名。胥门，也叫老胥门。

⑧ 循良：善良，老实。

⑨ 支硎（xíng）古刹：支硎山的古寺院。支硎，山名，位于苏州市西郊，得名于东晋高士支遁（别称支硎），又名观音山。

⑩ 不衫不履：不穿长衣，不穿鞋子，穿衣不规范，也有不拘小节的意思。

译文

蒋思斋先生名襄。这年冬天，我就跟随他在奉贤官舍习幕。有个和我一起习幕的同学，姓顾，名金鉴，字鸿干，号紫霞，也是苏州人。他为人慷慨刚毅，正直诚信，不屈从、不逢迎。他年长我一岁，我称他为兄，鸿干则毅然称我为弟。我们倾心交往，他是我今生的第一位知己，可惜他二十二岁就去世了。我从此很少与人结交，朋友甚少。今年我已四十六岁了，茫茫沧海，不知此生还能否再遇到像鸿干那样的知己。回忆和鸿干的交往，两人都是心怀高远，时常有隐居山林的想法。重阳节时，我与鸿干都在苏州。有一位叫王小侠的前辈与我的父亲稼夫公请了女伶演戏，在我家聚客宴饮。我不喜欢那种喧扰，提前一天约了鸿干去寒山登高游览，顺道寻访将来结庐隐居之地。芸娘为我们准备了酒具。第二天，天色将亮，鸿干已登门叫我了。于是，带了酒具从胥门而出，在一家面馆各自吃饱。渡过胥江，步行来到横塘枣市桥，雇了一艘小船。我们到达寒山时，还不到午时。船夫很是本分善良，就让他为我们买米煮饭。我们上岸登山，先到中峰寺。中峰寺在支硎山古刹的南边，沿着山路上行。寺院隐藏在深林之中，山门口静寂无人。地处偏僻，山僧悠闲，见我们衣履平常，不怎么愿意接待。我们的目的并不在此，就没有深入。下山回到船上，米饭已经煮熟。

饭毕，舟子携榼相随，嘱其子守船，由寒山至高义园之白云精舍。轩临峭壁，下凿小池，围以石栏，一泓秋水，崖悬薜荔①，墙积莓苔。坐轩下，惟闻落叶萧萧，悄无人迹。出门有一亭，嘱舟子坐此相候。余两人从石罅中入，名"一线天"，循级盘旋，直造其巅，曰"上白云"。有庵已坍颓，存一危楼，仅可远眺。小憩片刻，即相扶而下。舟子曰："登高忘携酒榼矣。"鸿干曰："我等之游，欲觅偕隐地耳，非专为登高也。"舟子曰："离此南行二三里，有上沙村，多人家，有隙地。我有表戚范姓居是村，盍往一游？"余喜曰："此明末徐俟斋②先生隐居处也，有园闻极幽雅，从未一游。"于是舟子导往。村在两山夹道中。园依山而无石，老树多极纡回盘郁之势，亭榭窗栏尽从朴素，竹篱茆舍③，不愧隐者之居。中有皂荚亭，树大可两抱。余所历园亭，此为第一。

注释

① 薜荔：江苏、安徽、浙江等地生长的一种植物，又称木莲，常绿藤本，茎蔓生，叶椭圆形，花极小，果实富胶汁，可制凉粉，有解暑作用。

② 徐俟（sì）斋：徐枋（1622—1694），字昭法，号俟斋、秦

余山人，明末清初画家。吴县（今江苏苏州）人，殉节官员徐汧之子。崇祯十五年（1642）举人。入清，遵父遗命不仕异族，隐居于天平山麓"涧上草堂"，自称孤哀子。

③竹篱茆（máo）舍：用竹子围的篱笆，茅草盖顶的房屋。形容住房简陋或浓郁的田园风光。

译文

　　吃过饭，船夫拎着酒具跟随着我们，叮嘱他的儿子看守小船。我们从寒山行走到高义园的白云精舍。轩室临近峭壁，下面开凿有一方水池，周围是假山与丛树。俯视可见一泓秋水，悬崖之上的薜荔枝蔓，以及与墙壁上积生的山莓青苔。我们坐在轩室下面，只听见落叶萧萧，悄无人迹。门外有个亭子，吩咐船夫坐在亭内等候。我们从石缝中穿过，名为"一线天"。顺着台阶盘旋而上，直到山顶，乃是"上白云"。山顶有一座尼庵，已经坍毁废弃，残存有一座危楼，仅能远望。休息片刻，我们便搀扶着下了山。船夫说："你们登高忘记携带酒具了啊。"鸿干说："我们游玩，是想寻觅一起隐居的地方，并非专门为登高一事。"船夫说："距离此地南行二三里，有一个上沙村，人家众多，有块空地。我有个范姓表亲就住在这个村子里，为什么不前去看看呢？"我惊喜地说："那是明末徐俟斋先生隐居的地方啊。听说有个园子极为幽雅，还没有去游玩过。"于是，船夫便引领我们前去。村子在两山之间的夹道中，园子依山而建，没有采用山石，老树多是极为盘曲苍郁的态势，亭榭窗栏都极为朴素，竹篱茅舍，不愧为高士隐居的处所。园中有一个皂荚亭，树木粗大，需要两人合抱。我所见过的园亭之中，此亭堪称第一。

　　园左有山，俗呼鸡笼山，山峰直竖，上加大石，如杭城之瑞石古洞，而不及其玲珑。旁一青石如榻，鸿干卧其上曰："此处仰观峰岭，俯视园亭，既旷且幽，可以开樽①矣。"因拉舟子同饮，或歌或啸，大畅胸怀。土人知余等觅地而来，误以为堪舆②，以某处有好风水相告。鸿干曰："但期合意，不论风水。"（岂意竟成谶语!)酒瓶既罄,各采野菊插满两鬓。归舟,日已将没。更许抵家,客犹未散。芸私告余曰:"女伶中有兰官者,端庄可取。"余假传母命呼之入内,握其腕而睨之,果丰颐白腻。余顾芸曰:"美则美矣,终嫌名不称实。"芸曰:"肥者有福相。"余曰:"马嵬之祸,玉环之福安在?"芸以他辞遣之出,谓余曰:"今日君又大醉耶?"余乃历述所游,芸亦神往者久之。

注释

① 开樽:开始饮酒。
② 堪舆:查勘风水。

译文

园子的左边有一座山,俗称"鸡笼山"。山峰直立,上面有一块大石头,就像杭州的瑞石古洞,但没有它的玲珑精巧。旁边有一块像是床榻的青石,鸿干卧身其上说:"此处可以仰观山峰群岭,俯视园亭之美,既开阔又清幽,可以开怀畅饮了啊。"于是,拉了渔夫一起喝酒,时而欢歌时而长啸,心怀畅快之至。当地人知道我们是为了寻地而来,误以为是看风水,纷纷以某处有好风水相告。鸿干说:"但求合心合意,不管它们的风水。"谁能想到这句话居然成了谶语!直至酒瓶喝干,大家采摘了野菊花,插满两鬓。乘船回家时,太阳即将落山。一更时分回到家中,客人还没有散。芸娘私下告诉我说:"女伶中有个叫兰官的,长相端庄可取。"我假借母亲的命令,把她叫到卧室,握着她的手腕仔细打量她,果然面颊丰满,肤色白皙。我对芸娘说:"美确实是很美,终究觉得名字与人不符。"芸娘说:"丰满的人是福相。"我说:"马嵬坡祸乱,杨玉环的福气在哪里呢?"芸娘找了个借口支走兰官,对我说:"今天郎君又喝得大醉了吗?"我便详细述说了游览所见,芸娘为之神往了很久。

癸卯春,余从思斋先生就维扬之聘,始见金、焦①面目。金山宜远观,焦山宜近视,惜余往来其间未尝登眺。渡江而北,渔洋②所谓"绿杨城郭是扬州"一语已活现矣!平山堂离城约三四里，行其途有八九里，虽全是人工，而奇思幻想，点缀天然，即阆苑瑶池③、琼楼玉宇，谅不过此。其妙处在十余家之园亭合而为一，联络至山，气势俱贯。其最难位置处，出城入景，有一里许紧沿城郭。夫城缀于旷远重山间，方可入画，园林有此，蠢笨绝伦。而观其或亭或台、或墙或石、或竹或树，半隐半露间，使游人不觉其触目，此非胸有丘壑者断难下手。城尽，以虹园为首折而向北，有石梁曰"虹桥"，不知园以桥名乎？桥以园名乎？荡舟过，曰"长堤春柳"。此景不缀城脚而缀于此，更见布置之妙。再折而西，垒土立庙，曰"小金山"。有此一挡便觉气势紧凑，亦非俗笔。闻此地本沙土，屡筑不成，用木排若干，层叠加土，费数万金乃成，若非商家，乌能如是。

【注释】

① 金、焦：金山、焦山。金山，在镇江西北，山上的金山寺就是《白蛇传》水漫金山中所说的金山寺。焦山，在镇江东北长江中。

② 渔洋：王士祯（1634—1711），原名王士禛，字子真，一字贻上，号阮亭，又号渔洋山人，世称王渔洋。

③ 阆（làng）苑瑶池：传说中神仙所居住的宫殿。阆苑，传说中的神仙居处。瑶池，神话中西王母的居处。

【译文】

癸卯年春天，我随从赵思斋先生赴维扬幕府之聘，才见到金山、焦山。金山适宜远观，焦山适宜近视。可惜我在两山之间往来，却没有登临远眺。渡江北上，王渔洋所说的"绿杨城郭是扬州"一语的意境，已经生动地呈现在眼前。平山堂距离扬州城大约三四里远，走过去有八九里。虽然沿途风景全是人工所成，但那奇思妙想，那天然点缀，即便是阆苑瑶池、琼楼玉宇，恐怕也不过如此。最绝妙的是十几家的园亭合而为一，和谐地照应着，直达山上，气势浑然一体。其中最难处置的地方，是出了城池进入景区，有一里多紧靠着城墙。大凡城池建置在旷远的重山之间，才能具有画意。园林如果处在这样的位置，便显得蠢笨至极。但平山堂，观看其中的亭子楼台，墙壁山石，竹林茂树，都在半隐半露之间，使得游人并不觉得突兀。这般规划，如果不是胸中有丘壑之人是很难着手办到的。城池的尽头，首先是虹园。转路向北，有一道石梁名为"虹桥"。不知是园子因为桥而得名的呢，还是桥因为园子而得名的呢？乘船过桥，即"长堤春柳"。此处景物没有设计在城脚而是放在这里，更显出布局的巧妙。自此再转路向西，堆土为山丘，上建一个庙宇，名叫"小金山"。在整体格局上，有了这样一个阻隔，便觉得气势紧凑，也不是俗笔。听说此处本是沙土，屡次搭建都不能成功。后来，用了若干木排，与土壤层叠相加，花费了几万两银子才得以建成。如果不是富商之家，谁能做到这些呢？

过此有胜概楼，年年观竞渡于此。河面较宽，南北跨一莲花桥，桥门通八面，桥面设五亭，扬人呼为"四盘一暖锅"，此思穷力竭之为，不甚可取。桥南有莲心寺，寺中突起喇嘛白塔，金顶缨络，高矗云霄，殿角红墙松柏掩映，钟磬时闻，此天下园亭所未有者。过桥见三层高阁，画栋飞檐，五采绚烂，叠以太湖石，围以白石栏，名曰"五云多处"，如作文中间之大结构也。过此名"蜀冈朝旭"，平坦无奇，且属附会。将及山，河面渐束，堆土植竹树，作四五曲。似已山穷水尽，而忽豁然开朗，平山之万松林已列于前矣。"平山堂"为欧阳文忠公所书。所谓淮东第五泉，真者在假山石洞中，不过一井耳，味与天泉同；其荷亭中之六孔铁井栏者，乃系假设，水不堪饮。九峰园另在南门幽静处，别饶天趣，余以为诸园之冠。康山未到，不识如何。

此皆言其大概，其工巧处、精美处，不能尽述，大约宜以艳妆美人目之，不可作浣纱溪上观也。余适恭逢南巡[①]盛典，各工告竣，敬演接驾点缀，因得畅其大观，亦人生难遇者也。

注释

① 南巡：1784年，乾隆皇帝南巡。

译文

过了小金山就是胜概楼，人们在此每年观看龙舟竞渡。河面较为宽阔，南北两岸跨越着一座莲花桥。桥门通往八方，桥面上建有五个亭子，扬州人称呼为"四盘一暖锅"。这是穷思竭力的做法，不太可取。桥的南面有一座莲心寺，寺中耸立着喇嘛教的白塔，金色的塔刹，垂挂的璎珞，塔身高矗云霄。佛殿的屋角与红墙，掩映在苍松翠柏之间，时时传来钟磬的鸣声。这是天下园亭中所从来没有过的盛景。过了莲花桥，可以见到三层高阁，画栋飞檐，五彩绚丽，假山由太湖石堆叠而成，四周乃是白玉栏杆，此处名为"五云多处"，犹如谋篇作文中的核心结构。过了此处，名为"蜀冈朝旭"，土冈平坦无奇，而且多属于附会。将近山脚时，河面逐渐收窄，岸边堆土种植了修竹嘉树，随着河道转了四五个弯。在看似山穷水尽之处，却忽然豁然开朗，平山的万松林已经出现在眼前了。"平山堂"三个字，乃是欧阳修所书。所谓"淮东第五泉"，真的泉源在假山石洞中，不过是一口井罢了，味道与天泉水一样。而在荷亭中的六孔铁井栏，乃是虚设，井水根本不能饮用。九峰园单独位于南门的幽静处，别有天趣。我觉得它是众多园林中的最佳。康山草堂没有去，不知怎么样。

这些景物，我都只是说个大概，其工程之巧妙、用心之精湛细丽，不能一一尽述。大概而言，宜把它看作一位艳妆的美人，不能当作浣纱溪上的西施。我恰逢圣上南巡盛况，各处新建的工程告竣，地方官府恭敬地预演着接驾时的布置，因而得以畅览盛典，这也算是人生中难得的际遇吧。

甲辰之春，余随侍吾父于吴江何明府幕中，与山阴（章苹江）、武林章映牧、苕溪顾蔼泉诸公同事，恭办南斗圩行宫，得第二次瞻仰天颜。一日，天将晚矣，忽动归兴。有办差小快船，双橹两桨，于太湖飞棹疾驰，吴俗呼为"出水辔头"，转瞬已至吴门桥。即跨鹤腾空，无此神爽①。抵家，晚餐未熟也。吾乡素尚繁华，至此日之争奇夺胜，较昔尤奢。灯彩眩眸，笙歌聒耳，古人所谓"画栋雕甍②""珠帘绣幕""玉栏干""锦步障",不啻过之。余为友人东拉西扯,助其插花结彩,闲则呼朋引类,剧饮狂歌,畅怀游览,少年豪兴,不倦不疲。苟生于盛世而仍居僻壤,安得此游观哉?

> [!注释]

① 神爽:精神爽快;心神开豁。
② 画栋雕甍(méng):屋梁上有彩画,屋脊上有浮雕。

> [!译文]

甲辰年春天,我跟随父亲到吴江何明府的幕府中,与山阴章苹江、武林章映牧、苕溪顾蔼泉各位同事,奉命办理南斗圩行宫事宜,得以第二次见到圣上容颜。一日,天色将晚,我忽然产生回家的心思。当时有一种办理差事的小快船,双橹双桨,我乘上船在太湖上飞棹疾驰。吴地俗语称为"出水鳖头",转瞬之间已到吴门桥。即便是骑鹤腾空飞行,也没有此行神清气爽。到家之时,晚饭还没熟。我的家乡素来崇尚繁华,到了这种时日,争奇斗胜更超过往日。张灯结彩以至目眩神迷,笙歌不休令人备感耳扰。古人所说的"画栋雕甍""珠帘绣幕""玉栏干""锦步障",也都难以超过此刻。我被朋友东拉西扯,帮助他们插花结彩,闲暇时就呼朋引伴,豪饮狂歌,尽兴游览。少年豪兴,不疲不倦。假如生在盛世却住在穷乡僻壤,哪能有这般游历观赏呢?

是年,何明府因事被议,吾父即就海宁王明府之聘。嘉兴有刘蕙阶者,长斋佞佛①,来拜吾父。其家在烟雨楼侧,一阁临河,曰"水月居",其诵经处也,洁静如僧舍。烟雨楼在镜湖②之中,四岸皆绿杨,惜无多竹。有平台可远眺,渔舟星列,漠漠平波,似宜月夜。衲子备素斋甚佳。至海宁,与白门史心月、山阴俞午桥同事。心月一子名烛衡,澄静缄默,彬彬儒雅,与余莫逆,此生平第二知心交也。惜萍水相逢,聚首无多日耳。

> [!注释]

① 长斋佞(nìng)佛:长期吃素信佛。

②镜湖：又名鉴湖，在浙江省绍兴西南，为浙江名湖之一。

译文

这一年，何明府因事被免职，我的父亲转就海宁王明府的幕府之聘。嘉兴有一位刘蕙阶，吃斋信佛，来拜访我的父亲。他家就在烟雨楼旁边，一间阁楼临河，名为"水月居"，是他念诵佛经之处，洁净如僧舍。烟雨楼在镜湖中间，四周岸上都是碧绿杨柳，可惜竹子很少。还有一处平台，可以远眺，渔船如星辰散列，水面薄笼轻雾，似乎更适宜在月夜观赏。寺僧所做素斋，味道很好。到了海宁幕府，与白门史心月、山阴俞午桥同事。心月有一个儿子名为烛衡，性情澄净，寡言少语，待人彬彬儒雅，与我成为莫逆之交。这是我平生第二位知心之交。可惜萍水相逢，相聚之日不多。

游陈氏安澜园，地占百亩，重楼复阁，夹道回廊；池甚广，桥作六曲形；石满藤萝，凿痕全掩；古木千章，皆有参天之势；鸟啼花落，如入深山。此人工而归于天然者。余所历平地之假石园亭，此为第一。曾于桂花楼中张宴，诸味尽为花气所夺，惟酱姜味不变。姜、桂之性老而愈辣，以喻忠节之臣，洵①不虚也。出南门即大海，一日两潮，如万丈银堤破海而过。船有迎潮者，潮至，反棹相向，于船头设一木招，状如长柄大刀，招一捺，潮即分破，船即随招而入，俄顷始浮起，拨转船头随潮而去，顷刻百里。塘上有塔院，中秋夜曾随吾父观潮于此。循塘东约三十里，名尖山，一峰突起，扑入海中，山顶有阁，匾曰"海阔天空"，一望无际，但见怒涛接天而已。

注释

①洵（xún）：确实，实在。

译文

我们游览了陈氏安澜园。园子占地百亩，重楼复阁，夹道回廊。其中有一座水池面积很大，桥有六曲，形状很美。山石上满布藤萝，将凿痕尽皆掩盖。更有古树千株，皆有参天之势。待鸟啼花落,犹如人在深山。这是人工的制作接近自然美的典范。我所游历的平原之上的假山园亭中,安澜园堪称第一。我们曾在园中的桂花楼宴饮待客,众多菜肴的气味尽被花香覆盖,唯有酱姜的味道不变。姜、桂的品性,愈老愈辣,以此比喻忠臣的节操,诚然不虚。出了海宁南门,就是大海。一天两次涨潮,潮水犹如万丈银堤,破海而过。有迎着海潮的船舶,海潮来时,反转船桨对着海潮,在船头摆放一个木招,形状如长柄大刀。木招一按,海潮分开水路,船随即进入。稍停片刻才浮出,此时掉转船头,随着海潮流去,顷刻之间就是百里。海塘之上有一座塔院,中秋之夜,我曾随父亲在此观赏海潮。顺着海塘往东约三十里,有一座山,名为尖山,一峰突起,如同扑入海中。山顶有一座楼阁,匾额上题有"海阔天空"四字。登塔远眺,一望无际,只见怒涛接天而已。

余年二十有五,应徽州绩溪克明府之召,由武林下"江山船①",过富春山,登子陵②钓台。台在山腰,一峰突起,离水十余丈。岂汉时之水竟与峰齐耶?月夜泊界口,有巡检署,"山高月小,水落石出",此景宛然。黄山仅见其脚,惜未一瞻面目。绩溪城处于万山之中,弹丸小邑,民情淳朴。近城有石镜山,由山弯中曲折一里许,悬崖急湍,湿翠欲滴;渐高,至山腰,有一方石亭,四面皆陡壁;亭左石削如屏,青色光润,可鉴人形,俗传能照前生。黄巢至此,照为猿猴形,纵火焚之,故不复现。

注释

① 江山船:明清时妓船的一种,航行于浙东钱塘江上。亦称"江山九姓船"。

② 子陵:严光(前39—41),又名遵,字子陵,曾与汉光武帝一起学习,功成身退后隐居在富春山。

译文

我二十五岁时,应徽州绩溪克明府的聘任,由武林乘江山船,过富春山,登览子陵钓台。钓台在山腰,一峰突起,距离水面十几丈。难道汉时的水位与此峰齐平吗？有一天月夜，停船在界口，旁边是巡检署，苏轼《后赤壁赋》中说的"山高月小，水落石出"，此景宛然呈现在眼前。黄山仅见到山麓，可惜没有登临一览胜景。绩溪城位于群山之中，虽是弹丸小邑，但民风淳朴。靠近城池有一座石镜山，从山弯而入，曲折前行一里多，只见悬崖湍流，湿翠欲滴。待行至山腰，可见一方石亭，四周都是峭壁。石亭左侧石壁如刀斧削过一样平整，似屏风一般青光润泽，可以照得出人的影子。民间传说，这里可以照出前世。黄巢经过此处时，照出一个猿猴的形象，就放火把这里焚烧毁坏了，所以不能再照出前世。

离城十里有火云洞天，石纹盘结，凹凸巉岩，如黄鹤山樵①笔意，而杂乱无章，洞石皆深绛色。旁有一庵甚幽静，盐商程虚谷曾招游设宴于此。席中有肉馒头，小沙弥眈眈旁视，授以四枚，临行以番银二圆为酬。山僧不识，推不受。告以一枚可易青钱七百余文，僧以近无易处，仍不受。乃攒凑青蚨六百文付之，始欣然作谢。他日余邀同人携榼再往，老僧嘱曰："曩者小徒不知食何物而腹泻，今勿再与。"可知藜藿之腹②不受肉味，良可叹也。余谓同人曰："作和尚者，必居此等僻地，终身不见不闻，或可修真养静。若吾乡之虎丘山，终日目所见者妖童艳妓，耳所听者弦索笙歌，鼻所闻者佳肴美酒，安得身如枯木、心如死灰哉？"

[注释]

① 黄鹤山樵：王蒙（1308 或 1301—1385），字叔明，自号黄鹤山樵，元末画家。

② 藜藿（líhuò）之腹：指老百姓的肚子。藜藿，粗劣的饭菜，这里指只吃素食的人。

[译文]

距离城池十里，有一处景物名为"火云洞天"。那里的岩石石纹交错，巉岩凹凸险峻，犹如黄鹤山樵的绘画笔法，但整体显得杂乱无章。洞内的石头都呈现深红色，旁边有一座寺庵，十分幽静，盐商程虚谷曾邀我游览并在这里设宴。宴席中有一种肉馒头，小沙弥凝神注目于此，于是给了他四个。临走时，又给他两圆番银酬谢。山僧不认识番银，推辞不肯接受。告诉他一枚番银可以换铜钱七百多文，山僧说附近没有变现之处，依然不接受。众人便凑了六百文铜钱给他，他才欣然道谢而接受。第二天，我邀请同行的人携带酒具再去。老僧嘱咐说："先前小徒不知吃了什么食物因而腹泻，这次请不要再给吧。"由此可知，吃惯了藜藿等野菜的肚腹，难以受纳肉味。这实在是令人感叹啊。我对同行的人说："做和尚，必须居住在这种偏僻之地，终身不见不闻异物，或许才可以修真养静。若是居住在像我家乡的虎丘山，终日眼里所见的都是妖童艳妓，耳边缭绕的都是弦索笙歌，鼻子嗅闻的都是美酒佳肴，怎么能够身如枯木、心如死灰呢？"

又去城三十里，名曰仁里，有花果会，十二年一举，每举各出盆花为赛。余在绩溪适逢其会，欣然欲往，苦无轿马，乃教以断竹为杠，缚椅为轿，雇人肩之而去。同游者惟同事许策廷，见者无不讶笑。至其地，有庙，不知供何神。庙前旷处高搭戏台，画梁方柱极其巍焕①，近视则纸扎彩画，抹以油漆者。锣声忽至，四人抬对烛大如断柱，八人抬一猪大若牸牛，盖公养十二年始宰以献神。策廷笑曰："猪固寿长，神亦齿利。我若为神，乌能享此。"余曰："亦足见其愚诚也。"入庙，殿廊轩院所设花果盆玩，并不剪枝拗节，尽以苍老古怪为佳，大半皆黄山松。既而开场演剧，人如潮涌而至，余与策廷遂避去。未两载，余与同事不合，拂衣归里。

注释

①巍焕：盛大光明；高大辉煌。

译文

离城池三十里，有一个地方名为仁里，正举办花果盛会。该会十二年举办一次，每次与会者都以所种植的盆花参赛。我在绩溪时，正遇上此会，欣然欲往，苦恼于没有轿子车马，便教人截断竹子为杠杆，捆缚在椅子上当作轿子，雇了人肩扛而去。同游者只有同事许策廷，见到的人无不惊讶而笑。到了仁里，有一座庙宇，不知道供奉什么神祇。庙前空旷处搭着高高的戏台，画梁方柱，极其崔巍华丽。靠近观看，不过是纸扎彩绘，涂抹了油漆。这时，锣声忽然传来，四个人抬着一对蜡烛，巨大如一根断了的梁柱；八个人抬了一头猪，肥壮如公牛，原来是大家公养了十二年，才宰杀了献给神祇。许策廷笑着说："猪固然长寿，神也是牙齿锋利。我若是神，哪能享受得了？"我说："由此也可见此地人们的愚昧与虔诚啊。"进入庙中，殿廊轩院中摆设的花果盆栽，并不剪裁捆缚枝节，总是以苍老古怪为佳，大多数为黄山松。接着开场演起戏剧，人流如潮水般涌进，我与许策廷便转身离去了。不到两年，我与同事相处不合，就拂袖而去，离开绩溪回到苏州。

余自绩溪之游，见热闹场中卑鄙之状不堪入目，因易儒为贾。余有姑丈袁万九，在盘溪之仙人塘作酿酒生涯，余与施心耕附资合伙。袁酒本海贩，不一载，值台湾林爽文①之乱，海道阻隔，货积本折，不得已仍为"冯妇"。馆江北四年，一无快游可记。

注释

① 林爽文（1757—1788）：原籍福建漳州平和。1773年，随父渡台，定居彰化县。1784年，加入天地会，之后成为彰化天地会首领。1786年，曾发动起义。1788年，失败被捕，被凌迟处死。

译文

我自绩溪游幕之后，目睹热闹场中种种卑鄙之状不堪入目，因此弃儒经商。我有一位姑丈袁万九，在盘溪仙人塘做酿酒生意，我与施心耕附资合伙。袁万九的酒原本是在海路贩卖，不到一年，遇上台湾林爽文起义，海路中断，货物积压，本钱亏损。不得已，我重操旧业，在江北做幕僚四年，没有什么畅快的游历可记。

迨居萧爽楼，正作烟火神仙。有表妹倩徐秀峰自粤东归，见余闲居,慨然曰:"足下待露而爨①,笔耕而炊,终非久计,盍偕我作岭南游?当不仅获蝇头利也。"芸亦劝余曰:"乘此老亲尚健,子尚壮年,与其商柴计米而寻欢,不如一劳永逸。"余乃商诸交游者,集资作本。芸亦自办绣货及岭南所无之苏酒醉蟹等物。禀知堂上,于小春②十日,偕秀峰由东坝出芜湖口。长江初历,大畅襟怀。每晚舟泊后,必小酌船头。见捕鱼者罾幂不满三尺,孔大约有四寸,铁箍四角,似取易沉。余笑曰:"圣人之教虽曰'罟不用数③',而如此之大孔小罾,焉能有获?"秀峰曰:"此专为网鳊鱼设也。"见其系以长绠,忽起忽落,似探鱼之有无。未几,急挽出水,已有鳊鱼枷罾孔而起矣。余始喟然曰:"可知一己之见,未可测其奥妙。"一日,见江心中一峰突起,四无依倚。秀峰曰:"此小孤山也。"霜林中,殿阁参差。乘风径过,惜未一游。

注释

① 待露而爨:生活艰难,等待他人帮助。

② 小春:农历十月。宋代陈元靓《岁时广记》卷三七引《初学记》:"冬月之阳,万物归之。以其温暖如春,故谓之小春,亦云小阳春。"

③ 罟(gǔ)不用数:渔网不能用太密的。

译文

等到居住在萧爽楼,与芸娘正做烟火神仙,有一位表妹夫徐秀峰从粤东回来,见我闲居在家,感慨地说:"足下等待露水做饭,依靠写作生活,终究不是长久之计。为什么不与我同去岭南闯荡呢?应当不仅仅收获蝇头微利。"芸娘也劝我说:"趁现在父母身体康健,你正值壮年,与其每天盘算着柴米寻欢,不如一劳永逸。"于是,我和诸位朋友商议,筹集了本钱。芸娘也自行采办了一些织绣,以及岭南没有的苏酒、醉蟹等物品。我禀告了父母,在农历十月小阳春,与徐秀峰一起由东坝出芜湖口,前往岭南。初次游历长江,心情畅快非常。每天晚上停船之后,必定在船头小饮一番。有一次,见捕鱼的人所用渔网不到三尺,网眼大约有四寸,用铁箍定四个角,似乎这样是为了易于沉入水底。我笑着说:"圣人教谕，虽说'罟不用数'，然而像这样孔大网小，怎么能够有所收获？"秀峰说："这是专门为网捉鯿鱼而设计的。"只见这种网具用长绳系着，在水面忽起忽落，似乎是在试探是否有鱼。不一会儿，急忙拉出水面，已经有鯿鱼紧紧卡在网孔上。我才感慨地说："由此可知，我刚才不过是一己之见，根本不能测知其中的奥妙啊。"有一天，行船中，我们看到江心中有一峰突兀高耸，四周无所依傍。秀峰说："这就是小孤山。"小孤山霜林之中，殿宇楼阁参差错落。可惜我们只是乘风行船路过，没能登山一览。

至滕王阁，犹吾苏府学①之尊经阁移于胥门之大马头，王子安②序中所云不足信也。即于阁下换高尾昂首船，名"三板子"，由赣关至南安登陆。值余三十诞辰，秀峰备面为寿。越日过大庾岭，出巅一亭，匾曰"举头日近"，言其高也。山头分为二，两边峭壁，中留一道如石巷。口列两碑，一曰"急流勇退"，一曰"得意不可再往"。山顶有梅将军祠，未考为何朝人。所谓岭上梅花，并无一树，意者以梅将军得名梅岭耶？余所带送礼盆梅，至此将交腊月，已花落而叶黄矣。过岭出口，山川风物便觉顿殊。岭西一山，石窍玲珑，已忘其名，舆夫③曰："中有仙人床榻。"匆匆竟过，以未得游为怅。至南雄，雇老龙船，过佛山镇，见人家墙顶多列盆花，叶如冬青，花如牡丹，有大红、粉白、粉红三种，盖山茶花也。

注释

① 府学：学校。
② 王子安：指王勃，字子安，"初唐四杰"之一。
③ 舆夫：抬轿的人。

译文

到了滕王阁，感觉就像我们苏州府学的尊经阁，移到了胥门的大码头。王子安序言中所说都不足为信。当即在阁下换乘了名为"三板子"的高尾昂首船，由赣关直抵南安，才停船登陆。适逢我三十岁生日，秀峰准备了寿面为我祝福。第二天，经过大庾岭时，见山顶有一个亭子，匾上题字"举头日近"，强调山势之高。山头一分为二，两边都是峭壁，中间的道路犹如石头小巷。路口竖立两个石碑：一个上面刻着"急流勇退"，一个上面刻着"得意不可再往"。山顶有一座梅将军祠，未能考证出是哪个朝代的人。传说中的岭上梅花，并没有一株。难道命名者是因为梅将军才取名梅岭的吗？我所携带的送礼用的盆梅，到达梅岭时即将腊月，已经是花朵萎落叶片枯黄了。过了大庾岭，出了山口，便立刻觉得山川风物都不一样了。岭西有一座山，山上石洞颇为精巧，已经忘记了名字。轿夫说："石洞中有仙人床榻。"很遗憾，我们匆忙路过，未能驻足游览。到南雄后，雇了老龙船，继续行程。在佛山镇，看到许多人家墙顶多放置盆花，叶子像冬青，花朵又像牡丹，有大红、粉白、粉红三种，乃是山茶花。

腊月望①，始抵省城，寓靖海门内，赁王姓临街楼屋三椽。秀峰货物皆销与当道，余亦随其开单拜客，即有配礼者络绎取货，不旬日而余物已尽。除夕蚊声如雷。岁朝贺节，有棉袍纱套者。不惟气候迥别，即土著人物，同一五官而神情迥异。

注释

①望：月圆的时候。通常指农历小月十五，大月十六。

译文

腊月十五，我们才抵达广东省城，寓居在靖海门内，租赁了王姓人家的三间临街楼屋。秀峰的货物都销售给官商，我也跟随他开单拜客。接着，便有配礼的人来取货，络绎不绝。不到十天，我带的货物就已经销售完了。除夕之时，蚊声依然如雷鸣。春节贺岁之时，有穿棉袍的，有穿纱套的。不仅仅气候与吴地迥异，即便是当地居民，同样的五官，神情气质也与吴地不同。

正月既望，有署中同乡三友拉余游河观妓，名曰"打水围"，妓名"老举"。于是同出靖海门，下小艇（如剖分之半蛋而加篷焉），先至沙面。妓船名"花艇"，皆对头分排，中留水巷以通小艇往来。每帮约一二十号，横木绑定，以防海风。两船之间钉以木桩，套以藤圈，以便随潮长落。鸨儿呼为"梳头婆"，头用银丝为架，高约四寸许，空其中而蟠发于外，以长耳挖插一朵花于鬓，身披元青①短袄，著元青长裤，管拖脚背，腰束汗巾，或红或绿，赤足撒鞋，式如梨园旦脚。登其艇，即躬身笑迎，搴帏②入舱。旁列椅机，中设大炕，一门通艄后。妇呼有客，即闻履声杂沓而出，有挽髻者，有盘辫者，傅粉如粉墙，搽脂如榴火，或红袄绿裤，或绿袄红裤，有著短袜而撮绣花蝴蝶履者，有赤足而套银脚镯者，或蹲于炕，或倚于门，双瞳闪闪，一言不发。余顾秀峰曰："此何为者也？"秀峰曰："目成③之后，招之始相就耳。"余试招之，果即欢容至前，袖出槟榔为敬。入口大嚼，涩不可耐，急吐之，以纸擦唇，其吐如血。合艇皆大笑。

注释

①元青：黑色。
②搴（qiān）帏：拉帘子。
③目成：看上。

译文

正月十六，有三位官署中的同乡拉我去游河观妓。当地人称为"打水围"，妓女名为"老举"。于是，我们一起出了靖海门，下到一种像是均匀剖开的蛋类而上面加了个篷子的小艇上，先到了沙面。妓船名为"花艇"，都是船首相对排列，中间留有航道，以便小艇往来。每帮妓女大约一二十条船，用横木绑在一起，防备海风。两船之间，钉着木桩，套着藤圈，随潮涨落。鸨母名为"梳头婆"，头发用银丝为发架，高约四寸，中间虚空而盘发在外面，在鬓角用长耳挖插着一朵花；身上披着元青色短袄，穿着元青色长裤，裤管拖在脚背上，腰上束着汗巾，有红有绿，赤脚穿着拖鞋，大小如戏院子里旦角的脚。登上她的小艇，便躬身笑脸相迎，撩开帘子请客人进入舱内。舱内两旁摆着椅子小凳，中间一条大炕，一扇门通往船艄。鸨母呼喊了一声"有客"，便听到脚步声杂沓而来。妓女们有绾发髻的，有盘辫子的，脸上的粉涂得如粉墙，唇上的胭脂红艳如石榴花，或穿着红袄绿裤，或绿袄红裤，有穿短袜跂着绣花蝴蝶履的，有赤脚套着银脚镯的，或蹲在炕上，或倚在门上，双目闪闪，一言不发。我回头问秀峰："这是什么意思呢？"秀峰说："你挑选合意后，招手示意，她们才会亲近你。"我试探着选了一个人，果然一脸笑容地来到身前，从袖中取出一枚槟榔以表敬意。我把槟榔放口内大嚼，苦涩得不可忍耐，急忙吐掉。用纸擦嘴，吐出的东西如血一样鲜红。全艇的人见状，都大笑起来。

又至军工厂，妆束亦相等，惟长幼皆能琵琶而已。与之言，对曰"哚"，"哚"者，"何"也。余曰："'少不入广'者，以其销魂耳，若此野妆蛮语，谁为动心哉？"一友曰："潮帮①妆束如仙，可往一游。"至其帮，排舟亦如沙面。有著名鸨儿素娘者，妆束如花鼓妇。其粉头衣皆长领，颈套项锁，前发齐眉，后发垂肩，中挽一鬏②似丫髻，裹足者著裙，不裹足者短袜，亦著蝴蝶履，长拖裤管，语音可辨。而余终嫌为异服，兴趣索然。秀峰曰："靖海门对渡有扬帮，皆吴妆，君往，必有合意者。"一友曰："所谓扬帮者，仅一鸨儿，呼曰'邵寡妇'，携一媳曰'大姑'，系来自扬州，余皆湖广江西人也。"因至扬帮。对面两排仅十余艇，其中人物皆云鬟雾鬓，脂粉薄施，阔袖长裙，语音了了。所谓邵寡妇者，殷勤相接。遂有一友另唤酒船，大者曰"恒艖"，小者曰"沙姑艇"，作东道相邀，请余择妓。余择一雏年者，身材状貌有类余妇芸娘，而足极尖细，名喜儿。秀峰唤一妓名翠姑。余皆各有旧交。放艇中流，开怀畅饮。至更许，余恐不能自持，坚欲回寓，而城已下钥久矣。盖海疆之城，日落即闭，余不知也。

注释

① 潮帮：潮州的帮派，这里指潮州的妓女帮。

② 一鬏（jiū）：头发盘成的结。

译文

又来到军工厂，妓女的装束也是一样，只是长幼都擅长琵琶而已。和她们说话，答话都是"谜"。"谜"就是"何"的意思。我对朋友说："俗语说'少不入广'，是因为此地妓女令人销魂。假如是这样衣妆野俗，言语粗蛮，谁会动心呢？"一位朋友说："潮帮妓女装束如仙女，可以前去一游。"我们到了潮帮妓船，妓船排列的情状一如沙面。有一位著名的鸨母素娘，装束如唱花鼓的妇人。她手下的妓女衣服都是长领，脖颈上套着项锁，额前的头发齐着眉毛，后面的头发垂到肩上，中间绾着一个丫鬟一样的发髻；裹脚的穿着裙子，不裹脚的穿着短袜，也是蝴蝶履，裤脚长拖，语言可以听懂了。然而，我终究还是不喜欢她们的异样着装，兴趣为之索然。秀峰说："靖海门对面渡口有扬帮妓女，都是吴地装束，你若前往，必定有合你心意的。"一位朋友说："所谓扬帮，不过只有一个鸨母，人称邵寡妇，带着一个名叫大姑的儿媳妇，确实来自扬州。其余都是湖广、江西妓女。"于是，我们到了扬帮妓船。妓船两两相对排列，仅有十几艘小艇。其中的妓女都是云鬟雾鬓，薄施脂粉，阔袖长裙，言语清晰。人称邵寡妇的鸨母，接待十分殷勤。于是，有一位朋友另行召唤了酒船，大的名为"恒艛"，小的名为"沙姑艇"，作为东道主邀请我们。他请我选择妓女，我选了一个年幼的，身材容貌像是我的妻子芸娘，且小脚尖细，名叫喜儿。秀峰叫了一个妓女，名叫翠姑。其他人都有旧日相好。我们放艇中流，开怀畅饮。到夜晚一更时分，我担心自己不能把持，坚持要回到城内寓所，而此时城门已经关闭很久了。原来，海疆边的城市，城门日落就关闭，我并不知道这一点。

及终席，有卧吃鸦片烟者，有拥妓而调笑者，伻头[①]各送衾枕至，行将连床开铺。余暗询喜儿："汝本艇可卧否？"对曰："有寮可居，未知有客否也。"（寮者，船顶之楼。）余曰："姑往探之。"招小艇渡至邵船，但见合帮灯火相对如长廊，寮适无客。鸨儿笑迎曰："我知今日贵客来，故留寮以相待也。"余笑曰："姥真荷叶下仙人哉！"遂有伻头移烛相引，由舱后梯而登。宛如斗室，旁一长榻，几案俱备。揭帘再进，即在头舱之顶，床亦旁设，中间方窗嵌以玻璃，不火而光满一室，盖对船之灯光也。衾帐镜奁，颇极华美。喜儿曰："从台可以望月。"即在梯门之上叠开一窗，蛇行而出，即后梢之顶也。三面皆设短栏，一轮明月，水阔天空。纵横如乱叶浮水者，酒船也；闪烁如繁星列天者，酒船之灯也；更有小艇梭织往来，笙歌弦索之声杂以长潮之沸，令人情为之移。余曰："'少不入广'，当在斯矣！"惜余妇芸娘不能偕游至此，回顾喜儿，月下依稀相似，因挽之下台，息烛而卧。天将晓，秀峰等已哄然至，余披衣起迎，皆责以昨晚之逃。余曰："无他，恐公等掀衾揭帐耳！"遂同归寓。

注释

① 伻（bēng）头：仆人，这里指侍者。

译文

酒席结束之时，有卧身吃鸦片的，有怀抱妓女调笑的，妓船上的仆人给每人送来了枕头被子，准备连床铺设。我私下询问喜儿："你这艘小艇可以住宿吗？"回答说："有寮楼可以居住，只是不知道今夜是否有客人。"（所谓寮，就是船顶的阁楼。）我说："姑且去看看。"召唤了一艘小艇，行驶到邵寡妇的船边。只见整个扬帮妓船灯火像长廊一样相对而列。船楼恰好没有客人。鸨母笑着迎接说："我知道今日有贵客来，所以留了船楼等待呢。"我笑着说："您老人家真是荷叶下的仙人啊。"随即有仆人持烛火在前面引领，由船舱后面的梯子登楼。船楼宛如斗室大小，旁边有一个长榻，条几桌案俱备。揭开帘子再往里去，就到了顶部的头舱，床也摆设在旁边；中间是一个方形窗户，嵌装着玻璃，没有生火但满室光亮，是对面船上的灯火照耀所致。里面的衾帐镜奁，非常华美。喜儿说："从平台上可以望空赏月。"便在梯门之上，折叠着打开一扇窗户，由此蛇行而出，就是船艄的顶部。三面都设有短的栏杆，但见夜空之上明月一轮，水阔天空，颇为壮观。纵横交错如乱叶漂浮在水面的，是罗列的酒船；闪烁如漫天繁星的，是酒船的璀璨灯火。再加上往来如梭的小艇、笙歌弦索的乐音，夹杂在涨潮的涛声之中，令人情绪起伏。我说："所谓'少不入广'，就在此刻啊！"可惜我的妻子芸娘不能同游至此。回头看喜儿，月下与芸娘隐约相像，于是挽起她的胳膊下了平台，进入寮楼，熄灭蜡烛相伴入睡。天色将亮时，秀峰等人早已嬉笑着到了。我披上衣服迎接，大家都责备我昨晚逃走。我说："没有其他原因，只是担心你们掀被揭帐罢了。"然后，大家一起回到城内的寓所。

越数日，偕秀峰游海珠寺。寺在水中，围墙若城四周。离水五尺许，有洞，设大炮以防海寇，潮长潮落，随水浮沉，不觉炮门之或高或下，亦物理之不可测者。十三洋行①在幽兰门之西，结构与洋画同。对渡名花地，花木甚繁，广州卖花处也。余自以为无花不识，至此仅识十之六七，询其名有《群芳谱》②所未载者，或土音之不同欤？海幢寺规模极大，山门内植榕树，大可十余抱，阴浓如盖，秋冬不凋。柱槛窗栏皆以铁梨木为之。有菩提树，其叶似柿，浸水去皮，肉筋细如蝉翼纱，可裱小册写经。

注释

①洋行：指和外国商人做买卖的商行。
②《群芳谱》：明代王象晋所著，是一部介绍栽培植物的著作，全称《二如亭群芳谱》。

译文

过了几天，我和秀峰同游海珠寺。寺院在水中岛屿上，围墙如城池，四周距离水面五尺多。墙体上有洞穴，架设了大炮防备海寇。潮涨潮落，视线随水浮沉，感觉不到炮口是升起还是下降，这正是物理的不可测度之处。十三洋行在幽兰门的西边，房屋结构与洋画的房屋相同。对岸名为花地，花木品种很多，是广州卖花的地方。我自以为无花不识，这时仅认识十之六七，询问一些花的名字，有的是《群芳谱》所没有载录的。也许是地方发音的不同造成的吧？海珠寺规模极大，山门内种植的榕树，大的有十多抱，浓荫如车盖，秋冬也不凋谢。殿堂的柱槛窗栏，都用铁梨木制成。又有菩提树，叶子像柿树叶，浸水后去掉皮，肉筋纤细犹如蝉翼纱，可以裱成小册页抄写经书。

归途访喜儿于花艇，适翠、喜二妓俱无客。茶罢欲行，挽留再三。余所属意在寮，而其媳大姑已有酒客在上，因谓邵鸨儿曰："若可同往寓中，则不妨一叙。"邵曰："可。"秀峰先归，嘱从者整理酒肴。余携翠、喜至寓。正谈笑间，适郡署①王懋老不期而来，挽之同饮。酒将沾唇，忽闻楼下人声嘈杂，似有上楼之势。盖房东一侄素无赖，知余招妓，故引人图诈耳。秀峰怨曰："此皆三白一时高兴，不合我亦从之。"余曰："事已至此，应速思退兵之计，非斗口时也。"懋老曰："我当先下说之。"余即唤仆速雇两轿，先脱两妓，再图出城之策。闻懋老说之不退，亦不上楼。两轿已备，余仆手足颇捷，令其向前开路，秀挽翠姑继之，余挽喜儿于后，一哄而下。秀峰、翠姑得仆力已出门去，喜儿为横手所拿，余急起腿，中其臂，手一松而喜儿脱去，余亦乘势脱身出。余仆犹守于门，以防追抢。急问之曰："见喜儿否？"仆曰："翠姑已乘轿去，喜娘但见其出，未见其乘轿也。"余急燃炬，见空轿犹在路旁。急追至靖海门，见秀峰侍翠轿而立，又问之，对曰："或应投东，而反奔西矣。"急反身，过寓十余家，闻暗处有唤余者，烛之，喜儿也，遂纳之轿，肩而行。秀峰亦奔至，曰："幽兰门有水窦②可出，已托人贿之启钥，翠姑去矣，喜儿速往！"余曰："君速回寓退兵，翠、喜交我！"至水窦边，果已启钥，翠先在。余遂左掖喜，右挽翠，折腰鹤步，跟跄出窦。

【注释】

① 郡署：官署。

② 水窦：水出入的孔道。

【译文】

返回途中，去妓船看望喜儿。恰好翠姑、喜儿都没有客人。我们饮茶完毕准备离开，二人挽留再三。我所中意的地方是在船楼，然而鸨母的儿媳妇大姑已有客人在上面。于是，我对邵寡妇说："如果可以携带她俩同往寓所，则不妨再长谈一会儿。"邵寡妇说："可以。"秀峰先回去，嘱咐随从安排酒肴。我随后携带翠姑、喜儿回寓所。正谈笑间，正赶上郡署里的王懋老不期而来，就留下来一起喝酒。酒刚沾嘴唇，忽然听到楼下人声嘈杂，似乎还有上楼的情势。原来是房东的一个侄子素来无赖，知道我召妓回寓所，故而带人来试图敲诈。秀峰埋怨说："这都是三白一时高兴所致，我真是不该随他一样！"我说："事到如今，最好快想退兵之计，现在不是斗嘴的时候啊。"王懋老说："我先下楼劝说一番。"我当即唤来仆人，迅速雇了两顶轿子，先让两位妓女脱身，再图谋出城的办法。听到楼下王懋老劝说没有效用，但也并没有人上楼。两顶轿子已经备好，我的仆人手脚十分敏捷，让他在前面开路，秀峰挽着翠姑跟上，我挽着喜儿在最后，众人一哄而下。秀峰、翠姑得到仆人助力，已经出门。喜儿被横来的手抓住，我急忙抬起腿，踢中那人的胳膊，手一松，喜儿脱身而去。我也乘势脱身而出。我的仆人仍然守护在门口，以防无赖们追抢。我急忙问他："见到喜儿了吗？"仆人说："翠姑已乘轿离去，喜儿只见到出来，不曾见到她乘轿子啊。"我急忙点燃火炬，只见轿中空空，仍在路旁。我急忙追到靖海门，见秀峰站在翠姑轿子旁边，又问他可见喜儿影踪，回答说："或许是应该往东跑，她反而奔走到了西边吧！"我又急忙返回，跑过了我寓所十多户人家，听到黑暗处有人轻喊我的名字，火炬照耀一看，正是喜儿。于是，把她放到轿中，差轿夫肩扛而行。秀峰也追赶而至，说："幽兰门有一个水洞可以出城，已经托人贿赂开锁。翠姑已经走了，喜儿尽快过去！"我说："你快回寓所退兵，翠姑、喜儿交给我！"待我们赶到水洞边，果然已经开了锁。翠姑已等在那儿。我于是左边夹着喜儿，右边挽着翠姑，折腰鹤步，踉踉跄跄地出了水洞。

　　天适微雨，路滑如油。至河干沙面，笙歌正盛。小艇有识翠姑者，招呼登舟。始见喜儿首如飞蓬，钗环俱无有。余曰："被抢去耶？"喜儿笑曰："闻此皆赤金，阿母物也，妾于下楼时已除去，藏于囊中。若被抢去，累君赔偿耶。"余闻言，心甚德之，令其重整钗环，勿舍阿母，托言寓所人杂，故仍归舟耳。翠姑如言告母，并曰："酒菜已饱，备粥可也。"时寮上酒客已去，邵鸨儿命翠亦陪余登寮。见两对绣鞋泥污已透。三人共粥，聊以充饥。剪烛絮谈，始悉翠籍湖南，喜亦豫产，本姓欧阳，父亡母醮①，为恶叔所卖。翠姑告以迎新送旧之苦，心不欢必强笑，酒不胜必强饮，身不快必强陪，喉不爽必强歌。更有乖张其性者，稍不合意，即掷酒翻案，大声辱骂，假母②不察，反言接待不周，又有恶客彻夜蹂躏，不堪其扰。喜儿年轻初到，母犹惜之。不觉泪随言落。喜儿亦默然涕泣。余乃挽喜入怀，抚慰之。嘱翠姑卧于外榻，盖因秀峰交也。

注释

① 父亡母醮（jiào）：父亲死了，母亲又嫁人了。

② 假母：非亲生的母亲，一般是指继母、乳母或庶母。这里指老鸨儿。

译文

　　天上正下着微雨，路滑难行如在油路之上。到了河岸，沙面那边笙歌正盛。小艇中有认识翠姑的，招呼我们登上小船。这时，我才细看喜儿，她头发散乱如飞蓬，发钗耳环均已不见。我说："被无赖们抢去了吗？"喜儿笑着说："听说这些物品都是足赤之金，是阿母的财物。妾刚才下楼时已经除去，藏在口袋中。如若被抢去，连累你赔偿啊。"我闻说此言，内心很是赞赏她，让她重新整理发钗耳环，叮嘱不要告诉阿母，借口我的寓所人多杂乱，所以才返回沙面船中。翠姑据此告诉阿母，并说："我们酒菜已经吃饱，准备些粥食就可以了。"这时，船楼上的客人已经离开。邵寡妇命令翠姑也陪我登上船楼。只见两人的绣鞋，都已被泥污湿透。我们三个人一起吃着粥，聊以充饥。剪烛长谈，才了解到翠姑家在湖南，喜儿的籍谱乃是河南，本姓欧阳，父亲已死，母亲改嫁，她被恶叔卖至妓院。翠姑向我诉说迎新送旧的悲苦：心内不喜欢必须强颜欢笑，酒量不支必须勉强喝下，身体不适必须强行作陪，喉咙不爽必须强行歌吟。更有性情乖张的人，稍不合意，就摔坏酒杯、推翻桌案、大声辱骂。阿母不察实情，反而责备招待不周。还有恶客喜欢彻夜蹂躏，身体不胜其扰。喜儿年轻，又是才到，阿母尚且怜惜。翠姑言语间，泪水不觉滴落。喜儿也默然涕泣起来。我就把喜儿拥入怀中，予以安慰。我嘱咐翠姑睡在外面的床上，因为她是秀峰的相好啊。

自此或十日或五日，必遣人来招，喜或自放小艇，亲至河干迎接。余每去必偕秀峰，不邀他客，不另放艇。一夕之欢，番银四圆而已。秀峰今翠明红，俗谓之跳槽，甚至一招两妓；余则惟喜儿一人，偶独往，或小酌于平台，或清谈①于寮内，不令唱歌，不强多饮，温存体恤，一艇怡然，邻妓皆羡之。有空闲无客者，知余在寮，必来相访。合帮之妓无一不识，每上其艇，呼余声不绝，余亦左顾右盼，应接不暇，此虽挥霍万金所不能致者。

注释

① 清谈：仅是谈话、聊天。

译文

从此以后，有时十天，有时五天，喜儿必定派人来请。喜儿有时自己乘小艇，亲自到河岸迎接。我每次前去，必定和秀峰同行，不邀请其他客人，不另叫妓船。一夜之间，番银四圆而已。秀峰今翠明红，俗称这种行为为跳槽；有时甚至一次召唤两个妓女。我则只喜欢喜儿一人。偶然单独前去，或小酌于平台，或于船楼上的小房间里聊天，不让她唱歌，不勉强她多喝酒，温存体贴，一艇的妓女都很舒心惬意。周围的妓女都很羡慕喜儿。有空闲没有客人的妓女，知道我在船楼小房间，必定来此问询。整个扬帮妓船，没有一个不认识我。每次登上她们的小艇，呼唤我的声音不绝于耳。我也左顾右盼，应接不暇。这是即便挥霍万两金银也不能够做到的。

余四月在彼处，共费百余金，得尝荔枝鲜果，亦生平快事。后鸨儿欲索五百金强余纳喜，余患其扰，遂图归计。秀峰迷恋于此，因劝其购一妾，仍由原路返吴。明年，秀峰再往，吾父不准偕游，遂就青浦杨明府之聘。及秀峰归，述及喜儿因余不往，几寻短见。噫！"半年一觉扬帮梦，赢得花船薄幸名"①矣！

注释

①"半年"句：出自唐朝杜牧诗句"十年一觉扬州梦，赢得青楼薄幸名"。

译文

我在岭南四个月，共花费一百多两银子，得以遍尝荔枝鲜果，也算是平生快意之事。后来，鸨母想索取五百两银子，强迫我纳喜儿为妾室。我顾虑她的骚扰，于是生了归乡之心。秀峰迷恋此地风情，我就劝他购买了一房妾室，然后我们仍从原路返回吴地。第二年，秀峰又去广东。父亲不允许我与他同行，我便接受了青浦杨明府的聘请。秀峰回来后，告诉我说喜儿因为我没有前去，几乎寻了短见。噫！我这也是"半年一觉扬帮梦，赢得花船薄幸名"啊！

余自粤东归来，馆青浦两载，无快游可述。未几，芸、憨相遇，物议沸腾①，芸以激愤致病。余与程墨安设一书画铺于家门之侧，聊佐汤药之需。中秋后二日，有吴云客偕毛忆香、王星澜邀余游西山小静室，余适腕底无闲②，嘱其先往。吴曰："子能出城，明午当在山前水踏桥之来鹤庵相候。"余诺之。越日，留程守铺，余独步出阊门③，至山前，过水踏桥，循田塍而西。见一庵南向，门带清流，剥琢④问之，应曰："客何来？"余告之。笑曰："此'得云'也，客不见匾额乎？'来鹤'已过矣！"余曰："自桥至此，未见有庵。"其人回指曰："客不见土墙中森森多竹者，即是也。"余乃返至墙下。小门深闭，门隙窥之，短篱曲径，绿竹猗猗⑤，寂不闻人语声，叩之亦无应者。一人过，曰："墙穴有石，敲门具也。"余试连击，果有小沙弥出应。余即循径入，过小石桥，向西一折，始见山门，悬黑漆额，粉书"来鹤"二字，后有长跋，不暇细观。入门经韦陀殿，上下光洁，纤尘不染，知为好静室。忽见左廊又一小沙弥奉壶出，余大声呼问，即闻室内星澜笑曰："何如？我谓三白决不失信也！"旋见云客出迎，曰："候君早膳，何来之迟?"一僧继其后,向余稽首,问知为竹逸和尚。入其室,仅小屋三椽,额曰"桂轩",庭中双桂盛开。星澜、忆香群起嚷曰:"来迟罚三杯!"席上荤素精洁,酒则黄白俱备。余问曰:"公等游几处矣?"云客曰:"昨来已晚,今晨仅到得云、河亭耳。"欢饮良久。饭毕,仍自得云、河亭共游八九处,至华山而止。各有佳处,不能尽述。华山之顶有莲花峰,以时欲暮,期以后游。桂花之盛至此为最,就花下饮清茗一瓯,即乘山舆,径回来鹤。

注释

① 物议沸腾:指议论纷纷。

② 腕底无闲:手上有事情要做,没有闲暇的意思。

③ 阊(chāng)门:苏州古城之西门,通往虎丘方向。传说中的天门也叫作阊门。

④ 剥啄:亦作"剥啅"。象声词,这里指敲门声,也指棋声。

⑤ 绿竹猗(yī)猗:形容竹子美好。语出《诗经·国风·卫风·淇奥》:"瞻彼淇奥,绿竹猗猗。"

译文

我从粤东归来后,在青浦做幕僚两年,没什么快游可讲。不久,芸娘与憨园相遇,引起诸多议论,芸娘也因此激愤致病。我与程墨安在家门一侧开了一个书画铺,聊以贴补汤药所需。中秋节后两天,吴云客和毛忆香、王星澜邀请我同游西山小静室。我恰好手中不得闲暇,就让他们先去。吴云客说:"你如能出城,明天中午会在山前水踏桥的来鹤庵等你。"我答应了。第二天,我留程墨安看守铺面,独自步行出了阊门。到达山前,过水踏桥,沿着田埂向西,看见一座朝南的寺庵,门前有一条清澈的河流。我敲门询问,回应我说:"客人从何而来?"我告诉了他。他笑着回复我:"这里是'得云庵'啊,你没有看到匾额吗?'来鹤庵'已经走过了啊!"我说:"从水踏桥到这里,没有见到有庵。"那人回头指着说:"你没看到土墙中那片茂密的竹林吗?就是那里。"我于是返回原路,来到土墙下。小门紧闭,从门缝中窥看,短篱曲径,绿竹茂盛,静寂没有人声,叩门也没有回应。有一个人经过这里,说:"墙洞内有一块石头,是敲门的器具。"我试探着连敲了几下,果然有一个小沙弥出来应答。我就循着小路进去,过了小石桥,向西一转弯,才见到山门。上面悬挂着一方黑漆匾额,金粉书写着"来鹤"二字,后面写有长跋,没有时间细看。进了山门,经过韦陀菩萨大殿。殿内上下光洁,一尘不染,知道这就是小静室。忽然看到左侧走廊又有一个小沙弥捧着茶壶出来,我大声呼喊着询问他,便听到室内王星澜笑着说:"怎么样?我说三白绝对不会失信吧!"随即看到吴云客出来迎接,说:"大家原本等你来吃早饭,为什么来得这么晚呢?"一位寺僧跟在他的后面,向我稽首示意,询问得知乃是竹逸和尚。进到小静室,仅三间小屋,匾额上写着"桂轩"二字,庭院中的两株桂花树正在盛开。王星澜、毛忆香站起身嚷道:"来迟了罚三杯!"宴席上荤素菜肴精致干净,黄酒白酒都有。我问他们:"你们游览了几处景物呢?"吴云客说:"昨天来时天色已晚,今天早晨仅仅去了得云、河亭而已。"大家聚在一起,畅饮了很久。饭后,大家仍从得云、河亭出发,共计游览了八九个地方,到华山而止。每个地方各有佳妙之处,不能尽述。华山顶上有一座莲花峰,由于天时已晚,大家相约以后再游。桂花的绚丽繁盛,到此地乃为最佳。我们来到桂花树下,各饮了一瓯清茶,便乘着轿子下了山,径直回到来鹤庵。

  桂轩之东另有临洁小阁,已杯盘罗列。竹逸寡言静坐而好客善饮。始则折桂催花①,继则每人一令,二鼓始罢。余曰:"今夜月色甚佳,即此酣卧,未免有负清光,何处得高旷地,一玩月色,庶不虚此良夜也?"竹逸曰:"放鹤亭可登也。"云客曰:"星澜抱得琴来,未闻绝调,到彼一弹何如?"乃偕往,但见木犀香里,一路霜林,月下长空,万籁俱寂。星澜弹《梅花三弄》,飘飘欲仙。忆香亦兴发,袖出铁笛,呜呜而吹之。云客曰:"今夜石湖看月者,谁能如吾辈之乐哉?"盖吾苏八月十八日石湖行春桥下,有看串月胜会②,游船排挤,彻夜笙歌,名虽看月,实则挟妓哄饮而已。未几,月落霜寒,兴阑归卧。

> **注释**
> ① 折桂催花：击鼓传花的游戏。击鼓的时候传花，鼓停下的时候，花在谁手上，谁就被罚喝酒。
> ② 串月胜会：赏月的盛会。

> **译文**
> 　　桂轩的东边，另有一座"临洁"小阁，里面已经杯盘罗列。竹逸和尚虽寡言静坐，但也好客善饮。最初大家以折桂花为酒令，然后每人行一个酒令，直到二更时分才罢。我说："今夜月色颇佳，就这样酣睡而眠，未免辜负了这皎洁的月光。不知道什么地方有高旷的空地，我们观赏一番月色，才算不虚度这良夜啊！"竹逸和尚说："放鹤亭可以登临。"吴云客说："星澜恰好抱琴而来。还没有听他弹奏过绝妙之音，此刻到那里弹奏，怎么样？"于是大家一起同往。只见木樨花香里，一路霜林，月下长空，万籁俱寂。王星澜乘兴弹奏《梅花三弄》，令人有飘飘欲仙之感。忆香也情致勃发，取出袖中铁笛，呜呜地吹奏起来。吴云客说："今夜在石湖看月的人，哪个能有我们这样快乐呢？"我们苏州八月十八日在石湖行春桥下有看串月的盛会。每年此时，游船排挤，彻夜笙歌，名义上是看月，实际上不过是携妓喝酒而已。不久，月落霜寒，大家尽兴而归，在西山小静室夜宿。

　　明晨，云客谓众曰："此地有无隐庵，极幽僻，君等有到过者否？"咸对曰："无论未到，并未尝闻也。"竹逸曰："无隐四面皆山，其地甚僻，僧不能久居。向年①曾一至，已坍废，自尺木彭居士②重修后，未尝往焉，今犹依稀识之。如欲往游，请为前导。"忆香曰："枵腹去耶？"竹逸笑曰："已备素面矣，再令道人携酒榼相从也。"面毕，步行而往。过高义园，云客欲往白云精舍，入门就坐。一僧徐步出，向云客拱手，曰："违教③两月，城中有何新闻？抚军在辕否？"忆香忽起，曰："秃！"拂袖径出。余与星澜忍笑随之，云客、竹逸酬答数语，亦辞出。高义园即范文正公墓，白云精舍在其旁。一轩面壁，上悬藤萝，下凿一潭，广丈许，一泓清碧，有金鳞④游泳其中，名曰"钵盂泉"。竹炉茶灶，位置极幽。轩后于万绿丛中，可瞰范园之概。惜衲子俗，不堪久坐耳。是时由上沙村过鸡笼山，即余与鸿干登高处也。风物依然，鸿干已死，不胜今昔之感。

注释

① 向年：往年。
② 彭居士：指清代的名士彭绍升，字尺木。
③ 违教：没有得到教诲。
④ 金鳞：代指鱼。

译文

第二天早晨，吴云客对众人说："此地有一个无隐庵，极为幽雅僻静，你们有谁到过没有？"大家都回复："不要说没有去过，即便连听都不曾听过。"竹逸和尚说："无隐庵四面都是山，位置十分偏僻，僧人多不能长久居住。有一年，我曾去过一次，庵殿已经坍废。自从尺木彭居士重修之后，还没有去过。现在，还依稀记得路途，大家要想前往游览，我愿为大家当个向导。"毛忆香说："饿着肚子去吗？"竹逸和尚笑着说："已经备好了素面。再让一位居士携带酒具跟随就行了。"大家吃过素面，步行而往。经过高义园，吴云客想去白云精舍。到了精舍就座后，一位僧人缓步出来，向吴云客拱手问询："两个月不见教诲，城中有什么新闻？抚军还在军营吗？"毛忆香忽然起身说了一声："秃！"然后，拂袖而去。我与王星澜强忍笑意随后而出。吴云客、竹逸和尚与那僧人寒暄了几句，也告辞而出。高义园就是范文正公之墓，白云精舍就在旁边。有一间轩室面朝石壁，上面悬挂着藤萝，下面凿有一个水潭，有一丈多宽，只见一泓清碧，有金鱼在其中游泳。此处名为"钵盂泉"。他们用竹炉煮茶，位置极为幽僻。轩室后面可以看到万丛绿意中的范园概貌。可惜僧人俗气，我们不能忍受久坐。这时，从上沙村过鸡笼山，就是我与鸿干登高的地方。风物一如往昔，鸿干却已不在，顿生不胜今昔之感。

正惆怅间，忽流泉阻路不得进，有三五村童掘菌子于乱草中，探头而笑，似讶多人之至此者。询以无隐路，对曰："前途水大不可行，请返数武，南有小径，度岭可达。"从其言。度岭南行里许，渐觉竹树丛杂，四山环绕，径满绿茵，已无人迹。竹逸徘徊四顾，曰："似在斯，而径不可辨，奈何？"余乃蹲身细瞩，于千竿竹中隐隐见乱石墙舍，径拨丛竹间，横穿入觅之，始得一门，曰"无隐禅院，某年月日南园老人彭某重修"。众喜，曰："非君则武陵源①矣！"山门紧闭，敲良久，无应者。忽旁开一门，呀然有声，一鹑衣②少年出，面有菜色，足无完履，问曰："客何为者？"竹逸稽首曰："慕此幽静，特来瞻仰。"少年曰："如此穷山，僧散无人接待，请觅他游。"言已，闭门欲进。云客急止之，许以启门放游，必当酬谢。少年笑曰："茶叶俱无，恐慢客耳，岂望酬耶？"

【注释】

①武陵源：桃花源。典出《桃花源记》。这里指的是，像进入桃花源一样迷路了。

②鹑（chún）衣：破烂的、补丁很多的衣服。

【译文】

正在惆怅时，忽然被泉流阻拦去路，不能继续前行。有三五个村童在乱草中挖掘菌菇，他们探头探脑地看着我们笑着，似乎在惊讶为什么这么多人到了这里。问他们去无隐庵的路，回答说："前面水势很大，不能行走。你们返回几步，南面有条小路，翻过山岭就到了。"我们听从了村童的话。我们翻过山岭，朝南行走了一里多路，渐渐觉得竹树丛杂，周围群山环绕，路上满是绿荫，已经没有人的踪迹。竹逸和尚犹豫着四下张望，说："似乎就在此处，但路难以辨识，怎么办呢？"我蹲身细看，在千竿竹林中隐约看到有乱石墙舍，直接拨开竹丛，横穿过去寻找，才发现一扇门，上面题写着"无隐禅院，某年月日南园老人彭某重修"。大家高兴地说："要不是你在，今天这里就成武陵源了啊。"山门紧闭，敲了很久，没有人应答。忽然，旁边"呀"的一声，打开一扇小门，一个穿着百衲衣的少年走了出来，面色蜡黄，脚上的鞋子也很破旧，问道："客人们有什么事？"竹逸和尚稽首说："仰慕此地幽静，特来瞻仰。"少年说："这么穷的山寺，僧人都走了，没有人接待，请另寻他处游览吧。"说完，就准备关门进去。吴云客急忙阻止他，许诺说开门放我们进去游览，必定给他酬谢。少年笑着说："连茶叶也没有，担心怠慢客人罢了，哪里是希望得到酬谢呢？"

山门一启，即见佛面，金光与绿阴相映，庭阶石础苔积如绣，殿后台级如墙，石栏绕之。循台而西，有石形如馒头，高二丈许，细竹环其趾。再西折北，由斜廊蹑级而登①，客堂三楹②紧对大石。石下凿一小月池，清泉一派，荇藻③交横。堂东即正殿，殿左西向为僧房厨灶，殿后临峭壁，树杂阴浓，仰不见天。星澜力疲，就池边小憩，余从之。将启榼小酌，忽闻忆香音在树杪，呼曰："三白速来，此间有妙境！"仰而视之，不见其人，因与星澜循声觅之。由东厢出一小门，折北，有石蹬如梯，约数十级，于竹坞中瞥见一楼。又梯而上，八窗洞然，额曰"飞云阁"。四山抱列如城，缺西南一角，遥见一水浸天，风帆隐隐，即太湖也。倚窗俯视，风动竹梢，如翻麦浪。忆香曰："何如？"余曰："此妙境也。"

> [注释]

① 蹑（niè）级而登：踏着台阶向上走。同"拾级而上"。

② 三楹（yíng）：三间房子。

③ 荇（xìng）藻：多年生草本植物，叶子略呈圆形，叶浮水面，根生水底，花黄色，果椭圆形。可入药。

> [译文]

山门一开，便看到佛像，金光与绿荫交相辉映。院子里的石基上积满锦绣般的青苔，殿后的台阶如墙一样陡峭，周围环绕着石头栏杆。顺着台子向西，有一块馒头形状的石头，高两丈左右，下面环植幼竹。再往西向北转，由一处倾斜的长廊登台阶而上，可见三间客堂，紧对着一块大石头。石头下面凿了一个小月池，清泉流动，水草浮动。客堂的东面就是正殿，殿左边往西是僧房与厨灶。殿后紧靠峭壁，杂树浓荫，抬头看不见天。王星澜非常疲惫，靠在池边休息。我也跟着靠在池边。正要打开酒具小酌，忽然听到毛忆香的声音从树梢传来，喊道："三白快来！这里有绝妙佳境！"抬头望去，看不到人，于是与王星澜循着声音寻找。由东厢房的一个小门出去，向北走，石阶如梯子，大约有几十级台阶。在竹坞中不经意间看到一座楼，顺着梯子攀登，楼上八扇窗子大开，匾额上题字为"飞云阁"。四周群山环抱如城池，只有西南缺少一角，远远看见水接天际，船帆隐约，正是太湖。倚靠着窗户俯视，风吹竹梢，翻滚如麦浪。毛忆香说："感觉怎样？"我说："这里确实是难得的妙境啊。"

忽又闻云客于楼西呼曰："忆香速来，此地更有妙境！"因又下楼，折而西，十余级，忽豁然开朗，平坦如台。度其地，已在殿后峭壁之上，残砖缺础①尚存，盖亦昔日之殿基也。周望环山，较阁更畅。忆香对太湖长啸一声，则群山齐应。乃席地开樽，忽愁枵腹。少年欲烹焦饭代茶，随令改茶为粥，邀与同啖。询其何以冷落至此？曰："四无居邻，夜多暴客，积粮时来强窃，即植蔬果，亦半为樵子所有。此为崇宁寺下院，长厨中月送饭干一石、盐菜一坛而已。某为彭姓裔，暂居看守，行将归去，不久当无人迹矣。"云客谢以番银一圆。返至来鹤，买舟而归。余绘《无隐图》一幅，以赠竹逸，志快游也。

注释

① 缺础：地基裸露出来，且已经不全。

译文

忽然又听到吴云客在楼的西边呼喊："忆香快来！这里更有奇异妙境！"于是又下楼，折向西边而行，登上十几级台阶，忽然豁然开朗，平坦如石台。估计这块地方，已经在殿后的峭壁上面，残砖缺础尚存，大概是过去的殿基。环视群山，比飞云阁更为畅快。毛忆香面向太湖一声长啸，群山齐应。于是，大家席地而坐，开酒畅饮，忽然感到腹中饥饿。那位少年想煮锅巴替代茶，随即让他易茶为粥，请他和我们一起吃。问他这里怎么如此冷清，回答说："四周没有邻居，夜晚多有暴徒，收获粮食时强盗就来，即便是种植蔬菜瓜果，也多半被樵夫采摘。这里是崇宁寺的下院，崇宁寺的长厨每月中旬送来一石饭干、一坛咸菜罢了。我是彭姓的后裔，暂时看管这里，马上就要回去了，不久这里就没有人迹了。"吴云客送他一枚番银以示酬谢。回到来鹤庵，大家雇船回家。我画了一幅《无隐图》，赠送给竹逸和尚，以纪念此次快游。

是年冬，余为友人作中保①所累，家庭失欢，寄居锡山华氏。明年春，将之维扬而短于资，有故人韩春泉在上洋②幕府，因往访焉。衣敝履穿，不堪入署，投札约晤于郡庙园亭中。及出见，知余愁苦，慨助十金。园为洋商捐施而成，极为阔大，惜点缀各景，杂乱无章，后叠山石，亦无起伏照应。归途忽思虞山之胜，适有便舟附之。时当春仲，桃李争妍，逆旅行踪，苦无伴侣，乃怀青铜三百，信步至虞山书院。墙外仰瞩，见丛树交花，娇红稚绿，傍水依山，极饶幽趣。惜不得其门而入，问途以往，遇设篷瀹茗③者，就之，烹碧罗春，饮之极佳。询虞山何处最胜，一游者曰："从此出西关，近剑门，亦虞山最佳处也。君欲往，请为前导。"余欣然从之。出西门，循山脚，高低约数里，渐见山峰屹立，石作横纹，至则一山中分，两壁凹凸，高数十仞。近而仰视，势将倾堕。其人曰："相传上有洞府，多仙景，惜无径可登。"余兴发，挽袖卷衣，猿攀而上，直造其巅。所谓洞府者，深仅丈许，上有石罅，洞然见天。俯首下视，腿软欲堕。乃以腹面壁，依藤附蔓而下。其人叹曰："壮哉！游兴之豪，未见有如君者。"余口渴思饮，邀其人就野店沽饮三杯。阳乌将落，未得遍游，拾赭石④十余块，怀之归寓，负笈搭夜航至苏，仍返锡山。此余愁苦中之快游也。

注释

① 中保：在借贷或买卖双方之间，承担保证责任的人。
② 上洋：上海。

③瀹（yuè）茗：煮茶；烹茶。

④赭（zhě）石：棕色石头。

译文

　　这年冬天，我为朋友作保借贷受到连累，致使家庭失和，便寄居在锡山华氏家中。第二年春天，我准备去扬州谋职，但又窘迫于缺少盘缠。有一位老友韩春泉在上洋幕府任职，我就去拜访他。当时，我破衣烂履，不便进入官署，便投札约定在郡庙园亭中见面。待老友韩春泉出来见到我，体悟我的愁苦之心，慷慨地送给我十两银子。郡庙的园子是洋商捐款修建的，极其阔大，可惜各处景点布置杂乱无章，后面所叠建的假山也没有起伏照应。归来途中，忽然想起虞山的盛景，恰好有便船，就乘船而去。当时是仲春时节，桃李争妍，旅途中仅有我一人，苦恼没有伴侣，便带了三百铜钱，信步来到虞山书院。在墙外仰望，只见丛树繁花，娇红翠绿，临水近山，极富幽趣。可惜找不到门进入，问好了路再去，途中遇到搭设了棚子卖茶的小店，乘兴就座。店内所煮碧螺春茶，味道极佳。询问店主虞山什么地方景物最好，一个游客说："从这里出西关，靠近剑门，乃是虞山最佳的风景。你如果想去，我愿当向导。"我欣然听从了他的建议。出了西门，顺着山脚，时高时低行走了大概几里路，渐渐看到了屹立的山峰，山石呈横向纹路。到了山前，山体中分，两侧石壁凹凸不平，高几十丈。靠近仰看，石壁呈现出即将坠落的样子。那人说："相传上面有神仙居住的地方，很多与仙人相关的风景。可惜没有找到路登览。"我情致兴发，挽袖卷衣，像猿一样攀登而上，直达山顶。所谓的神仙居所，深度只有一丈多，洞顶有个石缝，可以望见天空。低头往下看，双腿发软，几乎要掉落下去。于是把腹部对着石壁，紧握藤蔓而下。那人感叹地说："真是豪壮啊！你的游兴这么豪迈，从来没有见过像你这样的。"我口渴了想喝水，就邀请那人到野店，饮酒三杯。直到太阳将落，也没有能够遍游虞山，便拾取了十几块赭石，放到怀中带回。然后背着行李，搭夜航船回苏州，仍返回锡山。这是我愁苦生涯中的一次愉快游历。

嘉庆甲子春，痛遭先君之变，行将弃家远遁，友人夏揖山挽留其家。秋八月，邀余同往东海永泰沙勘收花息①。沙隶崇明。出刘河口，航海百余里。新涨初辟，尚无街市。茫茫芦荻，绝少人烟。仅有同业丁氏仓库数十椽，四面掘沟河，筑堤栽柳绕于外。丁字实初，家于崇，为一沙之首户；司会计者姓王。俱豪爽好客，不拘礼节，与余乍见即同故交。宰猪为饷，倾瓮为饮。令则拇战，不知诗文；歌则号呶②，不讲音律。酒酣，挥工人舞拳相扑③为戏。蓄牸牛百余头，皆露宿堤上。养鹅为号，以防海盗。日则驱鹰犬猎于芦丛沙渚间，所获多飞禽。余亦从之驰逐，倦则卧。引至园田成熟处，每一字号圈筑高堤，以防潮汛。堤中通有水窦，用闸启闭，旱则涨潮时启闸灌之，潦则落潮时开闸泄之。佃人皆散处如列星，一呼俱集，称业户曰"产主"，唯唯听命，朴诚可爱。而激之非义，则野横过于狼虎；幸一言公平，率然拜服。风雨晦明，怳同太古。卧床外瞩即睹洪涛，枕畔潮声如鸣金鼓。一夜，忽见数十里外有红灯大如栲栳，浮于海中，又见红光烛天，势同失火，实初曰："此处起现神灯神火，不久又将涨出沙田矣。"揖山兴致素豪，至此益放。余更肆无忌惮，牛背狂歌，沙头醉舞，随其兴之所至，真生平无拘之快游也。事竣，十月始归。

注释

① 花息：利息。

② 号呶（náo）：大声喊叫。

③ 相扑：一种类似摔跤的体育运动，在我国秦汉时期叫角抵，南北朝到南宋时期叫相扑，唐朝时传到日本。

译文

嘉庆甲子年春天，我痛遭父亲去世的变故。悲痛之中，我准备弃家远遁。朋友夏揖山挽留我住在他的家中。到了秋季八月，他邀请我一起去东海永泰沙，收取利息。永泰沙隶属崇明岛，出了刘河口，航海需要一百多里。这是一处涨潮积沙形成的新岛屿，还没有街道市集。但见茫茫芦荻，人烟稀少，仅有和夏揖山同一行业的丁氏的仓库几十间。四周挖掘了沟河，堆土成堤，上面栽植着柳树。丁氏字实初,家在崇明岛,是永泰沙的第一大户。担任会计的姓王。他们都豪爽好客,不拘礼节,与我初次相见,就亲如老友。宰杀了猪做饭,抱着酒瓮饮用。行酒令则是拇战,不懂诗文;唱歌就是号啸,不讲究音律。酒兴浓时,指挥工人打拳与相扑为娱乐。蓄养了一百多头公牛,都露宿在堤岸上。养鹅为号,防备海贼。他每日在芦丛沙渚之间驱逐鹰犬,猎获的多为飞禽。我也跟随在后奔驰追逐,疲倦了就卧倒休息。他领着我到田园中庄稼成熟的地方,每一块田地都围筑高堤,以防备潮汛。堤坝上有水洞相通,用水闸管理,干旱就在涨潮时打开水闸灌溉,水涝就在落潮时开闸排泄。租户都散居各处,如群星排列,一声呼喊就全部聚集而来。他们称呼业主为"产主",唯唯听命,朴诚可爱。但如果用不义的事情触怒他们,则粗野超过狼虎,幸而有一句话公平持正,又立即心悦诚服。目睹风雨晦明,恍如身在太古。躺在床上往外看,即大海波涛,枕头边际的潮声如战场金鼓齐鸣。一天夜里,忽然看到几十里外有红灯闪耀,巨大如竹筐浮在海面,又看到红光映红天空,情势如同失火。丁实初说:"此处出现了神灯神火,不久又要涨出新的沙田来啦!"夏揖山性情素来豪放,到了这里更超以往。我更是肆无忌惮,牛背上狂歌,沙田地头醉酒而舞,任随性情所至,真是生平中无拘无束的一次畅快游历啊。夏揖山的事情办完后,我们到了十月才回到苏州。

吾苏虎丘之胜,余取后山之千顷云一处,次则剑池而已,余皆半借人工,且为脂粉所污,已失山林本相。即新起之白公祠、塔影桥,不过留雅名耳。其冶坊滨,余戏改为"野芳滨",更不过脂乡粉队,徒形其妖冶而已。其在城中最著名之狮子林,虽曰云林手笔,且石质玲珑,中多古木,然以大势观之,竟同乱堆煤渣,积以苔藓,穿以蚁穴,全无山林气势。以余管窥所及,不知其妙。灵岩山为吴王馆娃宫①故址,上有西施洞、响屧廊②、采香径诸胜,而其势散漫,旷无收束,不及天平、支硎之别饶幽趣。邓尉山③一名元墓,西背太湖,东对锦峰,丹崖翠阁,望如图画。居人种梅为业，花开数十里，一望如积雪，故名"香雪海"。山之左有古柏四树，名之曰"清、奇、古、怪"：清者，一株挺直，茂如翠盖；奇者，卧地三曲，形同"之"字；古者，秃顶扁阔，半朽如掌；怪者，体似旋螺，枝干皆然。相传汉以前物也。乙丑孟春，揖山尊人莼芗先生偕其弟介石，率子侄四人，往蟆山家祠春祭，兼扫祖墓，招余同往。顺道先至灵岩山，出虎山桥，由费家河进香雪海观梅。蟆山祠宇即藏于香雪海中，时花正盛，咳吐俱香。余曾为介石画《蟆山风木图》十二册。

注释

①馆娃宫：春秋时，吴王为西施建的宫殿。

②响屧（xiè）廊：春秋时吴王宫中的廊名。遗址在今江苏省苏州市西灵岩山。

③邓尉山：邓尉山位于苏州城西南30公里处，吴中区光福镇西南部，因东汉太尉邓禹曾隐居于此而得名。

译文

我的家乡苏州虎丘的胜景，我首取后山千顷云一处，其次是剑池。其他的一半借助人工造景，并且都被脂粉气所染，早已失去山林的本来面目。即便是新建的白公祠、塔影桥，不过是取名雅致罢了。而冶坊滨，我戏改为"野芳滨"，更不过是涂脂抹粉的女子，只是外形妖冶罢了。城中最著名的狮子林，虽说是倪云林的手笔，而且山石玲珑，古木众多，然而从大的格局来看，竟然如同胡乱堆砌的煤渣；积聚一些苔藓，凿穿一些洞穴，全无山林的自然气势。以我有限的观察所见，不能体悟到它们的美妙所在。灵岩山是吴王馆娃宫的故址，上面有西施洞、响屧廊、采香径等几处名胜，然而气势散漫，空旷没有约束，比不上天平山、支硎山的别有幽趣。邓尉山又名元墓，西面背靠太湖，东面对着锦峰，丹崖翠阁，望去如同绘画。居住此处的人以种植梅花为生，花开之时，方圆几十里，一望如皑皑白雪，故名"香雪海"。山的左边有四株古柏树，名字为"清""奇""古""怪"。名为"清"的这株，躯干挺直，茂盛如翠盖；名为"奇"的这株，倒卧在地上，有三个弯，形同"之"字；名为"古"的这株，树顶已无枝叶，形状宽阔扁平，已经朽枯成手掌模样；名为"怪"的这株，形体像是陀螺，枝干也是如此。相传它们都是汉代以前种植的。乙丑年孟春时节，夏揖山的父亲莼芗先生和他的弟弟介石率领子侄四人，去幙山家祠春祭，同时扫祖墓，邀请我一同去。我们顺道先到了灵岩山，再出虎山桥，由费家河进入香雪海观赏梅花。幙山祠宇就隐藏在香雪海中。当时，梅花开得正盛，呼吸之间连言语都是香的。我曾经给介石画了《幙山风木图》十二册。

是年九月，余从石琢堂殿撰赴四川重庆府之任，溯长江而上，舟抵皖城①。皖山②之麓，有元季忠臣余公③之墓，墓侧有堂三楹，名曰"大观亭"，面临南湖，背倚潜山。亭在山脊，眺远颇畅。旁有深廊，北窗洞开。时值霜叶初红，烂如桃李。同游者为蒋寿朋、蔡子琴。南城外又有王氏园④，其地长于东西，短于南北，盖北紧背城、南则临湖故也。既限于地，颇难位置，而观其结构，作重台叠馆之法。重台者，屋上作月台为庭院，叠石栽花于上，使游人不知脚下有屋。盖上叠石者则下实，上庭院者则下虚，故花木仍得地气而生也。叠馆者，楼上作轩，轩上再作平台。上下盘折，重叠四层，且有小池，水不漏泄，竟莫测其何虚何实。其立脚全用砖石为之，承重处仿照西洋立柱法。幸面对南湖，目无所阻，骋怀游览，胜于平园。真人工之奇绝者也。

注释

① 皖城：现为安庆市，潜山市相沿隶属之。潜山系皖国封地，为皖国所辖、皖国都城，安徽省简称皖，即源出于此。

② 皖山：潜山市西部的天柱山，又名潜山、皖山、皖公山、万岁山、万山等。

③ 余公：余阙（1303—1358），字廷心，一字天心，生于庐州，即今安徽合肥。

④ 王氏园：王氏园林。

译文

这年九月,我随从石琢堂殿撰去四川重庆赴任。在长江逆流而上,船到了皖城。皖山脚下有元朝的忠臣余阙的墓,墓的旁边有三间厅堂,名为"大观亭",面对南湖,背靠潜山。亭子处在山腰,极目远眺,十分畅快。旁边有一条长廊,北面的窗户大开。时逢霜叶初红,烂漫如桃李。同游的人是蒋寿朋、蔡子琴。南城外又有一座王氏园。这里的地势东西长、南北短,大概是因为北面紧挨城墙、南面濒临湖泊的缘故。园林一旦受限于地形,颇难经营布置。但我观察它的结构,乃是采用了重台叠馆的方法。所谓重台,是在屋顶上设有月台作为庭院,然后叠石栽花,使人不察觉脚下还有房屋。在上面叠石的地方下面就填实,上面是庭院的地方下面就留为虚空,所以上面的花木仍然可以得到地气生长。所谓叠馆,楼上作为轩室,轩室之上再做平台。上下盘曲,重叠成四层,楼上还有小水池,水并不泄漏,我竟然不能猜度出它哪儿是虚、哪儿是实。它的立脚全部用砖石建成,承重之处则仿造西洋的立柱法。幸好庭院面对南湖,视线没有阻碍,可以尽情游览,胜过平地上的园子。真是人工之美的奇绝之处啊。

武昌黄鹤楼在黄鹄矶①上,后拖黄鹄山,俗呼为蛇山。楼有三层,画栋飞檐,倚城屹峙②,面临汉江,与汉阳晴川阁相对。余与琢堂冒雪登焉。仰视长空,琼花飞舞,遥指银山玉树,恍如身在瑶台。江中往来小艇,纵横掀播,如浪卷残叶,名利之心至此一冷。壁间题咏甚多,不能记忆,但记楹对有云:"何时黄鹤重来,且共倒金樽,浇洲渚千年芳草;但见白云飞去,更谁吹玉笛,落江城五月梅花。"黄州赤壁在府城汉川门外,屹立江滨,截然如壁。石皆绛色,故名焉。《水经》谓之赤鼻山,东坡游此作二赋③,指为吴魏交兵处,则非也。壁下已成陆地,上有二赋亭。

注释

① 黄鹄矶:这里指黄鹤楼所在地的小石山。鹄,同"鹤"。矶,小石山。

② 屹峙：高耸相对。
③ 二赋：《前赤壁赋》与《后赤壁赋》。

译文

　　武昌黄鹤楼在黄鹄矶上，后面连着黄鹄山，俗称蛇山。楼有三层，画栋飞檐，倚城耸立，面对汉江，与汉阳晴川阁相对。我与琢堂冒雪登临，仰视长空，雪花飞舞，遥指白色覆盖的银山玉树，恍如身在瑶台仙境。江中小艇往来，风帆纵横鼓荡，如巨浪卷袭片片残叶，名利之心至此冷却。墙壁上题咏很多，难以记忆，但记得有一副楹联是："何时黄鹤重来，且共倒金樽，浇洲渚千年芳草；但见白云飞去，更谁吹玉笛，落江城五月梅花。"黄州赤壁在府城汉川门外，屹立在江边，山岩陡峭如墙壁。石头都是红色，因此得名，《水经》上称之为赤鼻山。苏东坡游历至此，作有两篇赋文，指此地是吴国魏国交兵之处，其实并非如此。赤壁下面现已成为陆地，上面建有一座二赋亭。

　　是年仲冬抵荆州。琢堂得升潼关观察之信，留余住荆州，余以未得见蜀中山水为怅。时琢堂入川，而哲嗣敦夫眷属及蔡子琴、席芝堂俱留于荆州，居刘氏废园。余记其厅额曰"紫藤红树山房"。庭阶围以石栏，凿方池一亩；池中建一亭，有石桥通焉；亭后筑土垒石，杂树丛生；余多旷地，楼阁俱倾颓矣。客中无事，或吟或啸，或出游，或聚谈。岁暮虽资斧①不继，而上下雍雍，典衣沽酒，且置锣鼓敲之。每夜必酌，每酌必令。窘则四两烧刀②，亦必大施筋政。遇同乡蔡姓者，蔡子琴与叙宗系，乃其族子也，倩其导游名胜。至府学前之曲江楼，昔张九龄为长史时，赋诗其上，朱子亦有诗曰："相思欲回首，但上曲江楼。"城上又有雄楚楼，五代时高氏所建。规模雄峻，极目可数百里。绕城傍水，尽植垂杨，小舟荡桨往来，颇有画意。荆州府署即关壮缪③帅府，仪门内有青石断马槽，相传即赤兔马食槽也。访罗含宅于城西小湖上，不遇。又访宋玉故宅于城北。昔庾信遇侯景之乱，遁归江陵，居宋玉故宅，继改为酒家，今则不可复识矣。是年大除④，雪后极寒，献岁发春，无贺年之扰，日惟燃纸炮、放纸鸢、扎纸灯以为乐。既而风传花信，雨濯春尘。琢堂诸姬携其少女幼子顺川流而下，敦夫乃重整行装，合帮而走。由樊城登陆，直赴潼关。

【注释】

① 资斧：路费。
② 烧刀：烧酒。
③ 关壮缪：关羽。
④ 大除：除夕。

【译文】

  这年冬天十一月，我们抵达荆州时，琢堂得到升任潼关观察使的消息，于是留我暂住荆州。我因此以未能见到蜀中的山水而遗憾。当时，琢堂入川，他的儿子敦夫及眷属和蔡子琴、席芝堂也都留在荆州，居住在刘氏废园。我记得此园厅额上的题字为"紫藤红树山房"。庭前台阶围着石栏，院内凿了一个一亩见方的水池，池中建有一个亭子，有石桥相连。亭子后面筑土垒石，杂树丛生。其他地方多为空地，楼阁都已倾倒坍毁。客居荆州没有事情烦扰，有时吟咏，有时长啸，有时出游，有时聚谈。年底时，虽然众人银两不丰，然而上下和睦，典衣沽酒，并置备锣鼓敲打为乐。每夜必定喝酒，每次喝酒必行酒令。窘迫之时，即便四两烧刀酒，也必定大行酒令助兴。在荆州遇到一个姓蔡的同乡。蔡子琴与他叙宗谱，还是他的同族子弟，就请他做导游游览名胜。我们一起到了府学前的曲江楼。昔日张九龄为长史时，曾经在上面题诗。朱熹也有诗说此事："相思欲回首，但上曲江楼。"城墙上还有一座雄楚楼，是五代时高氏所建。气势雄伟峻拔，极目远眺，可达几百里。环绕城墙与护城河边，都种植着垂杨，小舟划桨往来，颇有画意。荆州府署就是昔日的关羽帅府。仪门内的青石断马槽，相传就是赤兔马的食槽。曾去城西寻访罗含故宅，没有找到。又曾去城北寻访宋玉故宅。昔日庾信遭遇侯景之乱，曾隐居江陵，便居住在宋玉故宅。只是后来故宅改为酒家，现在早已无从辨识了。这一年除夕，雪停之后极为寒冷。开岁迎春，没有寒暄贺年的烦扰，每日只是燃放鞭炮、放风筝、扎纸灯为乐。转眼风传花信，雨濯春尘，琢堂的诸位妻妾带着年幼的儿女顺着江流而下。敦夫则重新收拾行装，和大家一起出发，由樊城登陆，直赴潼关。

　　由河南阌乡县西出函谷关，有"紫气东来"四字，即老子乘青牛所过之地。两山夹道，仅容二马并行。约十里即潼关，左背峭壁，右临黄河，关在山河之间扼喉而起，重楼垒垛，极其雄峻。而车马寂然，人烟亦稀。昌黎诗曰"日照潼关四扇开"，殆亦言其冷落耶？城中观察之下，仅一别驾①。道署②紧靠北城，后有园圃，横长约三亩。东西凿两池，水从西南墙外而入，东流至两池间，支分三道：一向南至大厨房，以供日用；一向东入东池；一向北折西，由石螭③口中喷入西池，绕至西北，设闸泄泻，由城脚转北，穿窦而出，直下黄河。日夜环流，殊清人耳。竹树阴浓，仰不见天。西池中有亭，藕花绕左右。东有面南书室三间，庭有葡萄架，下设方石，可弈可饮，以外皆菊畦。西有面东轩屋三间，坐其中可听流水声。轩南有小门可通内室。轩北窗下另凿小池，池之北有小庙，祀花神。园正中筑三层楼一座，紧靠北城，高与城齐，俯视城外即黄河也。河之北，山如屏列，已属山西界。真洋洋大观也！余居园南，屋如舟式，庭有土山，上有小亭，登之可览园中之概。绿阴四合，夏无暑气。琢堂为余额其斋曰"不系之舟"。此余幕游以来第一好居室也。土山之间，艺菊数十种，惜未及含葩，而琢堂调山左廉访矣。眷属移寓潼川书院，余亦随往院中居焉。

注释

　　① 别驾：本是一个官职名称，全称为别驾从事史。这里指幕僚类的辅佐官员。
　　② 道署：道台衙门。
　　③ 石螭（chī）：一种石雕，所雕的是无角龙首。

译文

　　从河南阌乡县往西，出了函谷关，可以看到"紫气东来"四个字，此处正是老子乘青牛所过之地。道路在两山之间，仅可容纳两匹马并行。自此行走大约十里,即潼关。左边背靠峭壁,右边濒临黄河,关隘在山河之间扼喉而建,重楼垒垛,极其雄伟高峻。然而,车马不多,人烟稀少。韩愈有诗说,"日照潼关四扇开",大概也是形容它的景象吧?

城中的观察使一职以下,仅有一个别驾。道署衙门紧靠北城,后面有一处园囿,横长大约三亩。东西凿了两个水池,水从西南墙外导引进来,东流至两池之间。然后,分为三个水道:一条向南至大厨房,供日常之用;一条向东流入东池;一条向北,又折向西边,由石螭的口中喷入西池,再环绕至西北,经过一个泄流的水闸,从城墙脚转向北边,穿过水洞而出,直入黄河。流水日夜不歇,令人顿觉耳际清爽。竹树茂盛荫浓,抬头看不到天。西边水池中有一个亭子,藕花环绕左右。它的东边有三间朝南的书房,庭前有葡萄架,下面安置有方形石头桌凳,可以下棋、喝酒;其余的地方都是菊花园地。它的西边有三间朝东的轩屋,坐在其中可以倾听流水之声。轩屋的南面有个小门,可以通到内室。轩屋北窗之下,另外凿了一个小水池,水池之北有个小庙,祭祀着花神。园囿的正中间,建有一座三层楼,紧靠北城,高度与城墙一样。在此楼上俯视城外,就是黄河。黄河之北,群山如屏风,已属于山西地界。这真是蔚为壮观的大气象啊!我居住在园囿南面。房屋如小船样式,庭中有一座土山,上面有个小亭子,登临其中可一览园中大概。绿荫四合,夏天没有暑气侵扰。琢堂为我题书斋名为"不系之舟"。这是我游幕生涯以来最好的居室。土山之间,种植了几十种菊花,可惜没有等到它们含苞开放,琢堂又调任为山左廉访使了。他把眷属搬到潼川书院,我也跟随着居住在书院之内。

琢堂先赴任,余与子琴、芝堂等无事,辄出游。乘骑至华阴庙。过华封里,即尧时三祝①处。庙内多秦槐汉柏,大皆三四抱,有槐中抱柏而生者,柏中抱槐而生者。殿廷古碑甚多,内有陈希夷②书"福""寿"字。华山之脚有玉泉院,即希夷先生化形骨蜕处。有石洞如斗室,塑先生卧像于石床。其地水净沙明,草多绛色，泉流甚急，修竹绕之。洞外一方亭，额曰"无忧亭"。旁有古树三株，纹如裂炭，叶似槐而色深，不知其名，土人即呼曰"无忧树"。太华之高不知几千仞，惜未能裹粮往登焉。归途见林柿正黄，就马上摘食之，土人呼止弗听，嚼之涩甚，急吐去，下骑觅泉漱口，始能言，土人大笑。盖柿须摘下煮一沸，始去其涩，余不知也。十月初，琢堂自山东专人来接眷属，遂出潼关，由河南入鲁。

> [注释]

① 尧时三祝：相传尧巡游到华州，当地人祝其长寿、富有及多男，故称"三祝"。

② 陈希夷：陈抟（？—989），字图南，号扶摇子，赐号"白云先生""希夷先生"，北宋著名的道家学者、养生家，尊奉黄老之学，世称"陈抟老祖"。

> [译文]

琢堂先去山东赴任，我与子琴、芝堂等人没有事情可做，就外出游玩。有一天，我们骑马到了华阴庙。经过华封里，就是尧帝接受三祝的地方。庙内秦槐汉柏很多，大多是三四抱；有槐树怀抱柏树生长的，有柏树怀抱槐树生长的。殿廷之内有很多古碑，内有陈抟老祖书写的"福""寿"二字。华山脚下有一座玉泉院，就是陈抟老祖成仙的地方。里面有个石洞，一间房子大小，石床上塑有陈抟老祖的卧像。这里水净沙明，草多为绛红色，泉流湍急，周围修竹环绕。石洞外面有一个方亭，匾额题字为"无忧亭"。旁边有三株古树，纹路如同裂炭，树叶像是槐树但颜色更深，不知道它的名字，只知当地人称为"无忧树"。华山之高，不知道有几千仞，可惜没有带上粮食攀登而上啊。归来途中，见道旁树林中柿子正黄，我骑在马上摘了一枚就吃。当地人喊叫阻止，我没有听他们的话，咀嚼之下，苦涩至极，急忙吐掉，下马寻找泉水漱了口，才能够说话。当地人见状，大笑不已。原来，柿子摘下后需要在水中煮沸一次，才能去掉苦涩，而我并不知道。十月初，琢堂从山东专门派人来接眷属。于是，大家出了潼关，经河南境内进入鲁地。

山东济南府城内，西有大明湖，其中有历下亭、水香亭诸胜。夏月柳阴浓处，菡萏①香来，载酒泛舟，极有幽趣。余冬日往视，但见衰柳寒烟，一水茫茫而已。趵突泉为济南七十二泉之冠，泉分三眼，从地底怒涌突起，势如腾沸。凡泉皆从上而下，此独从下而上，亦一奇也。池上有楼，供吕祖像，游者多于此品茶焉。明年二月，余就馆莱阳。至丁卯秋，琢堂降官翰林，余亦入都。所谓登州海市，竟无从一见。

注释

① 菡萏（hàndàn）：荷花。

译文

山东济南府城内，西边有大明湖，湖中有历下亭、水香亭等诸多名胜。夏季之时，柳荫浓处，莲花香气飘浮，载酒行船，极有幽雅闲趣。我冬季去看时，只见柳衰烟寒，湖水茫茫而已。趵突泉是济南七十二名泉之首。泉水分三眼，从地底怒涌突起，水势如沸腾之水。凡是泉水，都是从上到下，独有此泉从下而上，也是一大奇观吧。水池上有一幢楼，供奉着吕洞宾祖师像，游人多喜欢到这里品茶。第二年二月，我到了山东莱阳做幕僚。至丁卯年秋天，琢堂被贬官为翰林，我也跟着他进入京都。众人所说的登州海市，竟然无缘一见。

卷评

在本记里，沈复主要写的是游玩之乐，对妻子只是寥寥几笔带过，很少有正面描写。所以，这篇真如卷名所说，记述的是浪迹天下的游记。随着沈复的描写，我们来到岭南，历长江，到皖城，登黄鹤楼，游赤壁，过潼关，上华阴……当然，从沈复的生活点滴中，也能读出他有被生活所迫的描写。不过，也不难看出沈复的心态比较平和，大多是游玩之乐，几乎没有抱怨人生、感叹老天不公的描写。

卷五 中山纪（记）历

嘉庆四年，岁在己未，琉球国①中山王尚穆薨。世子尚哲先七年卒，世孙尚温表请袭封。中朝怀柔远藩，锡以恩命，临轩召对，特简儒臣。

于是，赵介山先生，名文楷，太湖人，官翰林院修撰，充正使。李和叔先生，名鼎元，绵州人，官内阁中书，副焉。介山驰书约余偕行，余以高堂垂老，惮于远游。继思游幕二十年，遍窥两戒，然而尚囿方隅之见，未观域外，更历瀛溟②之胜，庶广异闻。禀商吾父，允以随往。从客凡五人：王君文诰，秦君元钧，缪君颂，杨君华才，其一即余也。

五年五月朔日，随荡节以行，祥飙③送风，神鱼扶舳，计六昼夜，径达所届。

凡所目击，咸登掌录。志山水之丽崎，记物产之瑰怪，载官司之典章，嘉士女之风节。文不矜奇，事皆记实。自惭谫陋，甘贻测海之嗤；要堪传言，或胜凿空之说云尔。

五月朔日，恰逢夏至，祓被登舟。向来封中山王，去以夏至，乘西南风，归以冬至，乘东北风，风有信也。舟二，正使与副使共乘其一，舟身长七丈，首尾虚艄三丈，深一丈三尺，宽二丈二尺，较历来封舟，几小一半。前后各一桅，长六丈有奇，围三尺；中舱前一桅，长十丈有奇，围六尺，以番木为之。通计二十四舱，舱底贮石，载货十一万斤有奇。龙口置大炮一，左右各置大炮二，兵器贮舱内。大桅下，横大木为辘轳，移炮升篷皆仗之。辇以数十人，舱面为战台，尾楼为将台，立帜列藤牌，为使臣厅事。下即舵楼，舵前有小舱，实以沙布针盘。中舱梯而下，高可六尺，为使臣会食地。前舱贮火药贮米，后以居兵。稍后为水舱，凡四井。二号船称是。每船约二百六十余人，船小人多，无立锥处。风信已届，如欲易舟，恐延时日也。

初二日，午刻，移泊鳌门。申刻，庆云④见于西方，五色轮囷，适与楼船旗帜上下辉映，观者莫不叹为奇瑞。或如玄圭，或如白珂，或如灵芝，或如玉禾，或如绛绡，或如紫绨，或如文杏之叶，或如含桃之颗，或如秋原之草，或如春湘之波。向读屠长卿赋，今始知其形容之妙也。

画士施生，为《航海行乐图》，甚工。余见兹图，遂乃搁笔。香崖虽善画，亦不能办此。

> [!注释]
> ① 琉球国：现为日本冲绳县。原为中国属国，从明太祖到清朝末年，都接受中国册封。1879年，被日本吞并。
> ② 瀴溟（yīngmíng）：指水的悠远缥缈。
> ③ 祥飙（biāo）：和风，瑞风。
> ④ 庆云：祥云。

> [!译文]
> 嘉庆四年，琉球国的中山王尚穆去世。嫡长子尚哲七年前就死了，世孙尚温上表请求袭封王位。中央政府对远方的藩国实行怀柔政策，赐给诏命，皇帝在御前殿临轩召见，特意挑选儒臣作为册封使。
>
> 当时，赵介山先生，名文楷，太湖人，官翰林院修撰，担任正使。李和叔先生，名鼎元，绵州人，官内阁中书，担任副使。介山写信给我，邀请我一同前往。我因为双亲年迈，不敢离家远游。后来又考虑到自己游幕二十年，去过很多地方，然而见解过于短浅，还从未参观域外，饱览奇山异水的胜景，增广见闻。于是向父亲禀告，父亲允许我随同前往。跟随的客人一共有五人，即王文诰、秦元钧、缪颂、杨华才，另一个就是我。
>
> 嘉庆五年五月初一，随荡节出行，瑞风徐徐，神鱼护送，总计六个昼夜，直接抵达目的地。
>
> 凡是亲眼目睹的，我都记录下来。记录了绮丽的山水、奇异的物产，记录了官府的典章制度和当地百姓的风俗习惯。文字不追求新奇，事情都真实不虚。只是自觉见识浅陋，甘愿遭受以蠡测海的耻笑；倒是勉强可以流传下来，或许有一点类似开通道路的价值。
>
> 五月初一，当时正好是夏至，整理好行装，登船出发。过去，

中央政府册封中山王，册封使总是夏至前去，乘西南风，冬至回来，乘东北风，风有信，总是如期而来。此次共有两艘船，正使与副使共乘一艘。每艘船长七丈，首尾虚艄三丈，深一丈三尺，宽二丈二尺，比历来的封舟几乎小了一半。船的前后各有一个桅杆，长六丈多，围三尺；中舱前有一个桅杆，长十丈多，围六尺，是用番木制作的。总计有二十四个舱，舱底存储各类奇石，装载的货物超过十一万斤。龙口设置一门大炮，左右各设置两门大炮，兵器存储在舱内。大的桅杆下，横放着大木作为辘轳，移动大炮、提升篷帆都要靠它。用几十人来拉动，舱面作为战台，尾楼作为将台，树立旗帜，罗列藤牌，算是使臣视事问案的厅堂。下面就是舵楼，舵楼前有一个小舱，里面布置着地图和罗盘。中舱乘梯而下，高大约六尺，是使臣就餐的地方。前舱贮存火药与大米，后舱贮存兵器。再往后就是水舱，共有四个井。另一艘船也是这样。每艘船有两百六十多人，船小人多，几乎没有立足的地方。信风已如期而至，如想换乘大船，恐怕会耽误时日。

五月初二正午，船行至鳌门停泊。申时，西方呈现祥云，五颜六色，如轮盘曲，硕大无比，正好与楼船的旗帜上下辉映，观看的人无不叹为观止，认为是难得的奇瑞。有的像黑色的玉器，有的像白色的玉石，有的像灵芝，有的像玉禾，有的像生丝织成的薄纱，有的像紫色的丝线，有的像文杏叶，有的像樱桃核，有的像秋原之草，有的像春江之波。过去读屠长卿赋，直到今天才真正体会到其形容的绝妙啊。

有一个姓施的画家，绘制了《航海行乐图》，十分精细。我看见这幅图，就放下了笔。即使是擅长画画的香崖，也不能达到这个地步。

初四日，亥刻起碇，乘潮至罗星塔①。海阔天空，一望无际。余妇芸娘，昔游太湖，谓得见天地之宽，不虚此生，使观于海，其愉快又当何如？

初九日卯刻，见彭家山，列三峰，东高而西下。申刻，见钓鱼台，三峰离立，如笔架，皆石骨。惟时水天一色，舟平而驶，有白鸟无数，绕船而送，不知所自来。

入夜，星影横斜，月光破碎，海面尽作火焰，浮沉出没，木华②《海赋》所谓"阴火潜然"者也。

初十日，辰正，见赤尾屿③。屿方而赤，东西凸而中凹，一凹中又有小峰二。船从山北过，有大鱼二，夹舟行，不见首尾，脊黑而微绿，如十围枯木，附于舟侧。舟人以为风暴将起，鱼先来护。午刻，大雷雨以震，风转东北，舵无主，舟转侧甚危。幸而大鱼附舟，尚未去。忽闻霹雳一声，风雨顿止。申刻，风转西南且大，合舟之人，举手加额，咸以为有神助。得二诗以志之。诗云："平生浪迹遍齐州，又附星槎作远游。鱼解扶危风转顺，海云红处是琉球。""白浪滔滔撼大荒，海天东望正茫茫。此行足壮书生胆，手挟风雷意激昂。"自谓颇能写出尔时光景。

十一日午刻，见姑米山④，山共八岭，岭各一二峰，或断或续。未刻，大风暴雨如注，然雨虽暴而风顺。酉刻，舟已近山。琉球人以姑米多礁，黑夜不敢进，待明而行，亦不下碇，但将篷收回，顺风而立，则舟荡漾而不能退。戌刻，舟中举号火，姑米山有火应之。询之为球人暗令，日则放炮，夜则举火，《仪》注所谓得信者，此也。

十二日辰刻，过马齿山⑤。山如犬羊相错，四峰离立，若马行空。计又行七更，船再用甲寅针，取那霸港，回望见迎封船在后，共相庆幸。历来针路所见，尚有小琉球、鸡笼山、黄麻屿，此行俱未见。闻知琉球伙长，年已六十，往来海面八次，每度细审，得其准的，以为不出辰卯二位，而乙卯位单，乙针尤多，故此次最为简捷，而所见亦仅三山，即至姑米。针则开洋用单辰，行七更后，用乙辰，自后尽用乙。过姑米，乃用乙卯，惟记更以香，殊难凭准。念五虎门至官塘，里有定数，因就时辰表按时计里，每时约行百有十里。自初八日未时开洋，讫十二日辰时，计共五十八时。初十日，暴风停两时，十一日夜畏触礁停三时，实行五十三时，计程应得五千八百三十里，计到那霸港，实洋面六千里有奇。据琉球伙长云：海上行舟，风小固不能驶，风过大亦不能驶。风大则浪大，浪大力能壅船，进尺仍退二寸。惟风七分，浪五分，最宜驾驶，此次是也。从来渡海，未有平稳而驶如此者。于时，球人驾独木船数十，以纤挽舟而行，迎封三接如仪。辰刻，进那霸港。先是，二号船于初十日望不见，至是乃先至，迎封船亦随后至，齐泊临海寺前。伙长云：从未有三舟齐到者。

注释

①罗星塔：闽江下游三水合汇处的福州马尾港，有罗星山，旧时位在江心，后因建造马尾港区而与陆地连为一体。山顶屹立一塔，即罗星塔。

②木华：字玄虚，西晋辞赋家，今存《海赋》，描写大海气势浩瀚，景色壮丽，多神怪精灵，在西晋辞赋中负有盛名。

③赤尾屿：我国最东面的岛屿，是过去册封使前往琉球的必经之地。

④姑米山：当时，属于琉球国一个岛上的山名。也作岛名，现为日本冲绳县久米岛。

⑤马齿山：位于日本冲绳县庆良间诸岛。

译文

五月初四亥时，拔锚起航，顺着潮水行船到罗星塔。海阔天空，一望无际。我的妻子芸娘，当初游览太湖，说是见识到了天地的广远，简直不虚此生。假如她能与我一起观赏此时的海景，那种愉悦的心情又会是怎样的呢？

五月初九卯时，见到了彭家山，三峰罗列，东边高而西边低。申时，见到了钓鱼台，三峰似乎离地而立，恰似笔架，都是坚硬的岩石。此时水天一色，船平稳地行驶，有数不清的白鸟绕船而送，不知道究竟是从哪里飞来的。

到了晚上，星影横斜，月光破碎，海面出现各种火焰，或浮或沉，或隐或现。这大概就是木华的《海赋》中所说的"阴火潜然"。

五月初十辰时，见到了赤尾屿。赤尾屿呈现方形、赤色，东西凸出而中间凹进，一个凹中又有两座小峰。船从山北经过，有两条大鱼在船两边游行,看不见首尾,脊背黑色又有点绿,就像一米多粗的枯木,附在船的两侧。船家认为,这是因为风暴即将来临,大鱼先来护送。午时,雷雨交加,风转向东北,船舵失去控制,多次倾侧,十分危险。幸好有大鱼跟随,还没有离开。忽然听到一声霹雳,风雨立刻止住了。申时,风转向西南,并且风力加大。全船的人都拱手与额相齐,都认为得到了神助。我写了两首诗来记述这件事。这两首诗是:"平生浪迹遍齐州,又附星槎作远游。鱼解扶危风转顺,海云红处是琉球。""白浪滔滔撼大荒,海天东望正茫茫。此行足壮书生胆,手挟风雷意激昂。"我自认为比较贴切地写出了当时的光景。

五月十一日午时,见到了姑米山。姑米山共有八个岭,每个岭各有一两个峰,或断或续。未时,刮起大风,暴雨如注。不过,雨虽然很大,风却很顺。酉时,船已接近姑米山。琉球人因为姑米山多礁,黑夜不敢前进,总是等待天亮再行,也不下碇,只是将篷帆收回,顺风而立,船就随波荡漾而不能退。戌时,船中举起号火,姑米山有火回应。询问得知,这是琉球人的暗号,白天放炮,晚上举火。仪节中所说的得信,就是这件事了。

五月十二日辰时,经过马齿山。马齿山好比犬牙相错,四峰离地而立,恰似天马行空。推算又行驶了七更,再采用甲寅针,达到那霸港。回头望见迎封船在后面,都相互庆贺。这条路历来还会经过小琉球、鸡笼山、黄麻屿,但我们这次出行都没有见到。听说琉球伙长年已六十,先后来往海面八次,每次仔细考察,得到确切的结果,认为不会超出辰卯两位,而乙卯位单,乙针尤其多,所以这次最为简捷,而所见到的也只有三座山,就到达姑米山。针则是开洋时用单辰,行驶七更后用乙辰,在此之后都用乙,过姑米山才用乙卯。只不过是用香来记更,很难做到精准。考虑到五虎门到官塘,里程是有定数的,于是根据时辰表按时计算里程,每个时辰大约行驶一百一十里。从初八日未时开洋到十二日辰时,共计五十八个时辰。初十日遇到暴风停了两个时辰,十一日夜因担心触礁停了三个时辰,实际行驶五十三个时辰,总计里程应是五千八百三十里，再估算到那霸港，实际在洋面行驶有六千多里。据琉球伙长介绍，在大海上行船，风小时固然不能行驶，风过大也不能行驶。风大则浪大，浪大就会阻塞船行，往往进一尺还要退两寸。只有在风七分、浪五分时最适合行驶，这一次就是这样。过去渡海，从未像这次这么平稳行驶。这时，琉球人驾驶着几十艘独木船，用纤绳挽舟而行，按照礼仪迎接册封使。辰时，抵达那霸港。最初，二号船在初十日消失不见，到这时反而先到，迎封船也随后抵达，一起停泊在临海寺前。伙长说，过去还从未有三艘船一起到的情形。

午刻，登岸。倾国人士，聚观于路，世孙率百官迎诏如仪。世孙年十七，白皙而丰颐，仪度雍容，善书，颇得松雪①笔意。按《中山世鉴》②：隋使羽骑尉朱宽至国，于万涛间见地形如虬龙浮水，始曰"流虬"，而《隋书》又作"流求"，《新唐书》作"流鬼"，《元史》又作"璃求"，明复作"琉球"。《世鉴》又载，元延祐元年，国分为三大里，凡十八国，或称山南王，或称山北王。余于中山、南山，游历几遍。大村不及二里，而即谓之国，得勿夸大乎？

琉人每言大风，必曰"台飓"。按韩昌黎诗："雷霆逼飓飔。"是与飓同称者为飔。《玉篇》："飔，大风也，于笔切。"《唐书·百官志》："有飔海道。"或系球人误书。《隋书》称琉球有虎狼熊黑，今实无之。又云无牛羊驴马，驴诚无，而六畜无不备，乃知书不可尽信也。

天使馆西向，仿中华廨署，有旗竿二，上悬册封黄旗。有照墙，有东西辕门，左右有鼓亭，有班房。大门署曰"天使馆"，门内廊房各四楹。仪门署曰"天泽门"，万历中使臣夏子阳题，年久失去，前使徐葆光补出。门内左右各十一间，中有甬道，道西榕树一株，大可十围，徐公手植。最西者为厨房，大堂五楹，署曰"敷命堂"，前使汪楫题。稍北，葆光额曰"皇纶三锡"。堂后有穿堂直达二堂，堂五楹，中为正副使会食之地，前使周公署曰"声教东渐"。左右即寝室。堂后南北各一楼，南楼为正使所居，汪楫额曰"长风阁",北楼为副使所居,前使林麟焻额曰"停云楼",额北有诗碑,乃海山先生所题也。周砺礁石为垣,望同百雉。垣上悉植火凤,干方,无花有刺,似霸王鞭,叶似慎火草,俗谓能避火,名"吉姑罗"。南院有水井。楼皆上覆瓪,下砌方砖。院中平似沙,桌椅床帐,悉仿中国式。寄尘得诗四首,有句云:"相看楼阁云中出,即是蓬莱岛上居。"又有句云:"一舟剪径凭风信,五日飞帆驻月楂。"皆真情真境也。

孔子庙在久米村,堂三楹,中为神座,如王者垂旒③搢圭,而署其主曰"至圣先师孔子神位"。左右两龛,龛二人立侍,各手一经,标曰《易》《书》《诗》《春秋》,即所谓四配也。堂外为台,台东西拾级以登,栅如棂星门。中仿戟门,半树塞以止行者。其外临水为屏墙。堂之东为明伦堂,堂北祀启圣。久米士之秀者,皆肄业其中,择文理精通者为之师,岁有廪给,丁祭一如中国仪。敬题一诗云:"洋溢声名四海驰,岛邦也解拜先师。庙堂肃穆垂旒贵,圣教如今洽九夷。"用伸仰止之忱。

国中诸寺,以圆觉为大。渡观莲塘桥,亭供辨才天女,云即斗姥④。将入门,有池曰"圆鉴",荇藻交横,芰荷半倒。门高敞,有楼翼然。左右金刚四,规格略仿中国。佛殿七楹。更进,大殿亦七楹,名龙渊殿。中为佛堂,左右奉木主,亦祀先王神位,兼祀祧主⑤。左序为方丈,右序为客座,皆设席,周缘以布,下衬极平而净,名曰"踏脚绵"。方丈前,为蓬莱庭。左为香积厨,侧有井,名"不冷泉"。客座右为古松岭,异石错舛,列于松间。左厢为僧寮,右厢为狮子窟。僧寮南有乐楼,楼南为园,饶花木,此乃圆觉寺之胜概也。

又有护国寺,为国王祷雨之所。龛内有神,黑而裸,手剑立,状甚狰狞。有钟,为前明景泰七年铸。寺后多凤尾蕉,一名铁树。又有天王寺,有钟,亦为景泰七年铸。又有定海寺,有钟,为前明天顺三年铸。至于龙渡寺、善兴寺、和光寺,荒废无可述者。

注释

① 松雪:赵孟頫(1254—1322),元代书画家,号"松雪道人"。

②《中山世鉴》：琉球国史，琉球国执政官向象贤所著。

③旒（liú）：古代帝王冠冕前后下垂的玉串。

④斗姥：汉族民间信奉的道教神仙之一。又称斗姆、斗母，即北斗众星之母。

⑤祧（tiāo）主：远祖庙的神主。

译文

午时登岸，该国所有百姓都在路边围观，世孙率领百官，按照礼仪迎接册封使。世孙年仅十七，皮肤白皙，下巴丰满，仪度雍容，擅长书法，颇有几分松雪道人的神韵。按照《中山世鉴》的记载，隋使羽骑尉朱宽来到这里，在千万波涛之中，看见当地地形恰似虬龙浮水，才称为"流虬"。而《隋书》又写作"流求"，《新唐书》写作"流鬼"，《元史》又写作"瑠求"，明又写作"琉球"。《中山世鉴》又记载，元延祐元年，该国分为三大里，一共十八国，有的称山南王，有的称山北王。我在中山南山游历了几遍，大村不到两里，居然称之为国，估计是夸大其词了吧？

琉球人每当说到大风，一定称为"台飓"。韩昌黎有一句诗："雷霆逼飓飓。"这说明与飓同称的为飓。《玉篇》："飓，大风也，于笔切。"《唐书·百官志》："有飓海道。"这可能是琉球人弄错了。《隋书》称琉球有虎狼熊罴，但现在实际上并没有。又说无牛羊驴马，驴确实没有，但六畜都有，这说明书本上记载的东西也不能全信。

天使馆面朝西方，仿效中华的官署，有两个旗杆，上面悬挂着册封的黄旗。有照墙，有东西辕门，左右有鼓亭，有班房。大门上写着"天使馆"，门内的廊房各有四楹。仪门上写着"天泽门"，是万历年间使臣夏子阳题的，年久消失，又由前使臣徐葆光补写。门内左右各有十一间，中间有一条甬道，甬道的西边栽了一株榕树，有一米多粗，是徐公当年亲手种植的。最西边是厨房，大堂有五楹，上面写着"敷命堂"，是前使臣汪楫题的。稍北面的葆光题写"皇纶三锡"。堂后有穿堂直接抵达两堂，堂有五楹，中间是副使就餐的地方，前使臣周公题写"声教东渐"。左右边就是卧室。堂后南北各有一楼，南楼是正使的居室，汪楫题写"长风阁"。北楼是副使的居室,前使臣林麟焻题写"停云楼"。额北有一块诗碑,是海山先生题写的。周围用礁石作为城墙,城墙的长度达三百丈。墙上都种植了火凤,枝干是方形的,无花有刺,就像霸王鞭,叶子像慎火草,民间传说能避火,名为吉姑罗。南院有一口水井。楼上都盖着瓦片,下面砌着方砖。院中平坦如沙地,桌椅床帐都效仿中国的样式。寄尘写了四首诗,其中有两句是:"相看楼阁云中出,即是蓬莱岛上居。"还有两句是:"一舟剪径凭风信,五日飞帆驻月楂。"这些都是真情流露、真境再现啊。

孔子庙坐落在久米村,庙堂有三间屋,中间是神座,就像帝王冠冕前后下垂的玉串,而牌位上题写着"至圣先师孔子神位"。左右有两龛,每龛有两人站在旁边,各自手执一经,标明《易》《书》《诗》《春秋》,就是所说的"四配"。堂外是大台,大台的东西两边可拾级而上,栅犹如棂星门。中间仿效戟门,其中一半栽种树木来阻止闲人前行。在它的外面靠近水的地方,是屏风一样的围墙。堂的东边是明伦堂,堂的北边祭祀着启圣。当地优秀的士人都在这里勤于所业,选择精通文理的人为老师,每年都有俸禄。每年阴历二月、八月第一个丁日祭祀孔子,与中国的礼仪完全相同。我于是敬题一诗:"洋溢声名四海驰,岛邦也解拜先师。庙堂肃穆垂旒贵,圣教如今洽九夷。"这体现了我的恳切、真实的心意。

国中的各种寺庙,以圆觉为最大。渡海去看莲塘桥,亭里供奉着辩才天女,据说她就是北斗众星之母。快要进门时,有一个叫圆鉴的池子,荇藻交横,菱叶与荷叶有一半倒伏。大门高而宽,有一座翼翅般的楼。左右有四个金刚,规格基本上是仿效中国的。佛殿有七楹。再往里走,大殿也是七楹,名叫龙渊殿。中间为佛堂,左右供奉着木主,也祭祀先王的神位,并祭祀远祖庙的神主。左边是方丈,右边是客座,都设有席位,四周用布包裹,下面的垫子非常平整干净,名叫踏脚绵。方丈的前面是蓬莱庭。左边是香积厨,旁边有一口井,名叫不冷泉。客座的右面是古松岭,各种奇异的石头交错摆布,罗列在松树间。左厢是僧舍,右厢是狮子窟。僧舍的南面有一座乐楼,乐楼的南面有一个花园,种满了花木。这就是圆觉寺的大致的胜景。

又有一座护国寺，是国王祈神降雨的地方。龛内有一尊神，黑色而裸体，手执剑而立，形象极为狰狞。有一座钟，是前明景泰七年铸造的。护国寺后有很多凤尾蕉，一称铁树。又有天王寺，有一座钟，也是景泰七年铸造的。又有定海寺，有一座钟，是前明天顺三年铸造的。至于龙渡寺、善兴寺、和光寺，早已荒废，没什么值得记述的。

此邦海味，颇多特产，为中国之所罕见。一石鮔，似墨鱼而大，腹圆如蜘蛛，双须八手，攒生两肩，有刺类海参，无足无鳞介如鲍鱼。登莱有所谓八带鱼者，以形考之，殆是石鮔，或即乌鲗之别种欤？一海蛇，长三尺，僵直如朽索，色黑，状狰狞，土人云能杀虫、疗癎、已疠，殆永州异蛇类，土俗甚重之，以为贵品。一海胆，如蝟，剥皮去肉，捣成泥，盛以小瓶，可供馔。一寄生螺，大小不一，长圆各异，皆负壳而行。螺中有蟹，两螯八跪，跪四大四小，以大跪行，螯一大一小，小者常隐，大者以取食，触之则大跪尽缩，以一大螯拒户，蟹也而有螺性。《海赋》所云"璅蛣腹蟹"，岂其类欤？《太平广记》谓"蟹入螺中"，似先有蟹。然取置碗中以观其求脱之势，力猛壳脱，顷刻死，则又与壳相依为命。造物不测，难以臆度也。一沙蟹，阔而薄，两螯大于身，甲小而缺其前，缩两螯以补之，若无缝，八跪特短，脐无甲，尖团莫辨，见人则凹双睛，噀水高寸许，似善怒。养以沙水，经十余日，不食亦不死。一蚶，径二尺以上，围五尺许，古人所谓"屋瓦子"，以壳形凹凸，像屋瓦也。一海马肉，薄片回屈如刨花，色如片茯苓，品之最贵者不易得，得则先以献王。其状鱼身马首，无毛而有足，皮如江豚。此皆海味之特产也。

此邦果实，亦有与中国不同者。蕉实状如手指，色黄，味甘，瓣如柚，亦名甘露。初熟色青，以糖覆之则黄，其花红，一穗数尺，瓣须五六出，岁实为常，实如其须之数。中国亦有蕉，不闻岁结实，亦无有抽其丝作布者，或其性殊欤？

布之原料，与制布之法，亦有与中国异者。一曰蕉布，米色，宽一尺，乃芭蕉沤抽其丝织成，轻密如罗。一曰苎布，白而细，宽尺二寸，可敌棉布。一曰丝布，白而棉软，苎经而丝纬，品之最尚者。《汉书》所谓蕉、筒、荃、葛，即此类也。一曰麻布，米色而粗，品最下矣。国人善印花，花样不一，皆剪纸为范，加范于布，涂灰焉，灰干去范，乃着色，干而浣之，灰去而花出，愈浣而愈鲜，衣敝而色不退。此必别有制法，秘不语人，故东洋花布，特重于闽也。

此邦草木，多与中国异称，惜未携《群芳谱》来，一一辨证之耳。"罗汉松"谓之樫木，"冬青"谓之福木，"万寿菊"谓之禅菊。"铁树"谓之凤尾蕉，以叶对出形似也；亦谓之海棕榈，以叶盖头形似也。有携至中华以为盆玩者，则谓之万年棕云。凤梨开花者谓之男木，白瓣若莲，颇香烈，不实；无花者谓之女木，而实大，如瓜可食。或云，即波罗蜜别种，球人又谓之阿旦呢。月橘，谓之十里香，叶如枣，小白花，甚芳烈，实如天竹子，稍大。闻二月中红，累累满树，若火齐然，惜余未及见也。

球阳地气多暖，时届深秋，花草不杀，蚊雷不收，荻花盛开。野牡丹二三月花，至八月复复，花累累如铃铎，素瓣，紫晕，檀心，圆而大，颇芳烈。佛桑四季皆花，有白色，有深红、粉红二色。因得一诗，诗云："偶随使节泛仙槎，日日春游玩物华。天气常如二三月，山林不断四时花。"亦真情真景也。球人嗜兰，谓之孔子花，陈宅尤多异产。有风兰，叶较兰稍长，篾竹为盆，挂风前，即蕃衍。有名护兰，叶类桂而厚，稍长如指，花一箭八九出，以四月开，香胜于兰，出名护岳岩石间，不假水土，或寄树桠，或裹以棕而悬之，无不茂。有粟兰，一名芷兰，叶如凤尾花，作珍珠状。有棒兰，绿色，茎如珊瑚，无叶，花出桠间，如兰而小，亦寄树活。又有西表松兰、竹兰之目，或致自外岛，或取之岩间，香皆不减兰也。因得一诗，诗云："移根绝岛最堪夸，道是森森阙里花。不比寻常凡草木，春风一到即繁华。"题诗既毕，并为写生，愧无黄筌[①]之妙笔耳。

沿海多浮石，嵌空玲珑，水击之，声作钟磬，此与中国彭蠡之口石钟山相似。

闲居无可消遣，与施生弈，用琉球棋子。白者磨螺之封口石为之，内地小螺拒户有圆壳，海蝼大者，其拒户之壳，厚五六分，径二寸许，圆白如砗磲②，土人名曰"封口石"。黑者磨苍石为之，子径六分许，围二寸许，中凸而四周削，无正背面，不类云南子式。棋盘以木为之，厚八寸，四足，足高四寸，面刻棋路。其俗好弈，举棋无不定之说，颇亦有国手，局终数空眼多少，不数实子，数正同。相传国中供奉棋神，画女相如仙子，不令人见，乃国中雅尚③也。

注释

① 黄筌（quán）：五代时的西蜀国画家，字要叔，成都人，擅山水人物画，尤工花鸟草虫。

② 砗磲（chēqú）：蛤的一种，软体海洋生物，生活在珊瑚礁上，壳呈三角形，肉可食。

③ 雅尚：极崇尚。

译文

这里的海味，有很多属于特产，是中国罕见的。有一种石鲋，类似墨鱼，但个头更大，腹部很圆，犹如蜘蛛，有双须八手，在两肩丛生，有类似海参那样的刺，贝壳像鲍鱼那样，没有足、没有鳞。登莱有一种八带鱼，按照形状考察，大概就是石鲋，或许就是乌贼的别种？有一种海蛇，长三尺，僵直犹如腐朽的绳子，黑色，形象狰狞，当地人说能驱虫、治疗痼疾、去除皮肤病，大概类似于永州的异蛇。当地人非常珍视它，把它视为贵品。有一种海胆，形似刺猬，剥皮去肉，捣碎成泥，盛在小瓶里，可陈设祭祀食品。有一种寄生螺，大小不一，长圆各异，都是背着壳行走。寄生螺中有螃蟹，有两只蟹钳八条腿，腿四大四小，用大的行走；蟹钳一大一小，小的经常隐藏，大的用来取食。触碰一下，大的腿就收缩起来，用一个大蟹钳来抵抗。虽然是螃蟹，却也有螺性。《海赋》所说的"璅蛣腹蟹"，难道就是指这种东西吗？《太平广记》说螃蟹进入螺中，似乎是先有螃蟹。然而，将它放在碗中，观察它的求脱的过程，结果用力过猛，与壳脱离，顷刻就死去了，这说明它还是与壳相依为命的。造物主幽深难测，不能轻易揣测。有一种沙蟹，又宽又薄，两只蟹钳比身子还大，蟹甲短小而缺失前面的部分，就缩回两只蟹钳来弥补，似乎一点缝隙都没有。八条腿特别短，脐部没有蟹甲，雌雄也难以分辨。看见人就凹进双眼，口中喷水，高一寸左右，看起来很容易动怒。用沙水养它，经过十几天，不吃东西也不死。有一种蚶，直径在两尺以上，有五尺左右粗，就是古人所说的"屋瓦子"。因为它的壳凹凸不平，就像瓦屋。有一种海马肉，细如薄片，卷曲犹如刨花，颜色像片茯苓。其中最珍贵的品种很不容易得到，一旦得到就要首先献给国王。它的形状是鱼身马头，没有毛但有脚，皮肤犹如江豚。这些都是海味中的特产。

这里的果实，也有与中国不同的地方。蕉的果实形似手指，黄色，甜味，一瓣一瓣的像柚子，又名甘露。刚熟的时候是青色，用糖覆盖就会变黄。它的花是红色的，一穗有几尺，瓤须有五六根，每年的果实是个定数，果实的数量与它的瓤须相同。中国也有蕉，没听说每年结果实，也没有人抽取它的丝来做布，大概是它的本性比较特殊吧？

布的原料与制布的方法，也有与中国不同的地方。有一种蕉布，米色，宽一尺，是将芭蕉长时间地浸泡，抽取它的丝织成的，轻盈细密如罗。有一种苎布，白而细，宽一尺二寸，可当棉布用。有一种丝布，洁白而且柔软，以苎为经、以丝为纬，属于该品中的绝品。《汉书》所说的蕉筒筎葛，就是这类东西。有一种麻布，米色，比较粗糙，属于最次品。该国人擅长印花，花样很多，都是先剪纸作为模子，将模子贴在布上，再涂上灰。灰干之后，去除模子，再着上颜色，干了之后再清洗。灰去除而花呈现，越洗越鲜艳，即使衣服穿久了，也不会褪色。这里面肯定有秘不外传的特殊的制作方法，所以东洋的花布在福建一带备受青睐。

这里的草木，大多与中国称呼不同。可惜我没有带《群芳谱》

来,不能一一甄别。"罗汉松"被称为樫木,"冬青"被称为福木,"万寿菊"被称为禅菊。"铁树"被称为凤尾蕉,是因为叶子成对长出形似凤尾而得名;也被称为海棕桐,是因为叶子盖头形似棕桐而得名。有人将它带到中国作为盆玩,就称它为万年棕。开花的凤梨被称为男木,白瓣如莲,香气浓郁,不结果;无花的凤梨被称为女木,果实很大,像瓜一样可吃。有的说这就是波罗蜜的别种,琉球人又称之为阿旦呢。月橘被称为十里香,叶子如枣,小白花,香味浓烈,果实犹如天竹子,但还要大一些。听说二月中就颜色变红,长得满树都是,恰如一片火海,只可惜我没能见到。

　　琉球气候温暖,当时已是深秋,但花草没有凋零,蚊虫的嗡嗡声没有停歇,荻花盛开。野牡丹在二三月开花,到八月就如铃铎般随处可见。白色的瓣,紫色的晕轮,浅红色的花蕊,又圆又大,香味浓烈。佛桑四季都能开花,有白色,也有深红、粉红色。我于是写了一首诗,是这样的:"偶随使节泛仙槎,日日春游玩物华。天气常如二三月,山林不断四时花。"这也是真情实景。琉球人酷爱兰,称之为孔子花,那些老宅尤其有很多异品。有一种风兰,叶子比兰稍长,用篾竹做盆,挂风前,就能生长。有一种护兰,叶子类似桂树叶而更厚些,生长时形状如手指,一根花茎能开出八九朵花,四月开花,香气胜过兰,在护岳岩石间出名,不依靠水土,或寄居树桠间,或用棕桐包裹而悬挂,长得都很茂盛。有一种粟兰,又叫做芷兰,叶子犹如凤尾花,像珍珠的形状。有一种棒兰,绿色,茎如珊瑚,没有叶子,花在桠间长出,像兰而更小些,也可寄居在树上存活。还有西表松兰、竹兰等品种,有的来自外岛,有的取自岩间,香味都不在兰之下。我于是写了一首诗,诗云:"移根绝岛最堪夸,道是森森阙里花。不比寻常凡草木,春风一到即繁华。"题诗之后,我又配了画,只是惭愧没有黄筌那样的妙笔啊。

　　沿海有很多浮石,虚实兼备,玲珑别透。海水冲击浮石,发出钟磬般的声响,与中国彭蠡湖入口处的石钟山相似。

　　闲居期间,没有什么可消遣的,就与姓施的下围棋,使用琉球的棋子。白子是用螺的封口石磨制的，内地小螺的拒户有圆壳，大的海螺的拒户的壳厚五六分，直径二寸左右，圆白如砗磲，当地人称为封口石。黑子使用苍石磨制的。棋子直径六分左右，二寸左右粗，中间凹而四周削，没有正背面，不像云南的棋子。棋盘是木制的，厚八寸，有四个脚，脚高四寸，上面刻有棋路。当地人喜欢下围棋，举棋并没有不定的说法，也有不少国手。局终数空眼多少决定胜负，不数实子，计算的结果正好相同。相传国中供奉棋神，画女相犹如仙子，不让外人看见，这是国中的雅尚。

六月初八日辰刻，正副使恭奉谕祭文及祭银焚帛，安放龙彩亭内，出天使馆东行，过久米村、泊村至安里桥，即真玉桥，世孙跪接如仪，即导引入庙。礼毕，引观先王庙。正庙七楹，正中向外，通为一龛，安奉诸王神位。左昭自舜马至尚穆，共十六位，右穆自义本至尚敬，共十五位。是日，球人观者，弥山匝地，男子跪于道左，女子聚立远观。亦有施帷挂竹帘者，土人云系贵官眷属。女皆黥首，指节为饰，甚者全黑，少者间作梅花斑。国俗不穿耳，不施脂粉，无珠翠首饰。人家门户，多树"石敢当"碣①，墙头多植吉姑罗，或楪树，剪剔极齐整。

国人呼中国为唐山，呼华人为唐人。

球地皆土沙，雨过即可行，无泥泞。奥山有却金亭，前明册使陈给事侃，归时却金，故国人造亭以表之。

辨岳，在王宫东南二里许，过圆觉寺，从山脊行，水分左右，堪舆家谓之过峡，中山来脉也。山大小五峰，最高者谓之辨岳，灌木密覆，前有石柱二，中置栅二，外板阁二。少左，有小石塔，左右列石案五。折而东，数十级至顶，有石垆二，西祭山，东祭海。岳之神，曰祝，祝谓是天孙氏第二女云。国王受封，必斋戒亲祭。正、五、九月，祭山海及护国神，皆在辨岳也。

波上、雪崎及龟山，余已游遍，而要以鹤头为最胜。随正副使往游，陟其巅，避日而坐，草色粘天，松阴匝地，东望辨岳，秀出天半，王宫历历如画。其南，则近水如湖，远山如岸，丰见城巍然突出，山南王之旧迹犹有存者。西望马齿、姑米，出没隐见，若近若远，封舟之来路也。北俯那霸、久米，人烟辐辏②，举凡山川灵异，草木阴翳，鱼鸟沉浮，云烟变灭，莫不争奇献巧，毕集目前。乃知前日之游，殊为卤莽。梁大夫小具盘樽，席地而饮，余亦趣仆以酒肴至。未申之交，凉风乍生，微雨将洒，乃移樽登舟。时海潮正涨，沙岸弥漫，遂由奥山南麓折而东北。山石嵌空欲落，海燕如鸥，渔舟似织。俄而返照入山，冰轮出水，文鳐无数，飞射潮头。与介山举觞弄月，击楫而歌。樽不空，客皆醉。越渡里村，漏已三下。却金亭前，列炬如昼，迎者倦矣。乃相与步月而归，为中山第一游焉。

泉崎桥桥下，为漫湖浒。每当晴夜，双门拱月，万象澄清，如玻璃世界，为中山八景之一。旺泉味甘，亦为中山八景之一。王城有亭，依城望远，因小憩亭中，品瑞泉，纵观中山八景。八景者，泉崎夜月、临海潮声、久米竹篱、龙洞松涛、笋崖夕照、长虹秋霁、城岳灵泉、中岛蕉园也。亭下多棕榈紫竹，竹丛生，高三尺余，叶如棕，狭而长，即所谓观音竹也。亭南有蚶壳，长八尺许，贮水以供盥，知大蚶不易得也。

国人浣漱不用汤，家竖石桩，置石盂或蚶壳其上，贮水。旁置一柄筒，晓起，以筒盛水浇而盥漱之，客至亦然。

地多草，细软如毯，有事则取新沙覆之。国人取玳瑁之甲以为长簪，传到中国，率由闽粤商贩。球人不知贵，以为贱品。昆山之旁，以玉抵鹊，地使然也。

丰见山顶，有山南王第故城。徐葆光诗有"颓垣宫阙无全瓦，荒草牛羊似破村"之句。王之子孙，今为那姓，犹聚居于此。

辻山，国人读为"失山"。琉球字皆对音，十、失无别，疑迭之误也。副使辑《球雅》，谓一字作二三字读，二三字作一字读者，皆义而非音，即所谓寄语，国人尽知之。音则合百余字或十余字为一音，与中国音迥异。国中惟读书通文理者，乃知对音，庶民皆不知也。久米官之子弟，能言，教以汉语；能书，教以汉文。十岁称"若秀才"，王给米一石。十五薙发③，先谒孔圣，次谒国王，王籍其名，谓之"秀才"，给米三石。长则选为通事，为国中文物声名最，即明三十六姓后裔也。那霸人以商为业，多富室。明洪武初，赐闽人三十六姓善操舟者往来朝贡，国中久米村，梁、蔡、毛、郑、陈、曾、阮、金等姓，乃三十六姓之裔，至今国人重之。

与寄公谈玄理，颇有入悟处，遂与唱和成诗。法司蔡温、紫金大夫程顺则、蔡文溥，三人集诗，有作者气。顺则别著《航海指南》，言渡海事甚悉。蔡温尤肆力于古文，有《蓑翁语录》《至言》等目，语根经学，有道学气，出入二氏之学，盖学朱子而未纯者。

琉球山多瘠硗，独宜薯。父老相传，受封之岁，必有丰年。今岁五月稍旱，幸自后雨不愆期，卒获大丰，薯可四收，海邦臣民，倍觉欢欣。佥④曰："非受封岁，无此丰年也。"

六月初旬，稻已尽收。球阳地气温暖，稻常早熟，种以十一月，收以五六月。薯则四时皆种，三熟为丰，四熟则为大丰。稻田少，薯田多，国人以薯为命，米则王宫始得食。亦有麦豆，所产不多。五月二十日，国中祭稻神。此祭未行，稻虽登场，不敢入家也。

七月初旬始见燕，不巢人屋。中国燕以八月归，此燕疑未入中国者，其来以七月，巢必有地。别有所谓海燕，较紫燕稍大，而白其羽，有全白似鸥者，多巢岛中，间有至中国，人皆以为瑞。应潮鸡，雄纯黑，雌纯白，皆短足长尾，驯不避人。香厓购一小犬，而毛豹斑，性灵警，与饭不食，与薯乃食，知人皆食薯矣。鼠雀最多，而鼠尤虐。亦有猫，不知捕鼠，邦人以为玩。乃知物性亦随地而变。鹰、雁、鹅、鸭特少。

> 注释

① "石敢当"碣（jié）：旧时汉族宅院外或街衢巷口建筑的圆顶的石碑。碣，指圆顶石碑。

② 辐辏（còu）：常见于车轮。形容人或物聚集到一块。

③ 薙（tì）发：剃发。薙，同"剃"。

④ 佥（qiān）：全，都。

> 译文

六月初八辰时，正副使恭奉天子所赐的祭文及祭礼所要焚烧的银纸帛，安放在龙彩亭内，从天使馆出发，东行，经过久米村、泊村到安里桥，即真玉桥。世孙按礼仪跪接，然后导引入庙。礼仪结束，引领正副使参观先王庙。正庙有七间房，正中向外，整体算作一龛，安奉诸王的神位。左边昭位从舜马到尚穆，共十六位；右边穆位从义本到尚敬，共十五位。这一天，前来围观的琉球人漫山遍野，男子跪在道路的左边，女子聚集在远处观看。也有设置帷帐挂竹帘的人，当地人说是贵官的眷属。女的都在额上刺字，指节上都有装饰，甚至有的全黑，年轻的偶尔还有梅花斑。该国的风俗是不穿耳，不施脂粉，没有珠翠首饰。普通人家的门口，大多摆设了圆顶石碑。墙头多种植吉姑罗或楪树，剪裁得非常整齐。

该国人称中国为唐山，称华人为唐人。

琉球的地上都是沙土，雨停后就可行走，没有泥泞。奥山有一座却金亭，前明册封使陈侃回国时拒绝收礼，所以该国人修造了却金亭以示敬意。

辨岳在王宫东南二里左右，经过圆觉寺，从山脊上行走，水流向左右两边，风水先生称之为过峡，属于中山国的风水命脉。山上有大小五峰，最高的称为辨岳，山上灌木茂密，山前面有两根石柱，中间设置两道栅栏，外面有两座木板阁楼。稍微往左走一点，有一个小石塔，左右陈列了五个石案。转而向东，走几十级台阶到顶，有两个石垆，西祭山神，东祭海岳之神。问祭祀时主持祝告的人，他说是天孙氏的第二女儿。国王受封后，必须斋戒沐浴亲自祭祀。正月、五月、九月，祭祀山神、海神及护国神，祭坛都设在辨岳。

波上、雪崎及龟山，我已游遍，而以鹤头的景色为最佳。我跟随正副使前往游览，登上山顶，躲开太阳悠闲而坐，草色连天，松荫遍地，东望辨岳，秀美地伸展到半截天空里，眼中的王宫历历如画。在它的南边，近水如湖，远山如岸，丰见城巍然突出，还留存有山南王的旧迹。西望马齿山、姑米山，或出或没，似隐似现，若近若远，这是封身的来路。北俯那霸、久米，人烟聚集，大凡山川灵异之处，草木阴影，鱼鸟沉浮，云烟变幻，无不争奇斗巧，全部集中在眼前。这才知道前日的游览，非常鲁莽。梁大夫准备了菜碗酒杯，席地而饮，我也让仆从将酒和菜肴拿来。未时与申时交替期间，凉风忽生，估计小雨将至，于是转移到船上。这时，海潮正在上涨，沙岸弥漫，于是就由奥山南麓转向东北。山石架空而立，摇摇欲坠，海燕如鸥，渔舟似织。不久，返照入山，明月出水，无数文鳐在潮头飞射。我与介山举杯赏月，击楫而歌，酒杯还没有空，客人却都醉了。过渡里村，大约是三更时分。却金亭前，排列的火炬照得黑夜如昼，迎候的人们早已疲倦了。于是一起步月而归，这算是中山第一游。

泉崎桥桥下，是漫湖的水边。每当晴朗的夜晚，双门拱月，万象澄清，堪称玻璃世界，为中山八景之一。旺泉的水非常甘甜，也是中山八景之一。王城中有一座亭子，依城望远，可在亭中歇息，品尝瑞泉，纵观中山八景。所谓八景，就是泉崎夜月、临海潮声、久米竹篱、龙洞松涛、笋崖夕照、长虹秋霁、城岳灵泉、中岛蕉园。亭下长了很多棕榈紫竹，丛生茂密，高三尺多，叶子如棕，又窄又长，这就是所说的观音竹。亭南有蚶壳，长八尺左右，储存了水，用于盥洗。可想而知，这种大蚶很不容易获得。

该国人洗漱不用热水，每家竖立一个石桩，在上面摆放石盂或蚶壳，存满水。旁边放了一柄筒，早晨起床，用筒盛水浇着洗漱，客人来也是这样。

地上多草，细软如毯，有大事就用新沙来覆盖。该国人用玳瑁的甲壳作为长簪，逐渐传到中国，大致是从福建、广东贩卖过来。琉球人不懂得它的贵重，认为是低贱的物品。昆山的旁边，用美玉来交换喜鹊，是地域特点造成的。

丰见山顶，有山南王国的旧城。徐葆光的诗中有"颓垣宫阙无全瓦，荒草牛羊似破村"的句子。山南王的子孙现在为那姓，还聚居在这里。

辻山，国人读为失山，琉球字都与音相对，十与失没有区别，我怀疑是"迭"字之误。副使辑有《球雅》，说一字作二三字读，二三字作一字读，都是注重义而非音，就是所说的寄语，该国人都知道。读音方面，合一百多字或十几字为一音，与中国的读音迥然不同。该国中只有通达文理的读书人，才知道对音，普通百姓都不知道。久米官的子弟，能说的，就教给他汉语；能写的，就教给他汉文。十岁称为"若秀才"，国王赏一石米。十五岁剃发，先拜谒孔圣，再拜谒国王，国王登记他的名字，称之为"秀才"，赏三石米。年长之后，就选为通事，属于该国中的最高荣誉，就是明朝三十六姓的后裔。那霸人以商为业，富室很多。明洪武初，赐福建人中擅长开船的三十六姓前来朝贡。该国中的久米村，梁、蔡、毛、郑、陈、曾、阮、金等姓是三十六姓的后裔，至今仍得到该国人的敬重。

我和寄公谈论玄理，颇有感悟，于是唱和成诗。法司蔡温、紫金大夫程顺则、蔡文溥三人集诗，很有作者的特质。顺则另外撰写了《航海指南》，对渡海事宜写得非常详尽。蔡温尤其专注于古文，著有《蓑翁语录》《至言》等，语言源于经学，有道学气，出入二氏之学，大概是研究朱子而又未能到家。

琉球的山往往贫瘠硗薄，唯独适合种薯。父老相传，每逢受封之年，必能丰收。今年五月有一些干旱，所幸之后雨水没有误期，最终获得大丰收，薯可四次收获。全国臣民备感欢欣，都说："要不是受封之年，今年不可能获得丰收。"

六月上旬，稻子已全部收割。琉球地气温暖，稻子常常早熟，十一月播种，五六月收获。薯则四时都可种植，三熟算是丰收，四熟则是大丰收。稻田少，薯田多，该国人以薯为命，米在王宫里才能吃到。也有麦豆，但产量不大。五月二十日，国中祭祀稻神。这一祭祀未进行，稻子即使登场，也不敢收进家。

七月上旬才看见燕子，不在人屋中筑巢。中国的燕子是八月回归，我怀疑这里的燕子并未进入中国，它们七月来，肯定有筑巢的地方。还有所谓的海燕，比紫燕稍大，而羽毛是白色的，有全白似海鸥的，多在岛中筑巢，间或也有飞到中国的，看见的人都认为是祥瑞。应潮鸡，雄的纯黑，雌的纯白，都是短脚长尾，非常驯服，不躲避人。香厓买了一只小狗，身上有豹斑，机灵警惕，给它饭不吃，给它薯才吃，这就知道当地人都吃薯了。鼠雀最多，而鼠尤其肆虐。也有猫，但不知道抓鼠，当地人将它视为宠物。这才知道物性也会随着地域的变化而变化。这里的鹰、雁、鹅、鸭特别少。

枕有方如圭者，有圆如轮而连以细轴者，有如文具藏数层者，制特精，皆以木为之，率宽三寸，高五寸，漆其外，或黑或朱，立而枕之，反侧则仆。按《礼记·少仪》注："颖，警枕也。"谓之颖者，颖然警悟也。又司马文正公①以圆木为警枕，少睡则转而觉，乃起读书，此殆警枕之遗。

衣制皆宽博交衽，袖广二尺，口皆不缉，特短袂，以便作事。襟率无纽带，总名衾。男束大带，长丈六尺、宽四寸以为度，腰围四五转，而收其垂于两胁间，烟包、纸袋、小刀、梳、篦之属，皆怀之，故胸前襟带掬起凸然。其胁下不缝者，惟幼童及僧衣为然。僧别有短衣如背心，谓之断俗，此其概也。帽以薄木片为骨，叠帕而蒙之，前七层，后十一层。花锦帽远望如屋漏痕者，品最贵，惟摄政王叔国相得冠之；次品花紫帽，法司冠之；其次则纯紫。大略紫为贵，黄次之，红又次之，青绿斯下。各色又以绫为贵，绢为次。国王未受封时，戴乌纱帽，双翅侧冲上向，盘金，朱缨垂颔，下束五色绦，至是冠皮弁，状如中国梨园演王者便帽，前直列花瓣七，衣蟒腰玉。

肩舆如中国饼轿，中置大椅，上施大盖，无帷幔，辕粗而长，无绊，无横木，以八人左右肩之而行。

杜氏《通典》②载琉球国俗，谓妇人产必食子衣，以火自炙，令汗出。余举以问杨文凤："然乎？"对曰："火炙诚有之，食衣则否。"即今中山已无火炙俗，惟北山犹未尽改。

嫁娶之礼，固陋已甚。世家亦有以酒肴珠贝为聘者，婚时即用本国轿，结彩鼓乐而迎，不计妆奁，父母送至夫家即返，不宴客。至亲具酒贺，不过数人。《隋书》云："琉球风俗，男女相悦，便相匹偶。"盖其旧俗也。询之郑得功，郑得功曰："三十六姓初来时，俗尚未改，后渐知婚礼，此俗遂革。今国中有夫之妇，犯奸即杀。"余始悟琉球所以号守礼之国者，亦由三十六姓教化之力也。

小民有丧，则邻里聚送，观者护丧，掩毕即归。宦家则同官相知者，亦来送柩，出即归，大都不宴客。题主官率皆用僧，男书"圆寂大禅定"，女书"禅定尼"，无考妣称，近日宦家亦有书官爵者。棺制三尺，屈身而殓之，近宦家亦有长五六尺者，民则仍旧。

此邦之人，肘比华人稍短，《朝野佥载》③亦谓人形短小似昆仑④。余所见士大夫短小者固多，亦有修髯丰颐者，颀而长者，胖而腹腰十围者，前言似未足信。人体多狐臭，古所谓愠羝也。

世禄之家皆赐姓，士庶率以田地为姓，更无名，其后裔则云某氏之子孙几男，所谓田、米，私姓也。

国中兵刑惟三章：杀人者死，伤人及重罪徒，轻罪罚日中晒之，计罪而定其日。国中数年无斩犯，间有犯斩罪者，又率引刀自剖腹死。

七月十五夜，开窗见人家门外皆列火炬二。询之土人，云：国俗于十五日盆祭，预期迎神，祭后乃去之。盆祭者，中国所谓盂兰会⑤也。连日见市上小儿各手一纸幡，对立招展，作迎神状，知国俗盆祭祀先，亦大祭矣。

龟山南岸有窑，国人取车螯大蚶之壳以煅，墍灰壁不及石灰，而粘过者。再东北有池，为国人煮盐处。

注释

① 司马文正公：司马光，北宋文学家，谥号为文正。

②《通典》：唐代杜佑所撰，是典章制度的文献汇编。

③《朝野佥载》：唐代笔记小说集，记载朝野逸闻，尤多武后朝事，为唐代张鷟所撰。共有六卷。其中有部分被《资治通鉴》所取材。

④ 昆仑：中国古代除指昆仑山外，还指黑色的东西。唐人沿用此义，将黑色皮肤的人统称为昆仑人。后泛称印度尼西亚、马来西亚一带的居民。

⑤盂兰会：每逢农历七月十五日（中元节），是古人祭祀祖先的日子，也是佛教徒追念在天之灵的祭日，称"盂兰盆会"或"盂兰盆斋"。

译文

枕头有像圭一样方的，有像轮一样圆而用细轴相连的，有像文具藏了好几层的，制作极为精细，都是用木头制作，都是宽三寸、高五寸，在外面涂漆，有的是黑色，有的是红色，立着能枕，一倾斜就会倒。按照《礼记·少仪》的注解："颖，警枕也。"之所以称为颖，就是颖然警悟的意思。司马光以圆木为警枕，稍微睡一会儿就会转动，由此警醒，于是继续读书。这也是警枕留下的美谈。

在衣服制作方面，都很宽大并将衣服的前襟交接，袖长两尺，袖口都不缝，非常短，以方便做事。衣襟都没有纽带，总称衾。男束大带，以长一丈六尺、宽四寸为度，腰围四五转，而收到两胁之间，烟包、纸袋、小刀、梳、篦之类的东西都装在怀里，所以胸前的襟带束紧后往往会凸起来。胁下不缝的，只有小孩子与僧人的衣服。僧人另有像背心一样的短衣，称之为断俗。这就是大概情形。帽子以薄木片作为骨架，重叠手帕覆盖上去，前面有七层，后面有十一层。花锦帽远看就像房屋漏痕，品级最为尊贵，只有摄政王叔国相能戴；次一级的是花紫帽，是法司戴的；再其次是纯紫。大致说来，以紫色为贵，黄色次之，红色又次之，青绿为下。各色又以绫为贵，以绢为次。国王未受封时，戴乌纱帽，双翅侧冲向上，金线依样盘旋，红色的帽带垂到下巴，下面系上五色绦。到这时，就戴上用白鹿皮制成的帽子，类似于中国梨园中国王扮演者戴的便帽，前面陈列七瓣花，穿蟒腰玉。

轿子犹如中国饼轿，中间设置大椅，上面装有大盖，没有帷慢，辕粗而长，没有绊和横木，由八个人左右肩扛着行走。

杜佑撰写的《通典》记载了琉球国的风俗，说是妇人生产必定要吃子衣，用火自炙，让汗出来。我就这件事询问杨文凤，当真是这样吗？回答说："用火炙是确实有的，食衣的说法不存在。"

到今天，中山已没有火炙的风俗，唯独北山还没有完全废除。

嫁娶的礼仪，非常闭塞、浅陋。门第高贵、世代为官的人家也有用酒肴珠贝作为聘礼的，结婚时就用本国的轿子，张灯结彩，鼓乐齐鸣，前来迎接，不考虑嫁妆，父母将女儿送到丈夫家就返回，不宴请宾客。至于备酒祝贺的，不过几人。《隋书》上说，琉球的风俗，男女两情相悦，就结成配偶，这可能是旧俗。我询问郑得功，郑得功说："三十六姓刚来时，风俗还没有改变。后来，逐渐懂得结婚的礼仪，风俗才发生变化。如今，国中的有夫之妇只要犯奸就会被杀。"我这才领悟到，琉球之所以被称为守礼之国，也是得力于三十六姓的教化之功。

平民百姓家有丧事，邻里都会前来聚送、观看、护丧，下葬之后就回家去了。仕宦之家有丧事，关系不错的同事也会来送柩，一出殡就回去，大多不宴请宾客。题主官大多请僧人做法事，男的写圆寂大禅定，女的写禅定尼，没有考妣的称呼。近来，仕宦之家也有写官爵的。按照规定，棺材长三尺，屈身而收殓。最近，仕宦之家的棺材也有长五六尺的，平民百姓还是照旧。

这个国家的人，肘比华人要稍短一些。《朝野佥载》也说，这里的人形体短小，类似昆仑人。我所见到的士大夫中，短小的固然很多，也有胡须修长、下巴丰满的，也有高而苗条的，也有肥胖而腹腰达到十围的，前面那种说法似乎不值得全部采信。很多人身上有狐臭，这就是古代所说的愠羝。

世世代代享有禄位的人家都被国王赐姓，士庶大多以田地为姓，更没有名字，他们的后代就称为某氏的子孙几男，这就是所说的田米私姓。

该国的刑法只有三条：一是杀人的判死刑；二是伤人及犯重罪的服徭役；三是犯轻罪的在日中暴晒，根据罪行来确定时间长短。国中已经好几年没有被杀的罪犯，偶尔有犯了被杀罪的罪犯，又大多自己举刀剖腹而死。

七月十五日夜，打开窗户，看见每家门外都放了两个火炬。我询问当地人，说是该国的风俗是在十五日进行盆祭，准备迎神，祭祀后才撤去。所谓盆祭，就是中国所说的盂兰会。一连几天都看见街市上的小孩子每人手拿一个纸幡，相对站立，迎风招展，做出迎神的样子。我知道该国风俗是通过盆祭来祭祀祖先，也算是大祭祀了。

龟山的南岸有一些池子，该国人取下车螯大蚶的壳进行煅烧，用煅灰来涂池壁。这种灰没有石灰白，但比石灰黏性要好。这些池子的东北处有盐池，是该国人煮盐的地方。

七月二十五日，正副使行册封礼，途中观者益众。上万松岭，迤逦而东，衢道修广，有坊，榜曰"中山道"，又进一坊，榜曰"守礼之邦"。世孙戴皮弁，服蟒衣，腰玉带，垂裳结佩，率百官跪迎道左。更进为欢会门，踞山巅，叠礁石为城，削磨如壁，有鸟道，无雉堞，高五尺以上，远望如聚髑髅。始悟《隋书》所谓王居多聚髑髅于其下者，乃远望误于形似，实未至城下也。城外石崖，左镌"龙冈"字，右镌"虎崒"字。

王宫西向，以中国在海西，表忠顺面向之意。后东向为继世门，左南向为水门，右北向为久庆门。再进，层崖有门西北向曰瑞泉，左右甬道，有左掖、右掖二门。更进有漏西向，榜曰"刻漏"，上设铜壶漏水。更进有门西北向，为奉神门，即王府门也。殿廷方广十数亩，分砌二道。由甬道进至阙廷，为王听政之所。壁悬伏羲画卦像，龙马负图立其前，绢色苍古，微有剥蚀，殆非近代物。北宫殿屋固朴，屋举手可接，以处山冈，且阻海飓。面对为南宫。此日正副使宴于北宫，大礼既成，通国欢忭。闻国王经行处，悉有彩饰，泉崎道旁，列盆花异卉，绕以朱栏，中刻木作麒麟形，题曰："非龙非彪，非熊非羆，王者之瑞兽。"天妃宫前，植大松六，叠假山四，作白鹤二，生子母鹿三。池上结棚，覆以松枝，松子垂如葡萄。池中刻木鲤大小五，令浮水面。环池以竹，栏旁有坊曰偕乐坊，柱悬一板，题曰："鹿濯濯，鸟嚣嚣，牣鱼跃。"归而述诸副使，副使曰："此皆《志略》所载，事隔数十年。一字不易，可谓印板文字矣。"从客皆笑。

宜野湾县有龟寿①者，事继母以孝，国人莫不闻。母爱所生子，而短龟寿于其父伊佐前，且不食以激其怒。伊佐惑之，欲死龟寿，将令深夜汲北宫，要②而杀之。仆匿龟寿于家，往谏伊佐，伊佐缚而放之，且谓事已露，不可杀，乃逐龟寿。龟寿既被放，欲自尽，又恐张母恶。值天雨雹，病不支，僵卧于路。巡官见之，近而抚其体犹温，知未死，覆以己衣。渐苏，徐诘其故。龟寿不欲扬父母之恶，饰词告之。初，巡官闻孝子龟寿被放，意不平，至是见言语支吾，疑即龟寿，赐衣食令去。密访得其状，乃传集村人，系伊佐妻至，数其罪而监之。将告于王，龟寿愿以身代。巡官不忍伤孝子心，召伊佐夫妇面谕之。妇感悟，卒为母子如初。副使既为之记，余复为诗以表章之，诗云："輶轩问俗到球阳，潜德端须为阐扬。诚孝由来能感格，何殊闵损与王祥。"以为事继母而不能尽孝者劝。

【注释】

① 龟寿：人名。
② 要：同"邀"，中途拦截。

【译文】

　　七月二十五日，正副使举行册封礼，一路上围观者众多。登上万松岭，弯弯曲曲地向东而行，道路又长又宽。遇到一个牌坊，文告上写着"中山道"。往前又遇到一个牌坊，文告上写着"守礼之邦"。世孙戴着用白鹿皮制成的帽子，穿着蟒袍，腰束玉带，垂裳结佩，率领百官在道路左边跪迎。再往前走，就是欢会门，雄踞山顶，堆砌礁石筑造成城，削磨如墙壁般笔直，有鸟道，但没有城上短墙，高五尺以上，远远望去，就像聚集的死人的头盖骨。我这才领悟到，《隋书》所说的王的居室像死人的头盖骨聚集在下面，原来是远望之中被形似所误，实际上并未来到城下。城外的石崖上，左边镌刻着"龙冈"二字，右边镌刻着"虎崒"二字。

　　王宫朝西，这是因为中国在大海的西边，表示忠诚、顺从的面向之意。后面的东边是继世门，左边朝南的是水门，右边朝北的是久庆门。再前行到层崖上，有门朝向西北，名叫瑞泉，左右有甬道，有左掖、右掖两扇门。再往前进，有漏朝西，文告上写着"刻漏"，上面设有铜壶漏水。再往前走，有门朝向西北，是奉神门，也就是王府门。殿廷方圆十几亩，分砌了两条道路。由甬道进到阙廷，是国王听政的地方。壁上悬挂着伏羲画卦像，龙马背着图站在前面，绢色苍古，略微有些剥蚀，大概不是近代的物品。北宫的殿屋极为坚固、古朴，屋顶举手就能触碰，是因为位居山冈，并且能阻止海飓。正面相对的是南宫。这一天，正副使在北宫设宴，大礼顺利完成，举国欢庆。听说国王经行的地方，都布置了彩饰，崎岖的道路旁边，都罗列了盆花异卉，用红色的栏杆围绕，里面将木头刻制成麒麟的形状，标注着文字："非龙非彪，非熊非黑，王者之瑞兽。"天妃宫前，种植了六棵大松树，堆叠了四座假山，制作了两只白鹤、三只生子母鹿。池上结棚，用松枝覆盖，松子下垂，犹如葡萄。池中雕刻了五条大小不一的木鲤鱼，浮在水面上。竹子环绕池子，栏杆旁有一个牌坊，叫作偕乐坊，柱上悬挂一块木板，上面写着："鹿濯濯，鸟嚣嚣，牣鱼跃。"我回去后，将看到的情形告诉副使。副使曰："这都是《志略》上所记载的，事情相隔了几十年。一个字也没有改变，可称得上是印板文字了。"一旁的人都笑了。

  传说宜野湾县有一个叫龟寿的人，对自己的继母非常孝顺，该国人家喻户晓。继母偏爱自己所生的孩子，就在龟寿的父亲伊佐前说他的坏话，并且假装被龟寿气得绝食来激发伊佐的怒气。伊佐对这件事非常疑惑，想要杀死龟寿，就命令他深夜去北宫的井里打水，准备在中途拦截他，将他杀死。仆人将龟寿藏匿在自己家里，前往规劝伊佐。伊佐将龟寿捆绑起来，继而又流放了他，并且认为事情已经败露，不可杀他，于是驱逐了龟寿。龟寿被流放之后，想要自杀，又担心会因此将继母的恶行公之于众。当时正遇上天下雨雹，龟寿因为生病而体力不支，在路边病倒。巡官发现了他，靠近他并抚摸他的身体，感觉还温乎，知道他还没有死，就将自己的衣服盖在他的身上。龟寿慢慢复苏，巡官慢慢地追问他的遭遇。龟寿不想显露父母的恶行，就用善意的谎言来应对。当初，巡官听说孝子龟寿被流放，就愤愤不平。现在看龟寿说话支支吾吾，便怀疑他就是龟寿，于是赐给他衣食，让他离去。巡官暗中查访，弄清事情的原委，就召集村人，将伊佐的妻子抓来，列举她的罪状而后关了起来。巡官正准备向国王禀告，龟寿表示愿意代替自己的继母服罪。巡官不忍心违背孝子的善心，就将伊佐夫妇招来，当面告知详情。继母悔恨不已，母子俩终于和好如初。副使为龟寿写了记，我又写了一首诗来表彰他，诗是这样写的："轺轩问俗到球阳，潜德端须为阐扬。诚孝由来能感格，何殊闵损与王祥。"我这是劝告那些侍奉继母而不能尽孝的人。

经迭山墟方集，因步行集中。观所市物①，薯为多，亦有鱼、盐、酒、菜、陶、木器、蕉苎、土布，粗恶不足观者。国无肆店，率业于其家，市货以有易无，不用银钱。闻国中率用日本宽永钱，比来亦不见。昨香厓携示串钱，环如鹅眼，无轮廓，贯以绳，积长三寸许，连四贯而合之，封以纸，上有铃记②，此球人新制钱，每封当大钱十。盖国中钱少，宽永钱铜质较美，恐或有人买去，故收藏之，特制此钱应用。市中无钱以此。

国中男逸女劳，无有肩担背负者。趋集、织纴及采薪、运水，皆妇人主之。凡物皆戴之顶，女衣既无钮无带，又不束腰，而国俗男女皆无袴，势须以手曳襟，襟较男衣长，叠襟下为两层，风不得开。因悟髻必偏坠者，以手既曳襟，须空其顶以戴物。童而习之，虽重百斤，登山涉涧，无倾侧，是国中第一绝技也。其动作时，常卷两袖至背，贯绳而束之。发垢辄洗，洗用泥，脱衣结于腰，赤身低头，见人亦不避。抱儿惟一手，叉置腰间，即藉以曳襟。

东苑在崎山，出欢会门，折而北，逐瑞泉下流，至龙渊桥，汇而为池，广可十丈，长可数十丈，捍以堤，曰龙潭。水清鱼可数，荷叶半倒。再折而东，有小村，篠屏修整，松盖阴翳，薄云补林，微风啸竹，园外已极幽趣。入门，板亭二，南向。更进而南，屋三楹。亭东有阜，如覆盂。折而南，有岩西向，上镌梵字，下蹲石狮一，饰以五彩。再下，有小方池，凿石为龙首，泉从口出。有金鱼池，前竹万竿，后松百挺。再东，为望仙阁。前有东苑阁，后为能仁堂。东北望海，西南望山，国中形胜，此为第一。

南苑之胜，亦不减于东苑。苑中马富盛。折而东，循行阡陌间，水田漠漠，番薯油油，绝无秋景。薯有新种者，问知已三收矣。再入山，松阴夹道，茅屋参差，田家之景可画。计十余里，始入苑村，名姑场川，即同乐苑也。苑踞山脊，轩五楹，夹室为复阁，颇曲折。轩前有池新凿，狭而东西长。叠礁为桥，桥南新阜累累，因阜以为亭，宜远眺。亭东植奇花异卉，有花绝类蝴蝶，绛红色，叶如嫩槐，曰蝴蝶花。有松叶如白毛，曰白发松。池东旧有亭圮，以布代之。池西有阁，颇轩敞，四面风来，宜纳凉。有阁曰迎晖，有亭曰一览，即正副使所题也。轩北有松，有凤蕉，有桃，有柳。黄昏举烟火，略同中国。余偕寄尘游波上，板阁无他神，惟挂铜片幡，上凿"奉寄御币"字，后署云："元和二年壬戌。"或疑为唐时物，非也。按，元和二年为丁亥，非壬戌也。日本马场信武撰《八卦通变指南》，内列"三元指掌"，云"上元起永禄七年甲子，止元和三年癸亥；如元起宽永元年甲子，止元和三年癸亥；下元起贞亨元年甲子。今元禄十六年癸未"。国中既行宽永钱，证以元和日本僭号③，知琉球旧曾奉日本正朔，今讳言之欤。

纸鸢制无精巧者，儿童多立屋上放之。按，中国多放于清明前，义取张口仰视，宣导阳气，令儿少疾。今放于九月，以非九月纸鸢不能上，则风力与中国异，即此可验球阳气暖，故能十月种稻。

国俗男欲为僧者，听之。既受戒，有廪给。有犯戒者，饬令还俗，放之别岛。女子愿为土妓者，亦听。接交外客，女之兄弟仍与外客叙亲往来，然率皆贫民，故不以为耻。若已嫁夫而复敢犯奸者，许女之父兄自杀之，不以告王。即告王，王亦不赦。此国中良贱之大防，所以重廉耻也。此邦有红衣妓，与之言不解。按拍清歌，皆方言也。然风韵亦正有佳者，殆不减憨园。近忽因事他迁，以扇索诗，因题二诗以赠之。诗云："芳龄二八最风流，楚楚腰身剪剪眸。手抱琵琶浑不语，似曾相识在苏州。""新愁旧恨感千端，再见真如隔世难。可惜今宵好明月，与谁共卷绣帘看？"

国人率恭谨，有所受，必高举为礼。有所敬，则俯身搓手而后膜拜。劝尊者酒，酌而置杯于指尖以为敬，平等则置手心。

此邦屋俱不高，瓦必甋，以避飓也。地板必去地三尺，以避湿也。屋脊四出，如八角亭，四面接修，更无重构复室，以省材也。屋无门户，上限刻双沟，设方格，糊以纸，左右推移，更不设暗闩，利省便，恃无盗也。临街则设矣。神龛置青石于炉，实以沙，祀祖神也。国以石为神，无传真也。瓦上瓦狮，《隋书》所谓兽头骨角也。壁无粉墁，示朴也。贵家间有糊砑粉花笺，习华风，渐奢也。

注释

① 市物：货物、商品等出售的物品。

② 钤（qián）记：清朝时使用制作的一种官印，一般由委任者镌发，通常为长方形。

③ 僭（jiàn）号：超越本分的封号。

译文

经过迭山墟方集，于是在集中步行，观察所出售的物品，最多的是薯，也有鱼、盐、酒、菜、陶、木器、蕉苎、土布，大多粗糙低劣不可取。该国没有商铺，都在家做买卖，用自己有的物品换取自己没有的物品，不使用银钱。听说该国都使用日本的宽永钱，近来也没看见。昨天香厓带了一串钱给我看，环如鹅眼，没有轮廓，用绳贯穿，累积长三寸左右，连四贯一起使用，用纸封装，上面有官印。这是琉球人最新制作的钱，每封抵十个大钱。由于该国钱少，宽永钱的铜质较美，担心有人买去，所以收藏起来，特意制作这种钱来应用。市集中没有钱就是这个原因。

该国中，男人清闲，女人辛劳。只要不是肩担背负的工作，赶集、纺织及砍柴、运水，都是女人承担。任何东西都习惯顶在头顶，女人的衣服既没有纽扣和带子，又不束腰。该国的风俗，男女都没有裤子，必须用手去拉住衣襟。女人的衣襟比男人的衣襟长，衣襟下重叠为两层，风也吹不开。于是明白一个道理，发髻之所以偏坠，是因为要用手拉住衣襟，必须空其头顶来顶物。她们从儿童时期就开始练习，即使重一百斤，登山涉水，也绝不倾侧，属于该国排列第一的绝技。她们劳作时，经常将两个袖子卷到背上，用绳子贯穿并系好。头发脏了就洗，洗的时候用泥，将衣服脱下，系在腰间，光着身子低着头，看见人也不躲避。往往用一只手抱孩子，另一手叉在腰间，也方便拉住衣襟。

东苑在崎山，从欢会门出来，转而向北，沿着瑞泉下流，来到龙渊桥，汇聚成为一个池，广有十丈，长有几十丈，用堤坝围护，名叫龙潭。潭水清澈，连有几条鱼都数得清。四周的荷叶，有一半倒伏着。再转而向东，有一个小村，竹子围成的屏障极为平整，松树枝叶繁茂，薄云飘浮天空，微风徐徐吹来，竹林发出啸音，园外的景色极其幽雅。进门之后，有两个板亭，是朝南的。再往前走而转向南，有三间房屋。亭东有一座小土山，恰似覆盖的盂。转而向南，有一块岩石朝向西边，上面镌刻了梵文，下面蹲着一个石狮子，用五彩进行装饰。再往下，有一个小方池，将石头凿成龙首，泉水从龙口中流出。有一个金鱼池，前面有万竿竹，后面有百棵松。再往东，就是望仙阁。前面有东苑阁，后面是能仁堂。东北面望海，西南面望山。在该国的风景胜地中，这里堪称第一。

南苑的胜景，也不比东苑逊色。苑中的马又多又壮。转而向东，顺着阡陌行走，水田漠漠，番薯油油，一点也看不出秋景的影子。薯中有刚种的，一问才知道已经三次收获了。再进山，松树在道路两旁遮蔽成荫，茅屋参差不齐，田家的风景完全可以入画。计算有十几里，才进入苑村，名叫姑场川，就是同乐苑。同乐苑雄踞山脊，轩有五间，夹室是复阁，十分曲折。轩前有一个新凿的池子，南北窄而东西长。重叠的礁石成为一座桥，桥南有很多小土山，可以建造亭子，适宜极目远眺。亭的东边种植了奇花异卉，有一种花非常像蝴蝶，绛红色，叶如嫩槐，名叫蝴蝶花。有一种松叶犹如白毛，名叫白发松。池的东边原有亭桥，现在用布代替。池的西边有阁，非常宽敞，四面的风吹来，很适合纳凉。有一个阁叫迎晖，有一个亭叫一览，就是正副使所题写的。轩北有松，有凤蕉，有桃，有柳。每到黄昏就举烟火，与中国相似。

我和寄尘在波上游览，板阁上没有什么东西，只是悬挂着铜片幡，上面写着"奉寄御币"，后面标明"元和二年壬戌"。有的怀疑是唐时的物品，不是的。元和二年为丁亥，并不是壬戌。日本人马场信武撰写的《八卦通变指南》中，其中有"三元指掌"一章，说上元起永禄七年甲子，止元和三年癸亥；如元起宽永元年甲子，止元和三年癸亥；下元起贞亨元年甲子。如今是元禄十六年癸未。该国中既然发行宽永钱，证明元和是日本超越本分的封号。我知道琉球过去曾奉行日本的历法，现在是忌讳说这件事吗？

风筝的制作谈不上精巧，儿童多站在屋顶放风筝。中国的习俗多在清明前放风筝，初衷是张口仰视，可以宣导阳气，让小孩子少得病。如今这里却在九月放风筝，因为不是九月风筝就飞不上天，说明风力与中国不同。这就可以验证琉球气候温暖，所以能在十月种稻子。

按照该国的风俗，男子想要出家为僧，可以听任，受戒之后，有薪给。如有犯戒，就下令还俗，安置在别的岛上。女子自愿成为土妓，也听任她联系外客，女子的兄弟还会与外客叙亲往来。但这类女子大多是贫民，所以不以为耻。如果已经结婚而又敢犯奸，允许女子的父兄自行杀死她，不会禀告国王。即使禀告国王，国王也不会赦免。这就是该国良与贱的界限，非常注重廉耻。这里有一个红衣妓，与她交谈，互不理解。打着拍子清唱，都是方言。不过，其中也有风韵极佳的，大概不比憨园逊色。最近，对方忽然用扇索诗，我于是题写了两首诗赠给她。诗是这样写的："芳龄二八最风流，楚楚腰身剪剪眸。手抱琵琶浑不语，似曾相识在苏州。""新愁旧恨感千端，再见真如隔世难。可惜今宵好明月，与谁共卷绣帘看？"

该国人大多待人恭谨，接受别人的东西，必定高举行礼；敬重对方，就会俯身搓手而后膜拜。劝尊者喝酒，会将杯子放在指尖以表示敬意。如果双方地位平等，就将酒杯放在手心。

这里的房屋都不高，瓦必须用缸瓦，以躲避飓风。地板必须离地三尺，以预防潮湿。屋脊从四面伸出，恰似八角亭，四面接修，更没有重构的复室，以便节省木材。房屋没有门户，上限刻有双沟，设置方格，用纸糊，左右推移，更不设门闩，节省方便，也是仗着没有盗贼。但是，临近街道就要设置了。神龛里，将青石放在炉中，用沙充实，祭祀祖神。该国以石为神，没有传真。瓦上瓦狮，就是《隋书》中所说的兽头骨角。墙壁不用粉饰，表示朴素。富贵人家偶尔也有糊䂵粉花笺的，这是受到华风的影响，逐渐变得奢侈了。

龟山有峰独出，与众山绝，前附小峰，离约二丈许。邦人驾石为洞，连二山，高十丈余，结布幔于洞东。不憩，拾级而登，行洞上，又十余级，乃陟巅。巅恰容一楼，楼无名，四面轩豁，无户牖。副使谓余曰："兹楼俯中山之全势，不可无名。"因名之曰"蜀楼"，并为之跋曰："蜀者何？独也。楼何以蜀名？以其踞独山也。"不曰独而曰蜀者，以副使为蜀人。楼构已百年，而副使乃名之，若有待也。楼左瞰青畴，右扶苍石，后临大海，前揖中山，坐其中以望，若建瓴焉。余又请于副使曰："额不可无联。"副使因书前四语付之。归路循海而西，崖洞溪壑皆奇峭，是又一胜游矣。

越南山，度丝满村，人家皆面海，奇石林立。遵海而西，有山，翠色攒空，石骨穿海，曰沙岳。时午潮初退，白石粼粼，群马争驰，飞溅如雨。再西，度大岭村，丛棘为篱，渔网数百晒其上。村外水田漠漠，泥淖陷马，有牛放于冈。汪《录》谓马耕无牛，今不尽然也。

本岛能中山语者，给黄帽，为酋长。岁遣亲云上监抚之，名奉行官，主其赋讼。各赋其土之宜，以贡于王。间切者，外府之谓。首里、泊、久米、那霸四府为王畿，故不设，此外皆设。职在亲民，察其村之利弊，而报于亲云上。间切，略如中国知府。中山属府十四，间切十，山南省属府十二，山北省属府九，间切如其府数。

国俗自八月初十至十五日，并蒸米，拌赤小豆为饭相饷，以祭月，风同中国。是夜，正副使邀从客露饮。月光澄水，天色拖蓝，风寂动息,潮声杂丝肉声自远而至,恍置身三山,听子晋吹笙,麻姑度曲,万缘俱静矣。宇宙之大,同此一月。回忆昔日萧爽楼中,良宵美景,轻轻放过,今则天各一方,能无对月而兴怀乎?

世传八月十八日为潮生辰,国俗,于是夜候潮波上。子刻,偕寄尘至波上,草如碧毯,沾露愈滑,扶仆行,凭垣倚石而坐。丑刻,潮始至,若云峰万叠,卷海飞来。须臾,腥气大盛,水怪挢风,金蛇掣电,天柱欲折,地轴暗摇,雪浪溅衣,直高百尺,未敢遽窥鲛宫,已若有推而起之者,迷离惝恍,千态万状。观此,乃知枚乘《七发》,犹形容未尽也。潮既退,始闻嚖呔之声出礁石间。徐步至护国寺,尚似有雷霆震耳。潮至此,观止矣。

元旦至六日,贺节。初五日,迎灶。二月,祭麦神。十二日,浚井,汲新水,俗谓之洗百病。三月三日,作艾糕。五月五日,竞渡。六月六日,国中作六月节,家家蒸糯米,为饭相饷。十二月八日,作糯米糕,层裹棕叶,蒸以相饷,名曰鬼饼。二十四日,送灶。正、三、五、九为吉月,妇女率游海畔,拜水神祈福。逢朔日,群汲新水献神,此其略也。余独疑国俗敬佛,而不知四月八日为佛诞辰。腊八鬼饼如角黍,而不知七宝粥。

国王送菊二十余盆,花叶并茂,根际皆以竹签标名。内三种尤异类:一名"金锦",朵兼红黄白三色,小而繁,灿如列星;一名"重宝",瓣如莲而小,色淡红;一名"素球",瓣宽,不类菊,重叠千层,白如雪。皆所未见者。媵之以诗,诗云:"陶篱韩圃多秋色,未必当年有此花。似汝幽姿真可惜,移根无路到中华。"

见狮子舞,布为身,皮为头,丝为尾,剪彩如毛饰其外,头尾口眼皆活,镀睛贴齿,两人居其中,俯仰跳跃,相驯狎欢腾状。余曰:"此近古乐矣。"按《旧唐书·音乐志》,后周武帝时,造太平乐,亦谓之五方狮子舞。白乐天《西凉伎》云:"假面夷人弄狮子,刻木为头丝作尾。金镀眼睛银贴齿,奋迅毛衣罢双耳。"即此舞也。

此邦有所谓踏柁戏者,横木以为梁,高四尺余,复置板而横之,长丈有二尺,虚其两端,均力焉。夷女二,结束衣彩,赤双足,各手一巾,对立相视而歌。歌木竟,跃立两端,稍作低昂,势若水碓之起伏，渐起渐高。东者陡落而激之，则西飞起三丈余，翩翩若轻燕之舞于空也；西者落而陡激之，则东者复起，又如鸷鸟之直上青云也。叠相起伏，愈激愈疾，几若山鸡舞镜，不复辨其孰为影，孰为形焉。俄焉势渐衰，机渐缓，板末乃安，齐跃而下，整衣而立。终戏，无虚蹈方寸者，技至此绝矣。

接送宾客颇真率，无揖让之烦。客至不迎，随意坐，主人即具烟架、火炉、竹筒、木匣各一，横烟管其上，匣以烟，筒以弃灰也。遇所敬客，乃烹茶，以细末粉少许，杂茶末，入沸水半瓯，搅以小竹帚，以沫满瓯面为度。客去，亦不送。贵官劝客，常以箸蘸浆少许，纳客唇以为敬。烧酒着黄糖则名福，着白糖则名寿，亦劝客之一贵品也。

重阳具龙舟竞渡于龙潭，琉球亦于五月竞渡。重阳之戏，专为宴天使而设。因成三诗以志之，诗云：

> 故园辜负菊花黄，万里迢迢在异乡。舟泛龙潭看竞渡，重阳错认作端阳。

> 去年秋在洞庭湾，亲摘黄花插翠鬟。今日登高来海外，累伊独上望夫山。

> 待将风信泛归槎，犹及初冬好到家。已误霜前开菊宴，还期雪里访梅花。

闻程顺则曾于津门购得宋朱文公①墨迹十四字，今其后裔犹宝之。借观不得，因至其家，开卷见笔势森严，如奇峰怪石，有岩岩不可犯之色，想见当日道学气象。字径八寸以上，文曰："香飞翰苑围川野，春报南桥叠萃新。"后有名款，无岁月。文公墨迹流传世间者，莫不宝而藏之，盖其所就者大，笔墨乃其余事，而能自成一家言如此，知古人学力，无所不至也。

又游蔡清派家祠，祠内供蔡君谟②画像，并出君谟墨迹见示，知为君谟的派,由明初至琉球,为三十六姓之一。清派能汉语,人亦倜傥。由祠至其家,花木俱有清致,池圆如月,为额其室曰"月波大屋"。大抵球人工剪剔树木,叠砌假山,故士大夫家率有丘壑以供游览。庭中树长竿,上置小木舟,长二尺,桅舵帆橹皆备。首尾风轮五叶,挂色旗以候风。渡海之家,率预计归期。南风至,则合家欢喜,谓行人当归,归则撤之,即古五两旗遗意。

国王有墨长五寸,宽二寸。有老坑端砚,长一尺,宽六寸,有"永乐四年"字,砚背有"七年四月东坡居士留赠潘邠老"字,问知为前明受赐物。国中有东坡诗集,知王不但宝其砚矣。

棉纸、清纸,皆以谷皮为之,恶不中书者。有护书纸,大者佳,高可三尺许,阔二尺,白如玉。小者减其半。亦有印花诗笺,可作札。别有围屏纸,则糊壁用矣。徐葆光《球纸》诗云:"冷金入手白于练,侧理海涛凝一片。昆刀截截径尺方,叠雪千层无幂面。"形容殆尽。

南炮台间有碑二,一正书,剥蚀甚微,"奉书造"三字;一其国学书。前朝嘉靖二十一年建,惟不能尽识。其笔力正自遒劲飞舞。

有木曰山米,又名野麻姑,叶可染,子如女贞,味酸,土人榨以为醋。球醋纯白,不甚酸,供者以为米醋,味不类,或即此果所榨欤?

席地坐,以东为上,设毡。食皆小盘,方盈尺,着两板为脚,高八寸许。肴凡四进,各盘贮而不相共,三进皆附以饭,至四肴乃进酒二,不过三巡。每进肴止一盘,必撤前肴而后进其次肴。肴饭用油煎面果,次肴饭用炒米花,三肴用饭。每供肴酒,主人必亲手高举置客前,俯身搓手而退。终席,主人不陪,以为至敬。此球人宴会尊客之礼,平等乃对饮。大要球俗席皆坐地,无椅桌之用,食具如古俎豆,肴尽干制,无所用勺。虽贵官家食,不过一肴、一饭、一箸,箸多削新柳为之。即妻子不同食,犹有古人之遗风焉。

使院敷命堂后,旧有二榜。一书前明册使姓名:洪武五年,封中山王察度,使行人汤载;永乐二年,封武宁,使行人时中;洪熙元年，封巴志，使中官柴山；正统七年，封尚忠，使给事中俞忭，行人刘逊；十三年，封尚思达，使给事中陈传，行人万祥；景泰二年，封尚景福，使给事中乔毅，行人童守宏；六年，封尚泰久，使给事中严诚，行人刘俭；天顺六年，封尚德，使吏科给事中潘荣，行人蔡哲；成化六年，封尚圆，使兵科给事中官荣，行人韩文；十三年，封尚真，使兵科给事中董旻，行人司司副张祥；嘉靖七年，封尚清，使吏科给事中陈侃，行人高澄；四十一年，封尚元，使吏科左给事中郭汝霖，行人李际春；万历四年，封尚永，使户科左给事中萧崇业，行人谢杰；二十九年，封尚宁，使兵科右给事中夏子阳，行人王士正；崇祯元年，封尚丰，使户科左给事中杜三策，行人司司正杨伦。凡十五次，二十七人。柴山以前，无副也。一书本朝册使姓名：康熙二年，封尚质，使兵科副理官张学礼，行人王垓；二十一年，封尚贞，使翰林院检讨汪楫，内阁中书舍人林麟焻；五十八年，封尚敬，使翰林院检讨海宝，翰林院编修徐葆光；乾隆二十一年，封尚穆，使翰林院侍讲全魁，翰林院编修周煌。凡四次，共八人。

　　清明后，南风为常。霜降后，南北风为常。反是飓飑将作。正、二、三月多飓，五、六、七、八月多飑。飓骤发而倏止，飑渐作而多日。九月北风或连月，俗称九降风，间有飓起，亦骤如飑。遇飓犹可，遇飑难当。十月后多北风，飓飑无定期，舟人视风隙以来往。凡飓将至，天色有黑点，急收帆，严舵以待，迟则不及，或至倾覆。飑将至，天边断虹若片帆，曰"破帆"；稍半天如鲨尾，曰"屈鲨"。若见北方尤虐。又海面骤变，多秽如米糠，及海蛇浮游，或红蜻蜓飞绕，皆飓风征。

　　自来球阳，忽已半年，东风不来，欲归无计。十月二十五日，乃始扬帆返国。至二十九日，见温州南杞山。少顷，见北杞山，有船数十只泊焉。舟人皆喜，以为此必迎护船也。守备登后艄以望，惊报曰："泊者贼船也。"又报："贼船皆扬帆矣。"未几，贼船十六只，呹喝而来。我船从舵门放子母炮，立毙四人，击喝者堕海，贼退。枪并发，又毙六人；复以炮击之，毙五人。稍进，又击之，复毙四人。乃退去。其时，贼船已占上风，暗移子母炮至舵右舷边，连毙贼十二人，焚其头篷，皆转舵而退。中有二船较大，复鼓噪，由上风飞至。大炮准对贼船，即施放，一发中其贼首，烟迷里许。既散，则贼船已尽退。是役也，枪炮俱无虚发，幸免于危。

不一时，北风又至，浪飞过船。梦中闻舟人哗曰："到官塘矣！"惊起。从客皆一夜不眠，语余曰："险至此，汝尚能睡耶？"余问其状，曰："每侧则篷皆卧水；一浪盖船，则船身入水，惟闻瀑布声，垂流不息。其不覆者，幸耶！"余笑应之曰："设覆，君等能免乎？余入黑甜乡，未曾目击其险，岂非幸乎？"盥后，登战台视之，前后十余灶皆没，船面无一物，爨火断矣。舟人指曰："前即定海，可无虑矣。"申刻，乃得泊。船户登岸购米薪，乃得食。

是夜修家书，以慰芸之悬系，而归心益切。犹忆昔年，芸尝谓余："布衣菜饭，可乐终身，不必作远游。"此番航海，虽奇而险，濒危幸免，始有味乎芸之言也。

【注释】

①朱文公：朱熹。
②蔡君谟（mó）：蔡襄（1012—1067），字君谟，北宋著名书法家、政治家、茶学家。

【译文】

龟山有一个山峰脱颖而出，与众山隔绝，前面附有小峰，相距两丈左右。这里的人用石头架设成洞，连接两山，高十几丈，在洞的东边结下布幔。我们不休息，沿石级向上攀登，走到洞上又走了十几级，才到达山顶。山顶刚好能容纳一座楼，这座楼没有名字，四面宽阔，没有门窗。副使对我说："这座楼能俯视整个中山的全貌，不能没有名字。"于是，取名为"蜀楼"，并写了跋："蜀者何？独也。楼何以蜀名？以其踞独山也。"不称独而称蜀，是因为副使为蜀人，楼建成已百年，却由副使为它命名，就像一直等着副使来一样。这座楼左边俯瞰青畴，右边扶持苍石，后面临近大海，前面紧靠中山，坐在其中四望，恰似高屋建瓴。我又向副使请示："额不能没有联。"副使于是书写了前面的四句话交给手下。回去时，循海而西去，山崖石洞、溪涧沟壑都极为奇特、峻峭，这又是一次愉悦的旅程。

越过南山，经过丝满村，村民的住房都面朝大海，奇异的石头四处林立。沿着海岸向西行，有一座山，满目翠色，坚硬的岩石遍布海边，名叫沙岳。这时，正值午潮刚退，白石粼粼闪光，群马竞相奔驰，溅起的水花如雨点般飞洒。再往西行，经过大岭村，当地人用荆棘围成篱笆，几百个渔网正在上面晒着。村子外水田漠漠，道路泥泞不堪，连马都举步维艰。山冈上有人在放牛，汪《录》中说这里是用马来耕田，并没有牛，现在看来并不全都这样。

在本岛中，能说中山语言的，就赐给黄帽，成为酋长，每年派遣亲云上监察安抚，名为奉行官，主管赋税与诉讼。各自聚敛当地的特产，向国王进贡。所谓间切，是指外府。首里、泊、久米、那霸四府属于王城周围地域，所以没有设置，此外都要设置。其主要职责是亲民，考察该村的利弊，而向亲云上禀报。至于间切，有点像中国的知府。中山共设十四个属府、十个间切，山南省有十二个属府，山北省有九个属府，间切的数量与属府的数量相同。

该国风俗，从八月初十至十五，家家户户都会蒸米，拌入红小豆，招待客人，并用来祭祀月神，风俗与中国相同。这一天晚上，正副使邀请随从们在户外喝酒。月光澄澈如水，天色一片蔚蓝，风停止了，一切动静都消失了。这时，海潮声夹杂着乐声和歌声从远方传来，我们恍惚之间，似乎已置身三山，听子晋吹笙、麻姑度曲，顿时万籁俱寂。宇宙何等浩大，却只有这一个月亮。回想当年在萧爽楼中，良宵美景被轻轻放过，如今天各一方，能不对月感慨万分吗？

民间传说，八月十八日是潮神的诞生日。该国的风俗，在这一天的晚上，会在坡上迎候潮神。子时，我和寄尘来到坡上。只见草如绿毯，沾上露珠，更觉湿滑。我在仆人的搀扶下慢慢前行，倚靠着墙壁和石头坐下。丑时，海潮才来临，恰如万千山峰，席卷大海，飞驰而至。一会儿，海腥气越来越浓，似有水怪聚风飞举，雷电之光如金蛇狂舞，天柱快要折断了，地轴也暗中摇动，雪浪溅到衣上，高达百尺。不敢奢望去窥探鲛宫，却感觉有人在推动我，催促赶紧起身。一时间，心智迷离，呈现出千态万状。观赏到这样的情景，我才懂得枚乘的《七发》的描写还是没有达到至境。海潮退去之后，才听到从礁石中传出的洪亮的钟声。慢慢走到护国寺，耳边似乎还有雷霆在震动。关于海潮，看到这里就可以休止了。

从元旦到初六，贺年节。初五日，迎灶神。二月，祭祀麦神。十二日，疏通井，抽新水，民间称之为洗百病。三月三日，制作艾糕。五月五日，举行渡河比赛。六月六日，该国过六月节，家家户户都蒸糯米，招待客人。十二月八日，制作糯米糕，用棕叶一层层地裹好，蒸熟之后招待客人，名叫鬼饼。二十四日，送灶神。正月、三月、五月、九月为吉月，妇女们都会在海边游览，祭拜水神，祈求幸福。每逢初一，都会聚集在一起，抽取新水来献给神灵。这就是大概情形。我唯独疑惑一件事，该国风俗敬佛，却不知道四月八日是佛的诞辰，腊八的鬼饼犹如角黍，却不知道七宝粥。

国王送给我们二十多盆菊花，花叶都很茂盛，菊花的根部都用竹签标注名称。其中，有三种非常罕见：一是"金锦"，花朵兼有红黄白三种颜色，小而繁茂，恰似天上的无数星星，异常灿烂；二是"重宝"，花瓣如莲，非常小，颜色是淡红的；三是"素球"，花瓣很宽，不像一般的菊花，重重叠叠无数层，洁白如雪。这些都是我从未见过的。我用诗来回赠，诗是这样写的："陶篱韩圃多秋色，未必当年有此花。似汝幽姿真可惜，移根无路到中华。"

我看见当地的狮子舞，身子用布制作，头用皮制作，尾巴用丝制作，剪彩恰似用毛装饰，头尾口眼都活灵活现，附上眼睛，贴上牙齿，有两人藏在里面，俯仰跳跃，淋漓尽致地展现出驯逗狮子的场景。我说："这有点接近古代的乐舞。"按照《旧唐书·音乐志》的记载，后周武帝时选定太平乐，也称之为五方狮子舞。白居易的《西凉伎》云："假面夷人弄狮子，刻木为头丝作尾。金镀眼睛银贴齿，奋迅毛衣罢双耳。"说的就是这种舞蹈。

这里还有一种所谓的踏柮戏，将横木作为梁，高四尺多，又设置木板而横放,长一丈二尺,虚着两端,以便用力均衡。有两个当地女子,穿上彩色的服装,光着双脚,每人手里拿着一条毛巾,面对面站着,开始唱歌。歌还没唱完,就跳到两边,稍微呈现低昂的态势,就好比水碓那样起伏,而且越来越高。东边的突然降低身段来刺激对方,西边的就飞起三丈多,恰似轻巧的燕子在空中翩翩起舞;西边的刚落地就突然刺激对方,东边的又开始起身,恰似凶猛的鸷鸟直飞青云。依次连绵起伏,动作越来越迅捷,几乎就像山鸡在镜子面前跳舞,不再能分辨出哪个是影子、哪个是真身。不久,速度降了下来,动作逐渐缓慢,到最终结束,就一起跳下来,整理衣服,肃然站立。整个表演,从头到尾,演员没有丝毫失误。技艺能够达到这个地步,也算是绝妙无比了。

接送的宾客都为人真诚、率直,没有互相揖让的麻烦。客人到了,主人并不迎接,客人可以随意坐下。主人就准备好烟架火炉、竹筒、木匣,烟管可以横放在上面,匣中装烟,筒是用来倒灰的。如果遇到自己所敬重的客人,就会煮茶,用少许细末粉,夹杂茶末,放入半碗开水,用小竹帚搅拌,直到沫装满碗面。客人离开,主人也不用送。如果对方是贵官,主人劝客时,常常用筷子蘸一点浆,放在客人的嘴唇上,以示敬意。烧酒加黄糖就称为福,加白糖就称为寿,这也是劝客时所用的贵重物品。

重阳节,会在龙潭准备好龙舟进行竞渡,琉球也是在五月开展这项活动。至于重阳节的戏,是特意为宴请天使而设立的。我于是写了三首诗来记述这件事,诗是这样写的:

　　故园辜负菊花黄,万里迢迢在异乡。舟泛龙潭看竞渡,重阳错认作端阳。

　　去年秋在洞庭湾,亲摘黄花插翠鬟。今日登高来海外,累伊独上望夫山。

　　待将风信泛归槎,犹及初冬好到家。已误霜前开菊宴，还期雪里访梅花。

听说程顺则曾在津门买到宋朝朱熹的墨迹，有十四个字，他的后代至今仍视为珍宝。我想要借来观看，却做不到，于是就去他家。开卷之后，只见笔势森严，恰似奇峰怪石，有凛然不可侵犯的感觉，由此可以想见当年的道学气象。每个字直径八寸以上，诗文写道："香飞翰苑围川野，春报南桥叠翠新。"后面有姓名落款，但没有年月。朱熹的墨迹，能流传世间的，收藏者无不视为珍宝。实际上，朱熹获得的成就很大，笔墨只不过是末等余事，却能自成一家，这才知道，古人的勤学之力，堪称无所不至啊。

我们又去游览蔡清派家祠，祠内供奉着蔡君谟的画像，并出示蔡君谟的墨迹，这才知道这是蔡君谟的后裔，由明初来到琉球，为三十六姓之一。清派能说汉语，为人也潇洒不拘。由家祠到他的家，花草树木都极有韵致，池圆如月，将他的家称为"月波大屋"。一般的琉球人家都擅长剪裁树木，堆砌假山。所以，那些士大夫家都在家中布置丘壑来供人游览。庭院中竖立了长竿，上面放置小木船，长两尺，桅舵帆橹都齐备。首尾都有五叶风轮，悬挂彩色旗帜用来观测风向。渡海的人家，都会预先估计归期。如果南风到，就会合家欢喜，说是行人应当回家，回家之后就撤除。这也就是古代的五两旗的延续。

国王有一块墨，长五寸，宽二寸。有老坑端砚，长一尺，宽六寸，上面镌刻"永乐四年"四字，砚背镌刻着"七年四月东坡居士留赠潘邠老"。询问得知，这是前明受赐的物品。国中还留存东坡诗集，说明国王不只是珍视他的砚啊。

棉纸清纸，都是用谷皮制作，没有不适合书写的。有护书纸，大的最理想，高三尺多，阔二尺，洁白如玉。小的只有大的一半。也有印花的诗笺，可作为札使用。另外还有围屏纸，是用于糊墙壁的。徐葆光的《球纸》诗说："冷金入手白于练，侧理海涛凝一片。昆刀截截径尺方，叠雪千层无幂面。"这首诗将相关情形描写得淋漓尽致。

南炮台间有两块石碑。一块的文字基本保留，剥蚀现象很不明显，写着"奉书造"三字。另一块是该国学书。这是前朝嘉靖二十一年修建的，只是不能全部辨认清楚，笔画工整，遒劲有力。

有一种植物叫山米，又名野麻姑，叶子可以浸染，果实如女贞，味道酸，当地人将它榨为醋。琉球的醋是纯白的，不太酸，提供的人认为是米醋，味道不像，或许就是这种果实榨取出来的吧？

席地而坐时，以东边为尊，设有毡毯。食物都用小盘盛放，直径有一尺。安置两块木板作为脚，高八寸左右。菜肴一共上四次，每个盘子都单独盛放而不混杂，前三次都带饭，到第四次才进两杯酒，但不超过三巡。每次上菜都只有一盘，必须撤除前一道菜才能上下一道菜。第一次上饭是油煎面果，第二次上饭是炒米花，第三次上饭是饭。上菜或酒时，主人必定亲手高举放在客人前，俯下身子搓手而退出。终席时，主人不会陪伴，认为这样才是对客人最大的尊敬。这就是琉球人宴会重客的礼节，如身份平等才会面对面喝酒。大致说来，琉球的普通宴席都是席地而坐，不用椅子和桌子，食具就像古代的俎和豆这两种礼器，菜肴都是干制的，没有用勺的必要。即使是富贵人家的宴席，也只是一肴、一饭、一筷，筷多使用新柳削制而成。妻子儿女不一起就餐，还遵循着古人的遗风。

使院"敷命堂"后，过去有两张告示。一张告示上写着前明册封使的姓名：洪武五年，封中山王察度，行人汤载；永乐二年，封武宁，行人时中；洪熙元年，封巴志，使中官柴山；正统七年，封尚忠，使给事中俞忭，行人刘逊；十三年，封尚思达，使给事中陈传，行人万祥；景泰二年，封尚景福，使给事中乔毅，行人童守宏；六年，封尚泰久，使给事中严诚，行人刘俭；天顺六年，封尚德，使吏科给事中潘荣，行人蔡哲；成化六年，封尚圆，使兵科给事中官荣，行人韩文；十三年，封尚真，使兵科给事中董旻，行人司司副张祥；嘉靖七年，封尚清，使吏科给事中陈侃，行人高澄；四十一年，封尚元，使吏科左给事中郭汝霖，行人李际春；万历四年，封尚永，使户科左给事中萧崇业，行人谢杰；二十九年，封尚宁，使兵科右给事中夏子阳，行人王士正；崇祯元年，封尚丰，使户科左给事中杜三策，行人司司正杨伦。一共十五次，合计二十七人。柴山以前，并没有副册封使。另一张告示上写着本朝册封使的姓名：康熙二年，封尚质，使兵科副理官张学礼，行人王垓；二十一年，封尚贞，使翰林院检讨汪楫，内阁中书舍人林麟焻；五十八年，封尚敬，使翰林院检讨海宝，翰林院编修徐葆光；乾隆二十一年，封尚穆，使翰林院侍讲全魁，翰林院编修周煌。一共四次，合计八人。

　　清明后，常常刮南风。霜降后，常常刮南北风。与此相反，飓飑即将来临。正月、二月、三月多有飓，五月、六月、七月、八月多有飑。飑往往是突然发生又突然停止，飓往往是逐渐发生而且绵延多日。九月北风有时会连月吹，俗称九降风。偶尔会有飑发生，也像飓一样突然。遇到飓还好说，遇到飑就很难承受。十月后多刮北风，飓飑没有固定的日期，船家往往趁着刮风的间隙来往。凡是飓即将来临时，天色中会有黑点。这时就要赶紧收帆，严舵以待，动作慢了就来不及，有时甚至导致灭顶之灾。飑将要到来时，天边的断虹好似片帆，称为破帆。逐渐弥漫半空，好似鲎的尾巴，称为屈鲎。如果在北方见到这种情形，灾情更加严重。此外，海面突然变化，出现很多米糠一样的脏东西，以及海蛇浮游，或者红蜻蜓环绕飞舞，都是飓风降临的征兆。

　　自从来到琉球，转眼已经半年，东风迟迟不来，想要返回也没有办法。十月二十五日，才开始乘船返回。到二十九日，看见了温州南杞山。不久，看见了北杞山，有几十条船在那里停泊。船家都很高兴，认为这必定是迎护船。守备登上后艄瞭望，惊恐地禀报："那停泊的是贼船！"又禀报："贼船都扬帆了！"没多久，十六条贼船吆喝着行驶过来。我们的船从舵门发射子母炮，立刻击毙四人，吆喝的人被击中并掉入海中。贼船开始撤退。众多枪支齐发，又击毙六人。又用炮击，击毙五人。稍稍前进，又用炮击，再击毙四人。于是，贼船才退去。当时，贼船已占据上风，我们暗中将子母炮移到舵右舷边，连续击毙十二人，焚烧头篷，贼船都转舵而退。其中，有两艘船较大，再次鼓噪着，从上风飞驶而来。我们用大炮对准贼船，立刻施放，一发就击中贼首，烟雾弥漫一里左右。等烟雾散开，贼船已全部退走了。这一次战斗，枪炮都弹无虚发，我们也侥幸躲过危难。

没过多久，北风又来了，海浪飞过船头。我在梦中听船上的人喊叫："到官塘了！"我被惊醒，就起身了。随从的客人都一夜未眠，告诉我说："危险到这个地步，你怎么还能睡着呢？"我询问详情，回答说："每次船倾斜，头篷都流下水。海浪覆盖船，船身没入水中，只听到瀑布的声音，向下直流，没有停息。船最终没有倾覆，实在是幸运啊！"我笑着回应道："假如船倾覆了，你们能避免吗？我睡得香甜，不曾目击危险，难道不是幸运吗？"盥洗后，我登上战台观察，前后十几个灶都消失了，船面一无所有，灶膛里的火完全熄灭了。船上的人指着前方说："前面就是定海，不用担心。"申时才得以停泊。船户登上岸购买米薪，我们才有饭吃。

这一天晚上，我写了一封家信，以便安慰芸，免得让她挂念，而回家的心情更加迫切。我还记得，当年芸曾经对我说："穿布衣、吃菜饭，可以终身愉悦，不一定非要外出旅游。"这一次航海，虽然神奇而且惊险，濒临危险而能幸免，才感觉芸说的话确实意味深长啊。

卷评

这卷又名《海国记》，主要描写了作者出使琉球途中的见闻，依照时间顺序，可分为四个阶段：出使前、途中、到达琉球、回归大陆。主要内容包括出使前对大船的描述，到达后对迎接礼仪、琉球护国寺、使馆、苑林、册封礼、官邸、集市、民居等的描述。从中可以看到琉球的社会风俗，可以说是当时最为贴近真实的叙述记事文字，是了解彼时琉球国国情的第一手珍贵资料。作者的笔触大多还是只述不议，而且详简得当。可以说，这卷文字是我国游记中的典范之作。

卷六　养生记道

自芸娘之逝，戚戚无欢。春朝秋夕，登山临水，极目伤心，非悲则恨。读《坎坷记愁》，而余所遭之拂逆可知也。

静念解脱之法，行将辞家远出，求赤松子于世外。嗣以淡安、揖山两昆季之劝，遂乃栖身苦庵，惟以《南华经》①自遣。乃知蒙庄鼓盆而歌，岂真忘情哉？无可奈何，而翻作达耳！余读其书，渐有所悟。读《养生主》②而悟达观之士，无时而不安，无处而不顺，冥然与造化为一，将何得而何失，孰死而孰生耶？故任其所受，而哀乐无所错其间矣。又读《逍遥游》，而悟养生之要，惟在闲放不拘，怡适自得而已，始悔前此之一段痴情，得勿作茧自缚矣乎！此《养生记道》之所为作也。亦或采前贤之说以自广，扫除种种烦恼，惟以有益身心为主，即蒙庄之旨也。庶几可以全生，可以尽年。

余年才四十，渐呈衰象，盖以百忧摧撼，历年郁抑，不无闷损。淡安劝余每日静坐数息，仿子瞻《养生颂》之法，余将遵而行之。调息之法，不拘时候，兀身端坐，子瞻所谓摄身使如木偶也。解衣缓带，务令适然，口中舌搅数次，微微吐出浊气，不令有声，鼻中微微纳之，或三五遍，二七遍，有津咽下，叩齿数通，舌抵上腭，唇齿相着，两目垂帘，令胧胧然渐次调息，不喘不粗，或数息出或数息入，从一至十，从十至百，摄心在数，勿令散乱，子瞻所谓"寂然，兀然，与虚空等也"。如心息相依，杂念不生，则止勿数，任其自然，子瞻所谓"随"也。坐久愈妙，若欲起身，须徐徐舒放手足，勿得遽起。能勤行之，静中光景，种种奇特，子瞻所谓"定能生慧，自然明悟"，譬如盲人忽然有眼也，直可明心见性，不但养身全生而已。出入绵绵，若存若亡，神气相依，是为真息。息息归根，自能夺天地之造化，长生不死之妙道也。

注释

①《南华经》：即《庄子》。

②《养生主》：和下面的《逍遥游》，都是《庄子》中的名篇。

> **译文**

自从芸娘去世,我始终郁郁寡欢。春日秋夜,登山临水,触景伤情,不是悲苦就是哀怨。阅读《坎坷记愁》,就知道我所遭遇的种种坎坷了。

我静下心来,思考解脱的方法,准备辞别家人,远离故乡,去世外寻求赤松子一样的得道之人。随后,因为淡安、挥山两兄弟的劝说,我才寄身苦庵,整日用《南华经》来自我排遣。我这才知道,庄周鼓盆而歌,哪里是真的忘却了俗情?那是无可奈何,勉强自己表现得达观罢了!我研读他的书,逐渐有所感悟。研读《养生主》而领悟到,真正达观的人,时时安定,事事顺随,杳杳冥冥中与大自然合而为一,怎么谈得上得到什么而失去什么,哪一个是死而哪一个是生呢?所以,淡定地应对所有的遭遇,而哀伤喜乐的感情也不会交错其中了。又研读《逍遥游》而领悟到,养生的要诀只在放下忧愁、通达不拘、怡然自得罢了。我这才开始后悔前半生的这一段儿女痴情,大概是典型的作茧自缚啊!这也正是我撰写《养生记道》的缘由。我也尽量采纳前贤的学说发扬光大,以便扫除种种烦恼,总是以有益身心为核心,这就是庄周的养生主旨。果真能这样做,大概就能保全自己的生命,真正实现延年益寿。

我才四十岁,却逐渐呈现出衰老的征兆,主要是因为遭受各种烦恼的折磨与打击,多年以来都非常抑郁,对身心自然损害极大。淡安劝我每日静坐,默数呼吸,效仿苏轼的《养生颂》中介绍的方法,我准备按他的建议去做。调息的具体方法,不受时间限制,静身端坐,做到苏轼所说的将身体调控到木偶状态。解开衣服,放松腰带,务必让自己周身舒适。口里用舌头搅拌几次,微微地吐出浊气,不能出声,鼻子微微地吸纳。可以做三五遍,也可以做二七遍。津液产生之后,就慢慢咽下,叩几遍牙齿。然后,舌抵上腭,唇齿相连,闭目垂帘,在朦朦胧胧中逐渐调息,做到气不喘、不粗。也可以默数呼出的次数或吸入的次数,从一到十,从十到百。关键是收摄心神在默数上,不要散乱,这就是苏轼所说的寂静淡然与虚空同体的境界。如达到心息相依、杂念不生的地步,就不用继续默数,可以顺其自然,这就是苏轼所说的"顺随"。坐得越久,体验越妙。如果想要起身,应慢慢活动手脚,切不可突然起身。持之以恒地勤加练习,静中会出现种种奇特的光景,这就是苏轼所说的定能生慧,自然明悟其理。这就好比盲人突然恢复视觉,确实可以达到明心见性,不只是滋养身体、保全生命。呼吸绵绵,似有似无,神气相依,这才是真息。息息归根,自然能夺取天地的造化,堪称长生不死的妙道。

人大言,我小语。人多烦,我少记。人悸怖,我不怒。澹然无为,神气自满,此长生之药。《秋声赋》①云:"而况思其力之所不及,忧其智之所不能,宜其渥然丹者为槁木,黟然黑者为星星。"此士大夫通患也。又曰:"百忧感其心,万事劳其形。有动乎中,必摇其精。"人常有多忧多思之患,方壮遽老,方老遽衰,反此亦长生之法。舞衫歌扇,转眼皆非;红粉青楼,当场即幻。秉灵烛以照迷情,持慧剑以割爱欲,殆非大勇不能也。然情必有所寄,不如寄其情于卉木,不如寄其情于书画。与对艳妆美人何异,可省却许多烦恼。

范文正有云"千古圣贤,不能免生死,不能管后事。一身从无中来,却归无中去。谁是亲疏?谁能主宰?既无奈何,即放心逍遥,任委来往。如此断了,即心气渐顺,五脏亦和,药方有效,食方有味也。只如安乐人,忽②有忧事,便吃食不下,何况久病,更忧身死,更忧身后,乃在大怖中,饮食安可得下?请宽心将息"云云,乃劝其中舍三哥之帖。余近日多忧多虑,正宜读此一段。放翁胸次广大,盖与渊明、乐天、尧夫、子瞻等同其旷逸。其于养生之道,千言万语,真可谓有道之士。此后当玩索陆诗,正可疗余之病。

注释

①《秋声赋》:宋代欧阳修所作的辞赋作品。
②忽:也有作"勿"。

译文

别人大声说话，我就小声说话。别人烦恼丛生，我就少记琐俗之事。别人怕这怕那，我就不怒不惧。恬淡无为，神气自满，这就是长生药。《秋声赋》中说："更何况常常思考自己的力量所做不到的事情，忧虑自己的智慧所不能解决的问题，自然会使他红润的面色变得苍老枯槁，乌黑的头发变得花白。"这就是士大夫的通病啊。又说："无穷无尽的忧虑煎熬他的心绪，无数琐碎烦恼的事来劳累他的身体。只要内心被外物触动，就一定会动摇他的精神。"人常常有多忧多思的毛病，才到壮年就立刻显老，才到老年就立刻衰败。明悟这一点，其实也是长生的方法。舞衫歌扇，转眼都会消失；红粉青楼，当场就是虚幻。秉持灵烛来照彻迷情，手执慧剑来割断爱欲，大概不是大勇之人就不能做到。然而，人的情志也必须有所寄托，不如将情志寄托于花草树木、琴棋书画。这其实与面对艳妆美人没有本质的区别，却能省去许多烦恼。

范仲淹说过，即使是千古圣贤，也不能避免死亡，也不能管理后事。人这个身体原本是从无中产生，最终还是要回归到无中去。谁是亲疏？谁能主宰？既然无可奈何，就应当放心逍遥，凡事顺随。如此处理，就会心气逐渐平和，五脏顺畅，吃药就有效，吃东西也有滋有味。就好比那种原本安乐的人，忽然遇到烦心事，便吃不下饭，更何况长期生病的人？担忧自己会死去，更担忧身后的事情，整天生活在巨大恐怖之中，饮食又怎么能吃喝得下？还是放宽心将养休息吧。这是劝他家中的三哥而写的信。我最近多忧多虑，正适合读这一段。陆游胸怀宽广，与渊明、乐天、尧夫、子瞻等一样旷达飘逸。他所阐述的养生之道非常多，真称得上是有道之士。今后，我应当仔细研究他的诗，正好可以治疗我的病。

洒浴极有益。余近制一大盆，盛水极多，洒浴后，至为畅适。东坡诗所谓"淤槽漆斛江河倾，本来无垢洗更轻"，颇领略得一二。治有病，不若治于无病，疗身不若疗心，使人疗，尤不若先自疗也。

林鉴堂诗曰："自家心病自家知，起念还当把念医。只是心生心作病，心安那有病来时。"此之谓自疗之药，游心于虚静，结志于微妙，委虑于无欲，指归于无为，故能达生延命，与道为久。

仙经①以精、气、神为内三宝，耳、目、口为外三宝，常令内三宝不逐物而流，外三宝不诱中而扰。重阳祖师于十二时中，行住坐卧，一切动中，要把心似泰山，不摇不动。谨守四门，眼、耳、鼻、口，不令内入外出，此名养寿紧要。外无劳形之事，内无思想之患，以恬愉为务，以自得为功，形体不敝，精神不散。

益州老人尝言："凡欲身之无病，必须先正其心，使其心不乱求，心不狂思，不贪嗜欲，不着迷惑，则心君泰然矣。心君泰然，则百骸四体虽有病，不难治疗；独此心一动，百患为招，即扁鹊、华佗在旁，亦无所措手矣。"林鉴堂先生有《安心诗》六首，真长生之要诀也。诗云：

  我有灵丹一小锭，能医四海群迷病。
  些儿吞下体安然，管取延年兼接命。

  安心心法有谁知，却把无形妙药医。
  医得此心能不病，翻身跳入太虚时。

  念杂由来业障多，憧憧扰扰竟如何？
  驱魔自有玄微诀，引入尧夫安乐窝。

  人有二心方显念，念无二心始为人。
  人心无二浑无念，念绝悠然见太清。

  这也了时那也了，纷纷攘攘皆分晓。
  云开万里见清光，明月一轮圆皎皎。

  四海遨游养浩然，心连碧水水连天。

津头自有渔郎问，洞里桃花日日鲜。

禅师与余谈养心之法，谓"心如明镜，不可以尘之也；又如止水，不可以波之也"。此与晦庵所言："学者，常要提醒此心，惺惺不寐，如日中天，群邪自息。"其旨正同。又言："目毋妄视，耳毋妄听，口毋妄言，心毋妄动，贪嗔痴爱，是非人我，一切放下。未事不可先迎，遇事不宜过扰，既事不可留住，听其自来，应以自然，信其自去，忿懥恐惧，好乐忧患，皆得其正。"此养心之要也。

王华子曰："斋者，齐也，齐其心而洁其体也，岂仅茹素而已！所谓齐其心者，澹志寡营，轻得失，勤内省，远荤酒；洁其体者，不履邪径，不视恶色，不听淫声，不为物诱，入室闭户，烧香静坐，方可谓之斋也。诚能如是，则身中之神明自安，升降不碍，可以却病，可以长生。"

注释

①仙经：泛指道教经典。东晋葛洪《抱朴子·辨问》："仙经以为，诸得仙者，皆其受命偶值神仙之气，自然所禀。"葛洪所说的"仙经"，是一部亡佚已久的秦汉或三国时期重要的黄老道家典籍，其残卷多为后世道教所引载。

译文

泡浴疗法对健康极为有益。我最近制作了一个大盆，装的水很多，泡浴后，身体极为舒畅。苏轼的诗所说的"淤槽漆斛江河倾，本来无垢洗更轻"的境界，我已能领略一些了。与其生病后去治疗，不如在没病时去预防；与其治疗身体上的病，不如治疗心理上的病；与其请人治疗，不如先自己治疗。林鉴堂的诗说："自家心病自家知，起念还当把念医。只是心生心作病，心安那（哪）有病来时。"说的就是自己治疗的药，在虚静中逍遥，在微妙中安定，无欲无求，回归无为，所以能延年益寿，与大道共存。

仙经里常将精、气、神视为内三宝，将耳、目、口视为外三宝。要求经常做到内三宝不追逐外物而耗散，外三宝不诱惑本体而扰攘。重阳祖师在十二个时辰中，无论行住坐卧，任何时候，都要心似泰山，不摇不动，谨守眼耳鼻口四门，不让内入外出，这就是养寿的关键。外无劳形的俗事，内无思虑的祸患，以愉悦为追求，以自得为功效，形体不会破败，精神不会离散。

益州老人曾经说过："要想身体无病，必须先正其心，做到心不乱求，心不狂思，不贪嗜欲，不着迷惑，心君自然安泰。心君安泰了，四肢百骸即使有病，也不难治疗；唯独此心乱动，就会招致各种祸患，即使扁鹊、华佗在旁边，也必定手足无措。"林鉴堂先生写了六首《安心诗》，堪称长生的要诀。诗说：

我有灵丹一小锭，能医四海群迷病。
些儿吞下体安然，管取延年兼接命。

安心心法有谁知，却把无形妙药医。
医得此心能不病，翻身跳入太虚时。

念杂由来业障多，憧憧扰扰竟如何？
驱魔自有玄微诀，引入尧夫安乐窝。

人有二心方显念，念无二心始为人。
人心无二浑无念，念绝悠然见太清。

这也了时那也了，纷纷攘攘皆分晓。
云开万里见清光，明月一轮圆皎皎。

四海遨游养浩然，心连碧水水连天。
津头自有渔郎问，洞里桃花日日鲜。

禅师与我谈论养心的方法，认为心如明镜，就不会沾染灰尘；心如止水，就不会产生波动。这与晦庵所说的，学道之人要经常观心反省，清醒警觉，不受诱惑，如日中天，各种邪气自然消失，宗旨是相同的。又说眼睛不要乱看、耳朵不要乱听、嘴巴不要乱说、心神不要乱动，将贪嗔痴爱、是非人我全都放下。未遇到事，不能先去迎候；遇到事后，不应过于忧虑；事情过去，不要牵挂。要做到听任其来，自然应对，坚信事情终将结束，愤怒与恐惧、安乐与忧患都会各得其所。这就是养心的要诀。

王华子说："所谓斋，就是齐，意思是调控心神而清洁形体，哪里只是吃素呢！所谓调控心神，就是清心寡欲，看淡得失，勤加内省，远离荤酒；所谓清洁形体，就是不走邪道、不看恶色、不听淫声、不被物牵，进屋闭户，烧香静坐，才能说是斋啊。确实能做到这一点，身中的神明自然安定，出入无碍，可借此祛病，可借此延年。"

余所居室，四边皆窗户，遇风即阖，风息即开。余所居室，前帘后屏，太明即下帘，以和其内映；太暗则卷帘，以通其外耀。内以安心，外以安目，心目俱安，则身安矣。

禅师称二语告我曰："未死先学死，有生即杀生。"有生，谓妄念初生；杀生，谓立予铲除也。此与孟子勿忘勿助之功相通。

孙真人《卫生歌》[①]云："卫生切要知三戒，大怒大欲并大醉。三者若还有一焉，须防损失真元气。"又云："世人欲知卫生道，喜乐有常嗔怒少。心诚意正思虑除，理顺修身去烦恼。"又云："醉后强饮饱强食，未有此生不成疾。入资饮食以养身，去其甚者自安适。"又蔡西山《卫生歌》[②]云："何必餐霞饵大药，妄意延龄等龟鹤。但于饮食嗜欲间，去其甚者将安乐。食后徐行百步多，两手摩胁并胸腹。"又云："醉眠饱卧俱无益，渴饮饥餐尤戒多。食不欲粗并欲速，宁可少餐相接续。若教一顿饱充肠，损气伤脾非尔福。"又云："饮酒莫教令大醉，大醉伤神损心志。酒渴饮水并啜茶，腰脚自兹成重坠。"又云："视听行坐不可久，五劳七伤从此有。四肢亦欲得小劳，譬如户枢终不朽。"又云："道家更有颐生旨，第一戒人少嗔恚。"凡此数言，果能遵行，功臻旦夕，勿谓老生常谈也。

注释

① 孙真人《卫生歌》：孙思邈的重要养生文献，原文中提出了很多重要的养生思想，如四季养生原则、卫生三戒、养生先养性等。

② 蔡西山《卫生歌》：应为真西山《卫生歌》，《遵生八笺》中有记载，原文与真西山《卫生歌》一致。此处为作者笔误。真西山，真德秀（1178—1235），字景元，后更为希元，号西山，是继朱熹之后的理学正宗传人，后世称其为"西山先生"。蔡西山，蔡元定（1135—1198），字季通，被学者称为"西山先生"，南宋理学家，师从朱熹。他常对人说："为人不可不知地理和医药。"

译文

我所居住的房屋，四面都是窗户，遇到刮风就关上，等风停了就打开。我所居住的房屋，前面是帘子，后面是屏风。光线太亮就拉下帘子，以便调和内景；光线太暗就卷上帘子，以便畅通外气。在内可以安心，在外可以安目，心目都安定了，身也就安定了。

禅师告诉我两句话："未死先学死，有生即杀生。"所谓有生，是指妄念初生；所谓杀生，是指立即铲除。这与孟子倡导的勿忘勿助的道理是相通的。

孙真人的《卫生歌》说："卫生切要知三戒，大怒大欲并大醉。三者若还有一焉，须防损失真元气。"又说："世人欲知卫生道，喜乐有常嗔怒少。心诚意正思虑除，理顺修身去烦恼。"又说："醉后强饮饱强食，未有此生不成疾。入资饮食以养身，去其甚者自安适。"蔡西山《卫生歌》也说："何必餐霞饵大药，妄意延龄等龟鹤。但于饮食嗜欲间，去其甚者将安乐。食后徐行百步多，两手摩胁并胸腹。"又说："醉眠饱卧俱无益，渴饮饥餐尤戒多。食不欲粗并欲速，宁可少餐相接续。若教一顿饱充肠，损气伤脾非尔福。"又说："饮酒莫教令大醉，大醉伤神损心志。酒渴饮水并啜茶，腰脚自兹成重坠。"又说："视听行坐不可久，五劳七伤从此有。四肢亦欲得小劳，譬如户枢终不朽。"又说："道家更有颐生旨，第一戒人少嗔恚。"以上这些话，如果真能遵照执行，必定功效显著，不要认为是老生常谈啊。

洁一室，开南牖，八窗通明。勿多陈列玩器，引乱心目。设广榻、长几各一，笔砚楚楚，旁设小几一，挂字画一幅，频换。几上置得意书一二部，古帖一本，古琴一张。心目间常要一尘不染。晨入园林，种植蔬果，芟草，灌花，莳药。归来入室，闭目定神。时读快书，怡悦神气，时吟好诗，畅发幽情。临古帖，抚古琴，倦即止。知己聚谈，勿及时事，勿及权势，勿臧否人物，勿争辩是非。或约闲行，不衫不履，勿以劳苦徇礼节。小饮勿醉，陶然而已。诚然如是，亦堪乐志。以视夫蹩足入绊，申脰①就羁，游卿相之门，有簪佩之累，岂不霄壤之悬哉！

太极拳非他种拳术可及，"太极"二字已完全包括此种拳术之意义。太极乃一圆圈，太极拳即由无数圆圈联贯而成之一种拳术，无论一举手，一投足，皆不能离此圆圈。离此圆圈，便违太极拳之原理。四肢百骸不动则已，动则皆不能离此圆圈，处处成圆，随虚随实。练习以前，先须存神纳气，静坐数刻。并非道家之守窍也，只须屏绝思虑，务使万缘俱静。以缓慢为原则，以毫不使力为要义，自首至尾，联绵不断。相传为辽阳张通，于洪武初奉召入都，路阻武当，夜梦异人，授以此种拳术。余近年从事练习，果觉身体较健，寒暑不侵。用以卫生，诚有益而无损者也。

省多言，省笔札，省交游，省妄想，所一息不可省者，居敬养心耳。

杨廉夫②有《路逢三叟》词云："上叟前致词，大道抱天全。中叟前致词，寒暑每节宣。下叟前致词，百年半单眠。"尝见后山诗中一词，亦此意，盖出应璩。璩诗曰："昔有行道人，陌上见三叟。年各百岁余，相与锄禾麦。往前问三叟，何以得此寿？上叟前致词，室内姬粗丑。二叟前致词，量腹节所受。下叟前致词，夜卧不覆首。要哉三叟言，所以能长久。"

古人云："比上不足，比下有余。"此最是寻乐妙法也。将啼饥者比，则得饱自乐；将号寒者比，则得暖自乐；将劳役者比，则优闲自乐；将疾病者比，则康健自乐；将祸患者比，则平安自乐；将死亡者比，则生存自乐。白天乐诗有云："蜗牛角内争何事，石火光中寄此身。随富随贫且欢喜，不开口笑是痴人。"近人诗有云："人生世间一大梦，梦里胡为苦认真？梦短梦长俱是梦，忽然一觉梦何存。"与乐天同一旷达也！

"世事茫茫，光阴有限，算来何必奔忙？人生碌碌，竞短论长，却不道荣枯有数，得失难量。看那秋风金谷③，夜月乌江，阿房宫冷，铜雀台荒。荣华花上露，富贵草头霜。机关参透，万虑皆忘。夸什么龙楼凤阁，说什么利锁名缰，闲来静处，且将诗酒猖狂，唱一曲归来未晚，歌一调湖海茫茫。逢时遇景，拾翠寻芳。约几个知心密友，到野外溪旁，或琴棋适性，或曲水流觞，或说些善因果报，或论些今古兴亡，看花枝堆锦绣，听鸟语弄笙簧④。一任他人情反复，世态炎凉，优游闲岁月，潇洒度时光。"此不知为谁氏所作，读之而若大梦之得醒，热火世界一帖清凉散也。

注释

① 申脰（dòu）：伸长脖子。申，伸。脰，颈、脖。

② 杨廉夫：杨维桢（1296—1370），元末明初著名诗人、文学家、书画家和戏曲家。字廉夫，号铁崖、铁笛道人，又号"铁心道人""铁冠道人""铁龙道人""梅花道人"等，晚年自号"老铁""抱遗老人""东维子"，绍兴路诸暨州（浙江诸暨）枫桥全堂人。

③ 金谷：西晋石崇修筑金谷园，极尽奢华。

④ 笙簧：通指乐器。笙，一种传统乐器。簧，笙中的簧片。

译文

打扫干净一间屋子，在南边开窗户，八扇窗子通明透亮。不要过多摆放赏玩的器具，以免扰乱心神，扰乱视线。安放大床、长几各一张，笔、砚摆放整齐，旁边安设一个小几，挂一幅字画，可经常更换字画。几上摆放喜欢的一两部书、一本古人的字帖、一张古琴。心眼之间，要常常做到一尘不染。早晨进入园林，种植蔬菜瓜果，除草，浇花，栽药。回来进入净室，闭上眼睛，安定神情。时而读愉快的书，使神气快乐愉悦；时而吟绝妙的诗，使幽情畅达抒发。临摹古人字帖，弹奏古琴，疲倦了就停止。知己朋友聚会闲谈，不要谈论时事、权势，不要褒贬人物，不要争辩是非。有时相约悠闲出行，不讲究穿戴，不要因为遵循礼节而劳心劳力。可以适当喝一点酒，但不能喝醉，舒畅快乐就够了。假如确实能够这样做，也可以娱乐志趣。这与那种走路战战兢兢生怕绊倒，伸长脖子受到束缚，在卿相的大门间苦苦周旋，承受追求仕宦之途的巨大压力相比，难道不是有着天壤之别吗！

太极拳不是其他拳术可比的，太极这两个字已经将这种拳术的意义完全包括了。太极就是一个圆圈，太极拳就是由无数的圆圈联贯而成的一种拳术。无论是一举手还是一投足，都不能离开这个圆圈。如果离开这个圆圈，就违背了太极拳的原理。四肢百骸，不动则已，一动就都不能离开这个圆圈，处处成圆，虚实无碍。在练习之前，先应凝神调息，静坐片刻。这并非道家所说的意守玄窍，只需要摒除一切烦恼，务必做到万缘放下。以缓慢为原则，以毫不用力为关键，从头到尾，连绵不断。相传是辽阳的张通，在洪武初年，奉诏进京，在武当受阻，晚上梦见一个异人，向他传授太极拳。我近年来一直坚持练习，果然觉得身体康健，寒暑不侵，如果用来养生，的确是有益而无损。

减省多余言论，减省笔墨书札，减省交际旅游，减省狂妄念头。唯有一刻也不能减省的，就是恭敬地养心。

杨廉夫写的《路逢三叟》词说："上叟前致词，大道抱天全；中叟前致词，寒暑每节宣；下叟前致词，百年半单眠。"我曾经见过后山诗中的一首，也是类似的意思，应该是出自应璩。应璩的诗说："昔有行道人，陌上见三叟。年各百岁余，相与锄禾麦。往前问三叟，何以得此寿？上叟前致词，室内姬粗丑；二叟前致词，量腹节所受；下叟前致词，夜卧不覆首。要哉三叟言，所以能长久。"

古人说："比上不足，比下有余。"这是追求快乐最巧妙的方法。与啼哭饥饿的人相比，就会觉得吃饱饭也是一种快乐；与哀号寒冷的人相比，就会觉得穿暖衣也是一种快乐；与辛苦劳作的人相比，就会觉得悠闲自在也是一种快乐；与生病染疾的人相比，就会觉得身体健康也是一种快乐；与遭遇祸患的人相比，就会觉得平平安安也是一种快乐；与死亡的人相比，就会觉得活着也是一种快乐。白天乐有一首诗说："蜗牛角内争何事，石火光中寄此身。随富随贫且欢喜，不开口笑是痴人。"近人有一首诗说："人生世间一大梦，梦里胡为苦认真。梦短梦长俱是梦，忽然一觉梦何存。"这首诗的作者与乐天是同样心胸旷达的人啊！

"世事茫茫，光阴有限，算来何必奔忙？人生碌碌，竞短论长，却不道荣枯有数，得失难量。看那秋风金谷，夜月乌江，阿房宫冷，铜雀台荒。荣华花上露，富贵草头霜。机关参透，万虑皆忘。夸什么龙楼凤阁，说什么利锁名缰，闲来静处，且将诗酒猖狂，唱一曲归来未晚，歌一调湖海茫茫。逢时遇景，拾翠寻芳。约几个知心密友，到野外溪旁，或琴棋适性，或曲水流觞，或说些善因果报，或论些今古兴亡，看花枝堆锦绣，听鸟语弄笙簧。一任他人情反复，世态炎凉，优游闲岁月，潇洒度时光。"这首词不知道是谁写的，品读之后，似乎恍然大悟，如梦初醒，堪称炎热世界的一剂清凉散。

程明道①先生曰："吾受气甚薄，因厚为保生，至三十而浸盛，四十五十而后完。今生七十二年矣，较其筋骨，于盛年无损也。若人待老而保生，是犹贫而后蓄积，虽勤亦无补矣。"口中言少，心头事少，肚里食少。有此三少，神仙可到。酒宜节饮，忿宜速惩，欲宜力制。依此三宜，疾病自稀。病有十可却：静坐观空，觉四大原从假合，一也；烦恼现前，以死譬之，二也；常将不如我者巧自宽解，三也；造物劳我以生，遇病少闲，反生庆幸，四也；宿孽现逢，不可逃避，欢喜领受，五也；家室和睦，无交谪之言，六也；众生各有病根，常自观察克治，七也；风寒谨防，嗜欲淡薄，八也；饮食宁节毋多，起居务适毋强，九也；觅高朋亲友，讲开怀出世之谈，十也。

邵康节②居安乐窝中，自吟曰："老年肢体索温存，安乐窝中别有春。万事去心闲偃仰，四肢由我任舒伸。炎天傍竹凉铺簟，寒雪围炉软布裀。昼数落花聆鸟语，夜邀明月操琴声。食防难化常思节，衣必宜温莫懒增。谁道山翁拙于用，也能康济自家身。"

养生之道，只"清净明了"四字。内觉身心空，外觉万物空，破诸妄想，一无执着，是曰"清净明了"。万病之毒，皆生于浓。浓于声色，生虚怯病；浓于货利，生贪饕病；浓于功业，生造作病；浓于名誉，生矫激病。噫，浓之为毒甚矣！樊尚默先生以一味药解之，曰"淡"。云白山青，川行石立，花迎鸟笑，谷答樵讴，万境自闲，人心自闹。

岁暮访淡安，见其凝尘满室，泊然处之。叹曰："所居，必洒扫涓洁，虚室以居，尘嚣不杂。斋前杂树花木，时观万物生意。深夜独坐，或启扉以漏月光，至昧爽，但觉天地万物，清气自远而届，此心与相流通，更无窒碍③。今室中芜秽不治，弗以累心，但恐于神爽未必有助也。"

余年来静坐枯庵，迅扫夙习。或浩歌长林，或孤啸幽谷，或弄艇投竿于溪涯湖曲，捐耳目，去心智，久之似有所得。陈白沙④曰："不累于外物，不累于耳目，不累于造次颠沛。鸢飞鱼跃，其机在我。"知此者谓之善学，抑亦养寿之真诀也。

圣贤皆无不乐之理。孔子曰："乐在其中。"颜子曰："不改其乐。"孟子以"不愧，不怍⑤"为乐。《论语》开首说乐，《中庸》言"无入而不自得"，程、朱教寻孔颜乐趣，皆是此意。圣贤之乐，余何敢望？窃欲仿白傅⑥之"有叟在中，白须飘然，妻孥⑦熙熙，鸡犬闲闲"之乐云耳。

冬夏皆当以日出而起，于夏尤宜。天地清旭之气，最为爽神，失之甚为可惜。余居山寺之中，暑月日出则起，收水草清香之味。莲方敛而未开，竹含露而犹滴，可谓至快。日长漏永，午睡数刻，焚香垂幕，净展桃笙，睡足而起，神清气爽，真不啻天际真人也。

乐即是苦，苦即是乐，带些不足，安知非福？举家事事如意，一身件件自在，热光景即是冷消息。圣贤不能免厄，仙佛不能免劫，厄以铸圣贤，劫以炼仙佛也。

牛喘月，雁随阳，总成忙世界；蜂采香，蝇逐臭，同是苦生涯。劳生扰扰，惟利惟名，牿⑧旦昼，蹙寒暑，促生死，皆此两字误之。以名为炭而灼心，心之液涸矣；以利为蛊而螫心，心之神损矣。今欲安心而却病，非将名利两字，涤除净尽不可。

注释

① 程明道：程颢（1032—1085），字伯淳，宋代理学家，世称明道先生。北宋哲学家、教育家、诗人，理学的奠基者，"洛学"代表人物。

② 邵康节：邵雍（1011—1077），字尧夫，北宋著名理学家、数学家、诗人，与周敦颐、张载、程颢、程颐并称"北宋五子"。

③ 窒碍：障碍；阻碍。

④ 陈白沙：陈献章（1428—1500），明代思想家、教育家、书法家、诗人。

⑤ 不愧，不怍（zuò）：形容光明正大，问心无愧。

⑥ 白傅：白居易（772—846），唐代诗人、文学家，字乐天，号香山居士，官至太子少傅。

⑦ 妻孥（nú）：妻子和儿女。

⑧ 牿（gù）：绑在牛角上使其不能顶人的横木。

译文

程明道先生说："我自小先天禀赋不足，于是特别注重养生，到三十岁就逐渐强盛，四五十岁就更加理想。如今，我已经七十二岁了，就筋骨而言，与壮年时毫无差别。如果人等到衰老了才开始养生，就好比贫穷之后才开始积蓄，即使勤勉备至也无济于事啊。"口中话少，心头事少，肚里食少。有了这"三少"，神仙的境界就有望实现。酒宜有节制地喝，怒气宜尽快消除，欲念宜努力控制。按照这"三宜"去实行，疾病自然就少了。对于疾病，有十种消除的办法：一是静坐观空，感觉世间万事万物都是四大假合；二是烦恼出现，就用死亡来看待；三是常常与不如我的人比较，来宽慰自己；四是既然上天让我辛劳，遇到生病就会比较清闲，反而值得庆幸；五是遇到宿世的冤孽现前，不能逃避，而应欢欢喜喜地接受；六是家庭和睦，没有互相埋怨的言论；七是众生各有自己的病根，应当经常反省调整；八是谨慎地预防风寒，嗜好和欲念应尽量淡薄；

九是饮食方面宁肯少一些而不能贪多,起居方面必须顺其自然而不要勉强;十是经常与亲朋好友谈论开怀出世的话题。

邵康节居住在安乐窝中,吟诗道:"老年肢体索温存,安乐窝中别有春。万事去心闲偃仰,四肢由我任舒伸。炎天傍竹凉铺簟,寒雪围炉软布裯。昼数落花聆鸟语,夜邀明月操琴声。食防难化常思节,衣必宜温莫懒增。谁道山翁拙于用,也能康济自家身。"

养生之道,只在"清净明了"四字,内觉身心空,外觉万物空,消除各种妄想,毫不执着,这就是"清净明了"。万病的毒害,都从浓字上产生。浓于声色,就会生虚弱胆怯的病;浓于买卖,就会生贪食贪财的病;浓于功业,就会生自作自受的病;浓于名誉,就会生虚伪激进的病。唉,浓的毒害也实在太厉害了!樊尚默先生用一味药就能消解这个毒害,那就是"淡"。云白山青,水流石立,花迎鸟笑,谷答樵歌,大千世界本来闲适安静,喧闹的是人的那颗心。

有一年,我在傍晚去拜访淡安,看到满屋蒙尘,他却淡然处之。我就感叹道:"住的屋子必须打扫干净,居住在虚静的居室里,不混杂一点尘嚣。屋前应种植花草树木,随时能够观赏万物的生机。深夜独坐,有时可以开门引入月光,直至黎明,但觉天地万物浑然一体,有一股清气从远处飘来,与自己的心交相流通,毫无障碍。现在,你的屋中物品杂乱、灰尘笼罩,虽然不会让你的心累,但恐怕无助于神清气爽。"

我近年来,在枯庵静坐,很快消除了过去的习气。有时在长林中高歌,有时在幽谷狂啸,有时在溪边湖岸坐船钓鱼,关闭耳目视听,去除心智杂念,久而久之,似乎有所收获。陈白沙说:"不被外物所牵累,不被耳目所牵累,不被颠沛流离所牵累。鸢飞鱼跃,我都能从中感悟天机。"懂得这个道理的认为他善于学习,或许也揭示了养生长寿的真诀。

凡是圣贤,都没有不快乐的道理。孔子说:"乐在其中。"颜回说:"不改其乐。"孟子则以"问心无愧"为快乐。《论语》开篇就谈到快乐,《中庸》说"无论处于什么情况都安然自得",程朱让从学者寻找孔子与颜回的乐趣，都是这个意思。圣贤的快乐，我哪敢奢望？我私底下只是想要效仿白居易的"有叟在中，白须飘然，妻孥熙熙，鸡犬闲闲"的快乐罢了。

冬夏两季应日出而起，在夏天更应这样。早晨的天地清旭之气，最让人神清气爽，失去这个机会实在是可惜。我住在山寺中，夏天日出则起，呼吸水草清香的味道。此时，莲花还没有开放，竹子上还留有露水，可称得上是最大的快乐。时光漫长，中午小睡片刻，睡觉时焚着香、垂下帘，铺上桃枝竹编的干净的竹席。睡醒后就起来，觉得神清气爽，就像天上的真人那样。

乐就是苦，苦就是乐，人生带些不足，怎么知道就不是福分呢？如果每件事都称心如意、随心所欲，这热闹的光景，其实就是冷清的前兆。须知圣贤也不能免除厄运，仙佛也不能免除劫难。厄运是用来铸造圣贤的，劫难是用来修炼仙佛的。

牛看见月亮就以为是太阳，热得大口喘气，大雁随着季节的变化南来北往，整个世界似乎都在忙碌；蜜蜂忙着采集花蜜，苍蝇追逐着腐臭的气味，他们的生活都充满了辛苦。人生忙碌，大多都是为了名利二字，日以继夜，寒来暑往，生死奔波，都是被这两个字耽误了。将名利看得太重，就像用炭火灼烧心灵，会让心灵的水分枯竭；把利益看得太重，就像被毒刺刺中心脏，会让身心的根基遭受损伤。现在，如果想让心灵得到安宁并远离疾病，就必须将追求名利之心涤除得一干二净才行。

余读柴桑翁①《闲情赋》，而叹其钟情；读《归去来辞》，而叹其忘情；读《五柳先生传》，而叹其非有情非无情。钟之忘之，而妙焉者也。余友淡公最慕柴桑翁，书不求解而能解，酒不期醉而能醉。且语余曰："诗何必五言，官何必五斗，子何必五男，宅何必五柳？"可谓逸矣！余梦中有句云："五百年谪在红尘，略成游戏；三千里击开沧海，便是逍遥。"醒而述诸琢堂，琢堂以为飘逸可诵，然而谁能会此意乎？

真定梁公②每语人：每晚家居，必寻可喜笑之事，与客纵谈，掀髯大笑，以发舒一日劳顿郁结之气，此真得养生要诀也。曾有乡人过百岁，余扣其术，答曰："余乡村人，无所知，但一生只是喜欢，从不知忧恼。"此岂名利中人所能哉。昔王右军③云："吾笃嗜种果，此中有至乐存焉。我种之树，开一花，结一实，玩之偏爱，食之益甘。"右军可谓自得其乐矣。放翁梦至仙馆，得诗云："长廊下瞰碧莲沼，小阁正对青萝峰。"便以为极胜之景。余居禅房，颇擅此胜，可傲放翁矣。

余昔在球阳，日则步履于空潭碧涧、长松茂竹之侧，夕则挑灯读白香山、陆放翁之诗。焚香煮茶，延两君子为坐，与之相对，如见其襟怀之澹宕，几欲弃万事而从之游，亦愉悦身心之一助也。

余自四十五岁以后，讲求安心之法。方寸之地，空空洞洞，朗朗惺惺，凡喜怒哀乐、劳苦恐惧之事，决不令之入。譬如制为一城，将城门紧闭，时加防守，惟恐此数者阑入。近来渐觉阑入之时少，主人居其中，乃有安适之象矣。养身之道，一在慎嗜欲，一在慎饮食，一在慎忿怒，一在慎寒暑，一在慎思索，一在慎烦劳。有一于此，足以致病，安得不时时谨慎耶！

张敦复④先生尝言："古之读《文选》⑤而悟养生之理，得力于两句，曰'石蕴玉而山辉，水含珠而川媚'。"此真是至言。尝见兰蕙、芍药之蒂间，必有露珠一点，若此一点为蚁虫所食，则花萎矣。又见笋初出，当晓，则必有露珠数颗在其末，日出，则露复敛而归根，夕则复上。田间有诗云"夕看露颗上梢行"是也。若侵晓入园，笋上无露珠，则不成竹，遂取而食之。稻上亦有露，夕现而朝敛，人之元气全在乎此。故《文选》二语，不可不时时体察，得诀固不在多也。

余之所居，仅可容膝，寒则温室拥杂花，暑则垂帘对高槐，所自适于天壤间者，止此耳。然退一步想，我所得于天者已多，因此心平气和，无歆羡，亦无怨尤，此余晚年自得之乐也。圃翁曰："人心至灵至动，不可过劳，亦不可过逸，惟读书可以养之。"闲适无事之人，镇日不观书，则起居出入，身心无所栖泊，耳目无所安顿，势必心意颠倒，妄想生嗔，处逆境不乐，处顺境亦不乐也。古人有言："扫地焚香，清福已具。其有福者，佐以读书；其无福者，便生他想。"旨哉斯言！且从来拂意之事，自不读书者见之，似为我所独遭，极其难堪。不知古人拂意之事有百倍于此者，特不细心体验耳。即如东坡先生，殁后遭逢高孝，文字始出，而当时之忧谗畏讥，因顿转徙潮惠之间，且遇跣足涉水，居近牛栏，是何如境界？又如白香山之无嗣，陆放翁之忍饥，皆载在书卷，彼独非千载闻人？而所遇皆如此。诚一平心静观，则人间拂意之事，可以涣然冰释。若不读书，则但见我所遭甚苦，而无穷怨尤嗔忿之心，烧灼不静，其苦为何如耶！故读书为颐养第一事也。

吴下有石琢堂先生之城南老屋。屋有五柳园，颇具泉石之胜，城市之中而有郊野之观，诚养神之胜地也。有天然之声籁，抑扬顿挫，荡漾余之耳边。群鸟嘤鸣林间时，所发之断断续续声，微风振动树叶时所发之沙沙簌簌声，和清溪细流流出时所发出之潺潺淙淙声，余泰然仰卧于青葱可爱之草地上，眼望蔚蓝澄澈之穹苍，真是一幅绝妙画图也。以视拙政园⑥，一喧一静，真远胜之。

吾人须于不快乐之中，寻一快乐之方法。先须认清快乐与不快乐之造成，固由于处境之如何，但其主要根苗，还从己心发长耳。同是一人，同处一样之境，甲却能战胜劣境，乙反为劣境所征服。能战胜劣境之人，视劣境所征服之人，较为快乐。所以不必歆羡他人之福，怨恨自己之命。是何异雪上加霜，愈以毁灭人生之一切也。无论如何处境之中，可以不必郁郁，须从郁郁之中，生出希望和快乐之精神。偶与琢堂道及，琢堂亦以为然。

家如残秋，身如昃晚，情如剩烟，才如遣电，余不得已而游于画，而狎于诗，竖笔横墨，以自鸣其所喜。亦犹小草无聊，自矜其花；小鸟无奈，自矜其舌。小春之月，一霞始晴，一峰始明，一禽始清，一梅始生，而一诗一画始成。与梅相悦，与禽相得，与峰相立，与霞相揖，画虽拙而或以为工，诗虽苦而自以为甘。四壁已倾，一瓢已敝，无以损其愉悦之胸襟也。圃翁拟一联，将悬之草堂中："富贵贫贱，总难称意，知足即为称意；山水花竹，无恒主人，得闲便是主人。"其语虽俚，却有至理。天下佳山胜水、名花美竹无限，大约富贵人役于名利，贫贱人役于饥寒，总鲜领略及此者。能知足，能得闲，斯为自得其乐，斯为善于摄生也。

> [注释]

①柴桑翁：陶渊明（365或372或376—427），东晋诗人，浔阳柴桑人。

②真定梁公：梁梦龙（1527—1602），字乾吉，号鸣泉，北直隶真定人，明朝政治家、军事家。

③王右军：王羲之（303—361，一作307—365，又作321—379），字逸少，东晋时著名书法家，有"书圣"之称。

④张敦复：张英（1637—1708），字敦复，清安徽桐城人。官至文华殿大学士、礼部尚书。工诗善画。

⑤《文选》：即《昭明文选》，为南朝昭明太子萧统所作。

⑥拙政园：位于江苏省苏州市，始建于明正德初年（16世纪初），是江南古典园林的代表作品。

> [译文]

我研读陶渊明的《闲情赋》，感叹他的钟情；研读他的《归去来辞》，感叹他的忘情；研读他的《五柳先生传》，感叹他的既非有情又非无情。钟情也好，忘情也罢，都是非常绝妙的啊。我的朋友淡公最仰慕陶渊明，读书不求解而自能解，喝酒不期醉而自能醉。他还告诉我说："诗何必五言，官何必五斗，子何必五男，宅何必五柳？"这可说是非常旷达了！我在梦中吟得两句话："五百年谪在红尘，略成游戏；三千里击开沧海，便是逍遥。"醒了之后念给琢堂听，琢堂认为意蕴飘逸，值得吟诵，然而又有谁能真正领悟其中的意境呢？

梁梦龙经常对别人说，自己每天晚上住在家里，必定会寻找可喜可笑的事情，与客人开怀纵谈，捻须大笑，以便抒发一天的劳作郁闷之气，这真算得上是掌握了养生要诀。家乡曾经有一个年过百岁的人，我向他请教长寿的技术，他笑着说："我只是乡村粗野之人，对大道一无所知。但我一生只是开开心心地活着，从不知道什么是烦恼。"这难道是名利场中的人所能做到的吗？过去，王羲之说："我特别喜欢种植瓜果，这当中有真正的快乐存在。我所种植的树，每开一朵花，每结一个果实，我都欣喜不已，品尝时就更觉甘甜。"王羲之可算是自得其乐了。陆游做梦来到一座仙馆，写了一句诗："长廊下瞰碧莲沼，小阁正对青萝峰。"他认为，这就是最佳的景致。我居住在禅房里，拥有很多美妙的景致，可与陆游媲美了。

我当初在琉球，白天在空潭碧涧之间、长松茂竹之旁散步，晚上则挑灯研读白居易、陆游的诗。焚香煮茶，邀请两位君子入座，面对面交流，能充分感受到他们的旷达襟怀，差一点就想放下万千俗事而跟随他们出游，这也算是愉悦身心的辅助法门。

我从四十五岁以后，就研究安心的方法。自觉心灵如方寸之地，空空洞洞，杳杳冥冥，凡是喜怒哀乐、劳苦恐惧的事情，绝不让它们进入自己的心府。这就好比修建一座城，将城门紧闭，随时注重防守，唯恐敌对分子进入。近来，我逐渐感觉进入的时间少，主人翁安居其中，才有安适的境界。所谓养身之道，一在少贪欲，二在少饮食，三在少愤怒，四在少寒暑，五在少思索，六在少烦劳。只要还存在其中之一，就足以导致疾病产生，怎么能不时时谨慎对待呢！

张英先生曾经说过："古人读《昭明文选》而领悟到养生的道理，主要得益于两句话，即'石蕴玉而山辉，水含珠而川媚'。"这真是至理名言。我曾经见到兰蕙芍药的花蒂间，往往有一点露珠。如果这一点被蚁虫吞食，花就枯萎了。又看到竹笋刚刚长出，天刚亮时，它的末端必定有几颗露珠。等到太阳出来，这几颗露珠就收敛起来，回归根部，等到晚上又伸展出来。民间有一句诗，就是"夕看露颗上梢行"。如果天快亮时进入竹园，竹笋上没有看到露珠，就很难长成竹，就可以拿来吃。稻上也有露珠，晚上呈现而早上收敛，人的元气全在这里。所以，《昭明文选》的那两句话，不可不时时体察，想要获得养生秘诀本来就不用贪多。

我所居住的地方，仅仅可以立足。天冷时温室摆着各种花，天热时就放下帘子面对高槐，能够在天地之间悠然自适，也就是这样了。不过，退一步想，我从上天那里获得的东西已经很多了，因而心平气和，既没有美慕之心，也没有怨恨之意，这就是我晚年自己找到的快乐。圆翁说："人心是最灵巧、最好动的，不能过于劳累，也不能过于闲散，只有读书可以真正养心。"那些闲散无事的人，整天都不看书，起居出入，身心就没有停留的地方，耳目就没有安顿的时候，必然会心意颠倒，胡思乱想，怨天尤人。身处逆境固然不快乐，身处顺境也同样不快乐。古人说过："扫地焚香，就已经具备了清福。有清福的人，会用读书来辅助；没有清福的人，便会产生妄想。"这话说得很有道理！况且一向遇到不顺心的事情，如果是不读书的人遇到了，就认为是自己所独自遭遇的，因而万般痛苦。却不知道古人遇到的不顺心的事情要比这多百倍，只不过这些人没有去细心体验罢了！就说苏轼，死后才得到大家认可，文章才得以流传，而生前担忧谗言、畏惧讥讽，因而不得不在潮惠之间奔波，而且遭遇光脚涉水，居室近似牛棚，是怎样一种境界？又如白居易没有后代，陆游忍饥挨饿，都在书中记载，难道他们不是千年以来有名望的人，而所遭遇的就都是这样？如果真能用一颗平常心来静观万事万物，那么人间的任何不顺心的事情，都可以涣然冰释。但如果不读书，就只会看到自己所遭遇的痛苦，自然产生无穷无尽的怨天尤人的心，痛苦不堪，难得片刻清静，这种苦又是怎么样的呢！所以，读书是颐养天年的第一件要事。

吴地有石琢堂先生的城南老屋，老屋里拥有五柳园，颇具泉石的胜景，虽身处城市之中，却能拥有郊野的景致，的确是养神的胜地。这里有天生的自然音响，抑扬顿挫，在耳边荡漾。群鸟在林间嘤鸣成韵，发出断断续续的声音；微风振动树叶，发出沙沙簌簌的声音；清溪细流静静地流淌，发出潺潺淙淙的声音。我安闲地在青葱可爱的草地上仰卧，眼望蔚蓝澄澈的苍穹，这真是一幅绝妙的画图。与拙政园相比，确实是要远远胜出。

我们必须在不快乐中，寻找让自己快乐的方法。首先必须认清快乐与不快乐的产生，固然是源于不同的物境，但就其本质来说，还是源于不同的心境。同样是人，同样处于一样的环境，甲能战胜逆境，乙却被逆境所征服。能战胜逆境的人与被逆境所征服的人相比，更为快乐。所以，不必羡慕他人的福分，不必怨恨自己的命运。不然的话，就无异于雪上加霜，更能毁灭人生的一切。无论处在什么环境中，都不要郁郁寡欢。必须在烦恼之中，产生希望和快乐的精神。我偶然与琢堂谈到这个见解，琢堂也表示赞同。

如今，我的家犹如残败的秋天，我的身体犹如太阳偏西的夜晚，我的感情犹如剩余的烟烬，我的才学犹如闪电。我不得已就在画中游玩、在诗中徜徉，借助自己的笔墨，尽情描绘自己的喜乐。这就有点像小草无聊，只好以花为骄傲，小鸟无奈，只好以舌为骄傲。阴历十月，一道霞光才开始显耀，一座山峰才开始明艳，一类珍禽才开始清朗，一朵梅花才开始生长，而一诗一画才开始形成。与梅花相愉悦，与珍禽相融洽，与山峰相对立，与朝霞相揖礼，画笔虽然拙笨而有的人却认为很精细，诗味虽然苦涩而自己却甘之如饴。屋中的四壁已经倾颓，一个水瓢已经破旧，却不会损伤愉悦的胸襟。圃翁拟写了一联，准备悬挂在草堂中："富贵贫贱，总难称意，知足即为称意；山水花竹，无恒主人，得闲便是主人。"语言虽然粗俗，却饱含至理。天下有无限的名山胜水、奇花美竹，大致说来，富贵的人被名利所束缚，贫贱的人被饥寒所束缚，总是很少有人能领略这种境界。能知足，能悠闲，这就算是自得其乐了，这就算是善于养生了。

心无止息，百忧以感之，众虑以扰之，若风之吹水，使之时起波澜，非所以养寿也。大约从事静坐，初不能妄念尽捐，宜注一念，由一念至于无念，如水之不起波澜。寂定之余，觉有无穷恬淡之意味，愿与世人共之。

阳明先生曰："只要良知真切，虽做举业，不为心累。且如读书时，知强记之心不是，即克去之；有欲速之心不是，即克去之；有夸多斗靡之心不是，即克去之。如此，亦只是终日与圣贤印对，是个纯乎天理之心，任他读书，亦只调摄此心而已，何累之有？"录此以为读书之法。

汤文正公抚吴①时，日给惟韭菜。其公子偶市一鸡，公知之，责之曰："恶有士不嚼菜根而能作百事者哉！"即遣去。奈何世之肉食者流，竭其脂膏，供其口腹，以为分所应尔，不知甘脆肥脓，乃腐肠之药也。大概受病之始，必由饮食不节。俭以养廉，澹以寡欲，安贫之道在是，却疾之方亦在是。余喜食蒜，素不贪屠门之嚼，食物素从省俭。自芸娘之逝，梅花盒亦不复用矣，庶不为汤公所呵乎！

留侯、邺侯②之隐于白云乡，刘、阮、陶、李之隐于醉乡，司马长卿以温柔乡隐，希夷先生以睡乡隐，殆有所托而逃焉者也。余谓白云乡则近于渺茫，醉乡、温柔乡抑非所以却病而延年，而睡乡为胜矣。妄言息躬，辄造逍遥之境；静寐成梦，旋臻甜适之乡。余时时税驾③，咀嚼其味，但不从邯郸道上向道人借黄粱枕耳。

养生之道，莫大于眠食。菜根粗粝，但食之甘美，即胜于珍馔也。眠亦不在多寝，但实得神凝梦甜，即片刻，亦足摄生也。放翁每以美睡为乐，然睡亦有诀。

孙真人云："能息心，自瞑目。"蔡西山云："先睡心，后睡眼。"此真未发之妙。禅师告余，伏气，有三种眠法：病龙眠，屈其膝也；寒猿眠，抱其膝也；龟鹤眠，踵其膝也。

余少时，见先君子于午餐之后，小睡片刻，灯后治事，精神焕发。余近日亦思法之，午餐后于竹床小睡，入夜果觉清爽，益信吾父之所为，一一皆可为法。

余不为僧，而有僧意。自芸之殁，一切世味皆生厌心，一切世缘皆生悲想，奈何颠倒不自痛悔耶！近年与老僧共话无生，而生趣始得。稽首世尊，少忏宿愆。献佛以诗，餐僧以画。画性宜静，诗性宜孤，即诗与画，必悟禅机，始臻超脱也。

注释

① 汤文正公抚吴：汤斌（1627—1687），字孔伯，号荆岘，晚号潜庵。曾任江苏（吴地）巡抚。

② 留侯、邺（yè）侯：张良、李泌。

③ 税驾：解架停车，指休息。

译文

　　如果心神动荡不止，各种烦恼就会感染它，各种思虑就会打扰它，如风吹水，使水时常掀起波澜，这不是养寿之道啊。大致说来，练习静坐，最初很难将所有的妄念都消除掉，这时就应专注一念，由一念再发展到无念，就像水不再掀起波澜。达到寂定的境界后，就会领悟到无穷的恬淡意味，希望能与世人共享这一调心方法。

　　王阳明先生说："只要良知真真切切，即使是参加科举考试，也不会成为心的拖累。比如读书的时候，良知觉察到强记的心不对，就克除掉它；良知觉察到求速的心不对，就克除掉它；良知觉察到炫耀浮夸的心不对，就克除掉它。如此一来，也总是成天与圣贤的心印证对比，就是一个纯乎天理的心。任凭他怎样读书，也只是调整涵养此心而已，哪里又会觉得被读书拖累呢？"我抄录在这里，作为读书的方法。

　　汤斌担任吴地巡抚时，每天所吃的只有韭菜。他的儿子有一次出去买了一只鸡，汤斌知道后，就责备他说："哪里有读书人不吃菜根而能做成大事的呢！"这才打发他走。奈何世间那些嗜好肉食的人，总是搜罗大鱼大肉，胡吃海塞，以为这是理所当然的事情，却不知道看似美好的酒食，实际上是腐蚀肠胃的毒药。一般说来，疾病的产生往往是由于饮食不节。用节俭来培养廉洁的品行，用恬淡来达到寡欲的境界，这既是安贫之道，也是祛病之方。我特别喜欢吃蒜，一向不喜欢大鱼大肉，在吃的方面始终注重节俭。自从芸娘去世，就连梅花盒也不再使用了，大概不会再被汤公所呵斥了！

　　留侯张良、邺侯李泌在白云乡隐居，刘伶、阮籍、陶渊明、李白在醉乡隐居，司马长卿在温柔乡隐居，希夷先生在睡乡隐居，大概都是有所追求才离群索居。我认为，白云乡近乎渺茫，醉乡与温柔乡也很难祛病延年，而睡乡就算是最理想的了。执着坐忘，很容易营造逍遥之境；静卧成梦，不久就抵达恬适之乡。我时时体悟，深刻感受其中的意味，但不会在邯郸路上向道人借黄粱枕。

　　养生之道，没有比睡眠与饮食更重要的了。菜根虽然粗糙，但只要甘之如饴，就胜过美味珍馐。睡眠也不在于多睡，只要切实做到凝神静气，美梦香甜，就算是片刻，也足以获得养生的效果。陆游总是以睡眠香甜为快乐，但睡眠也有相应的诀窍。

孙真人说："能让心如止水，自然能够瞑目。"蔡西山说："先睡心，后睡眼。"这真是未能公开的奥妙。禅师告诉我想要心平气顺，有三种睡眠的方法：一是病龙眠，要诀是屈膝；二是寒猿眠，要诀是抱膝；三是龟鹤眠，要诀是随膝。

我小时候看见父亲总是在午餐后小睡片刻，晚上点灯做事，往往精神焕发。我最近也想效法他，午餐后在竹床上小睡，夜晚果然觉得神清气爽，更加坚信父亲的这种做法确实值得效仿。

我虽然没有出家当和尚，却拥有和尚的胸怀。自从芸娘去世后，一切世味都让我产生厌弃之心，一切世缘都让我产生悲观之念，为什么在颠倒之中不痛自悔改呢！近年来，我常常与老僧谈论无生的境界，才开始获得生机。向世尊顶礼膜拜，逐渐忏悔前世的罪过，用诗来献佛，用画来供僧。画的特质是适合静谧，诗的特质是适合孤寂，从诗与画中，必定能悟透禅机，这才算是开始抵达超脱的境界了。

卷评

作者在这一卷中详细写了他从"妻子芸"逝世以后，专心养生之道的经过。在他看来，养生首先要忘情，如果不能忘情就要让情有所寄托。在养生方法上，他吸纳了多个名家之言，给出了自己的养生之道。在他看来，养生要养心。他对饮食、起居、运动等方面都有所涉及，有很多从生活中来的养生方法，容易被大众接受，有益于大众阅读。